O ESCRAVO de CAPELA

MARCOS DEBRITO

O ESCRAVO de CAPELA

QUANDO A MORTE É APENAS O COMEÇO PARA ALGO ASSUSTADOR

Faro Editorial

COPYRIGHT © FARO EDITORIAL, 2017

Todos os direitos reservados.
Nenhuma parte deste livro pode ser reproduzida sob quaisquer meios existentes sem autorização por escrito do editor.

Diretor editorial PEDRO ALMEIDA
Preparação CAMILA FERNANDES E TUCA FARIA
Revisão GABRIELA DE AVILA
Capa e diagramação OSMANE GARCIA FILHO
Imagens de capa © ANDREW PROUDLOVE | ARCANGEL
© CURAPHOTOGRAPHY | SHUTTERSTOCK

Dados Internacionais de Catalogação na Publicação (CIP)
(Câmara Brasileira do Livro, SP, Brasil)

DeBrito, Marcos
 O escravo de capela / Marcos DeBrito. — Barueri, SP : Faro Editorial, 2017.

 ISBN: 978-85-62409-89-9

 1. Ficção 2. Ficção brasileira I. Título.

17-00871   CDD-869.3

Índice para catálogo sistemático:
1. Ficção : Literatura brasileira 869.3

1ª edição brasileira: 2017
Direitos de edição em língua portuguesa, para o Brasil, adquiridos por FARO EDITORIAL

Alameda Madeira, 162 – Sala 1702
Alphaville – Barueri – SP – Brasil
CEP: 06454-010 – Tel.: +55 11 4196-6699
www.faroeditorial.com.br

Prefácio

NO ANO DE 1792, AUGE DA ERA COLONIAL BRASILEIRA, A produção de açúcar nas fazendas de cana era controlada pelas mãos impiedosas dos senhores de engenho. Os homens acorrentados que não derramassem seu suor no canavial encontravam na dor de um lombo dilacerado o estímulo para o trabalho braçal.

Não eram poucos os negros que recebiam no pelourinho a resposta truculenta para sua rebeldia. Pior ainda àqueles que, no desejo por liberdade, acabavam mutilados pelo gume de um terçado.

É no limite do inaceitável que o horror toma sua forma mais visceral. E na virtude da paciência que a justiça é alcançada através da vingança.

No retorno de um morto que a terra deveria ter abraçado surge o pior dos pesadelos. E como se não bastasse o terror que assombra a casa-grande ao cair da noite, um conflito que parecia enterrado é reaceso, podendo destrancar um segredo capaz de levar todos à ruína.

O Autor

BRASIL COLÔNIA, FINAL DO SÉCULO XVIII, ANO 1792

O SOL FORTE DAQUELE DIA ARDERA POR TODA A TARDE na pele negra dos escravos que trabalhavam na lavoura de cana-de-açúcar da Fazenda Capela. O canavial esparramava-se pela vasta planície, estendendo-se além das vistas, e muitos homens eram necessários para lavrar os incontáveis alqueires de cana-de-açúcar daquela terra que não parecia ter fim.

Os peões vigiavam a empreitada dos escravos sobre cavalos fortes, bem tratados e competentes a trotar por várias léguas para perseguir homens que tentassem escapar até a floresta que margeava os limites da fazenda. Quando não estavam montados nos animais, rodeavam o trabalho com peixeiras de corte afiado na cintura e espingardas apoiadas nas costas.

O único homem que, além desses instrumentos, também empunhava um chicote longo, com cinco tiras de couro retorcido na ponta — o bacalhau —, era o capataz responsável pelo trabalho na lavoura. Seu nome era Antônio Batista da Cunha Vasconcelos Segundo, ele, não por coincidência, era o primogênito de Antônio Batista, grão-senhor da fazenda. Aos trinta e cinco anos, no auge de sua força física, Antônio Segundo era temido pelos escravos por sua violência desmedida, que o acompanhara durante os anos de treinamento para assumir o cargo de feitor. Sua falta de controle e a severidade de seus castigos diminuíram o número de trabalhadores, ocasionando gasto desnecessário na compra de novos homens, o que em nada agradava a seu pai.

O chicote em sua mão ritmava a lavragem. Quando percebia que algum escravo não acompanhava a cadência, bastava um estalo do instrumento para que qualquer homem ignorasse o cansaço a fim de não colecionar uma nova estria de sangue nas costas.

Entre os negros que cortavam a cana com as foices amarronzadas pela ferrugem estava Sabola Citiwala, um jovem que fora comprado recentemente e ainda não entendia sequer uma palavra do idioma português. Desconhecendo as regras impostas pelo capataz, ele interrompeu por um momento a labuta para observar a extensão do canavial. Com a mão sobre os olhos, na tentativa de ofuscar a luz que o cegava, buscou sem sucesso o final da plantação. Muitos dias de trabalho seriam necessários para fazer toda aquela colheita.

Sabola reparou nos homens ao seu lado trabalhando em silêncio, focados somente no movimento preciso e incessante dos braços, que ceifavam com força a cana rente ao chão e retiravam as folhas para separar os talos a serem amontoados. O suor excessivo que escorria desses escravos delatava a tarefa como árdua. E pior: seria repetida todos os dias. Ao voltar a atenção para o corte, Sabola resolveu entoar para si uma canção em banto, dialeto nativo de sua região, na esperança de que o ajudasse a passar o tempo.

Foi começar o canto para que uma chibatada desvirginasse aquele dorso nu, que até então desconhecia a ardência de um açoite. Em dor, Sabola virou-se e viu Antônio Segundo enrolando a corda de couro em volta da mão.

— Já não bastassem as aves gritando no mato, ainda tenho que ficar aqui ouvindo essa tua voz de maritaca!? — reclamou o capataz, esperando que o escravo abaixasse a cabeça e voltasse à lavragem.

Mas Sabola não saiu do lugar e o encarou com olhar rebelde.

— Que foi?! Não gostou do chicote? Então abre a boca de novo e cantarola nessa língua de macaco pra ver se o meu bacalhau aqui não vai acabar com a lisura dessas costas. E corta a cana direito!

Apesar de não entender o que o feitor lhe dissera, o tom de ameaça na voz era universal e não poderia ser mais claro. No entanto, Sabola, ainda não familiarizado com a reputação truculenta do filho do grão-senhor, permaneceu irredutível.

— Não está ouvindo, negro?! Volta pro trabalho! — ordenou Antônio Segundo, rispidamente.

A falta de paciência do homem começou a ser percebida pelos outros escravos, que já conheciam o resultado daquele tipo de atrevimento. Os peões, também atentos à ocorrência, acercaram-se do patrão, para o caso de ele precisar de auxílio. O mais próximo era Jonas, o empregado de maior confiança da Fazenda Capela. Fora ele quem preparara Antônio Segundo desde a adolescência para assumir a função de fiscalizar o trabalho dos escravos e aplicar os castigos. Era um homem sério e de poucas palavras, que cumpria à risca tudo que lhe era pedido.

Antônio, irritado com a insubordinação do jovem escravo, caminhou em sua direção para encará-lo com hostilidade.

— Vou falar uma última vez e é melhor você obedecer: pega a foice e corta essa cana! — ordenou-lhe novamente, a apenas um passo de distância.

Com o orgulho mais ferido do que as costas, Sabola segurou a foice com firmeza, com a intenção de usá-la, se fosse necessário.

A ação foi prontamente percebida por Antônio, que, em vez de acuar, deu uma risada desdenhosa.

— Você não é meio miúdo pra ser esse tipo de preto que acha que não vai ter coleira no pescoço? — debochou antes de chamar por seu homem de confiança: — Jonas!

— Patrão — respondeu prontamente, sem sair de onde estava.

— Quem é esse negrinho desaforado?

— Ainda não tem nome. Veio no montão de ontem com teu pai. Está conhecendo o trabalho na lavoura agora.

— Quer dizer que hoje tem preto novo lavrando a terra? — Voltou a encarar o escravo com um sorriso maldoso no rosto. — E onde está nossa educação, Jonas? Precisamos dar a ele as boas-vindas.

Com a mão direita, Antônio Segundo impeliu com violência Sabola para o chão e afastou-se, limpando os dedos na camisa por ter tocado a pele escura do rapaz.

— Eu vou falar só uma vez e que guarde bem quem não quiser ficar no lugar desse preto atrevido depois! — gritou o feitor para todos escutarem. — Vocês são propriedade da Fazenda Capela! Tudo de papel passado e dentro da lei.

Aquele discurso era conhecido pelos trabalhadores aprisionados. Os únicos que não abaixavam a cabeça ao ouvi-lo eram os recém-chegados, que ainda não haviam presenciado as ações truculentas do herdeiro da fazenda.

— Escravo aqui só tem direito a duas coisas — continuou: — Primeiro: não ter direito a nada! E segundo: não reclamar desse direito. Se tem negro que discorda, para quem ainda não sabe, domesticar os selvagens é a função pela qual eu tenho mais apreço.

O chicote desenrolou-se de sua mão:

— Vira! — ordenou ao escravo.

Sabola estava assustado. Apesar de não ter entendido o que o homem lhe dissera, a chibata esticada anunciava uma punição severa.

— Fica de costas, negrinho!

— Ele ainda não fala a nossa língua, patrão — interveio Jonas.

— Então eu estou aqui pra ensinar. — Com o indicador num movimento circular, o feitor ilustrou o mando dizendo pausadamente as palavras: — Vira de costas.

Nada. Sabola, inerte no chão, permanecia com o olhar apavorado. Um outro escravo mais próximo, percebendo o embaraço no rosto do rapaz, resolveu ajudá-lo a entender a ordem e proferiu poucas palavras em dialeto africano:

— Estão querendo que você fique...

— Ô!!! — gritou o capataz, interrompendo prontamente. — Estou aqui na minha boa vontade tentando ensinar alguma coisa pra esse bicho do mato e vem outro preto me cortar a palavra? — Seus olhos furiosos arrostaram o negro apreensivo. — Jonas, dá um jeito no infeliz!

Com um simples movimento de cabeça, Jonas passou a ordem silenciosa a Fagundes e Irineu, que já sabiam o que fazer. Como era notório o gosto singular de Fagundes por aplicar um castigo, foi Irineu quem segurou o negro para o homem espancá-lo com o cabo da carabina na boca do estômago.

— Na Fazenda Capela só se fala língua de gente! — esbravejou Antônio. — Se aqui tem preto de tribo que não fala português, então que fique calado até aprender. Quem for pego conversando em dialeto vai ter que beijar de língua a minha peixeira. E quem interromper de novo a minha aula vai passar a noite dependurado no pelourinho do pátio!

Os escravos sabiam que eram poucos os homens que sobreviviam a uma noite pendurados de cabeça para baixo com os punhos atados e o corpo anavalhado cheio de sal para lhes arder as feridas. Ainda eram deixados inteiramente nus, cobertos por mel para que os insetos noturnos os picassem. Os requintes de sadismo eram infinitos. Restou-lhes apenas observar a execração.

— Eu falei pra ficar de costas, negrinho! — gritou Antônio ao rasgar a pele de Sabola com uma chibatada certeira no peito.

Com o torso ardido, o rapaz virou o lombo para cima, como queria o carrasco.

— Viu só como negro aprende rápido, Jonas? É só achar o jeito certo de ensinar.

Sabola, trêmulo, pôs a mão sobre o corte. O ferimento começara a sangrar, mas aquele era apenas o início do espetáculo cruel prestes a ser apresentado.

A ponta do látego abriu a primeira estria de sangue no dorso desnudo do jovem prostrado. Seu berro foi sentido por todos os negros já marcados por aquele mesmo chicote. O estalo alto do açoite antecedia cada nova chaga que era cavada.

— Se eu perceber que tem negro me olhando torto, fazendo corpo mole na lavoura ou conversando por aí em língua de preto, vai arrumar marca nova de chicote no lombo! — afirmou o capataz sem interromper o açoite. — Aqui na Fazenda Capela, se o escuro não é manso quando chega, depois de uma coça bem dada de laço quero ver se ainda vai ficar posando de valente.

Tendo as costas do escravo como tela, o feitor pincelava de vermelho o seu escárnio. Naquela aquarela abstrata de sangue e suor, a dor encontrava bem o seu contorno.

Sabola não conseguia mais gritar. A consciência já quase lhe escapava quando o sino da pequena capela balançou. O alerta sonoro indicando o início da celebração religiosa foi o que impediu o castigo daquela tarde de se tornar uma execução.

Enquanto recolhia o chicote manchado de sangue, Antônio Segundo ordenou a dois escravos mais próximos que levassem o jovem açoitado. Os homens pegaram o rapaz quase inconsciente pelos braços, o apoiaram sobre os ombros, com cuidado para não encostar nas feridas, e tomaram o rumo da senzala.

— Aonde acham que estão indo? — perguntou o capataz.

— Para a senzala, meu senhor — respondeu um deles, certo de que aquele seria o destino.

— Não! Ele vai com o resto da negrada para a capela. Não quero os outros falando que eu não sou direito e deixei um preto morrer sem nem ter chance de conhecer a palavra do Divino.

Os escravos se entreolharam e permaneceram parados, aguardando, em vão, uma decisão mais sensata.

— Vou ter que estalar o chicote?!

A ameaça foi suficiente para que os homens pegassem imediatamente a direção contrária e se juntassem aos que já se encaminhavam para a missa. Ninguém desobedeceria ao capataz, ainda mais após a demonstração de brutalidade que presenciaram.

A expressão no rosto de Jonas, ao ver o escravo sendo carregado, com o sangue que escorria pelas costas desenhando uma trilha por onde passava, denunciava que ele discordava da decisão.

— O que foi, Jonas? — indagou Antônio ao perceber a cara do peão. — Tudo isso é dó do negrinho?

— O patrão bem sabe que eu não tenho pena de escravo. Só acho que seria mais ajuizado preservar a mão de obra.

— Queria que eu deixasse levar o preto pra senzala?

— Se o negro não acordar mais depois de um só dia de lavoura, o patrão sabe que o senhor Batista vai querer saber o que aconteceu.

— Deixe que com o meu pai eu me entendo. Ele sabe que é melhor ter um negro morto do que dando problema — disse ao terminar de limpar o sangue do chicote e enrolá-lo na mão.

Apesar de a afirmação representar com lealdade uma norma estabelecida para o tratamento dos escravos, a medida do que era de fato um problema diferia muito de pai para filho. Para Antônio Segundo, qualquer motivo era suficiente para uma punição mais severa, enquanto para o senhor da fazenda cada caso precisava ser estudado para atribuir uma pena condizente.

Jonas sabia da preocupação de Antônio Batista com a impiedade desmedida do filho e, sempre que tinha oportunidade, buscava orientá-lo quanto a melhor maneira de conduzir o trabalho na fazenda de acordo com as vontades do pai.

— Negro jovem que nem esse pra fazer colheita está difícil de encontrar. É melhor o patrão tomar cuidado pra não perder mais escravo. Senão vai dar motivo para as reclamações do seu pai.

— E o que você queria que eu fizesse, Jonas? — reclamou impacientemente o capataz. — Que tolerasse um negrinho asselvajado me peitando na frente dos outros? Uma coisa que não faço é baixar a cabeça para preto! Se deixar cantarolar hoje, amanhã vão estar por aí conversando no dialeto feio deles, e não vamos entender é nada. Se não ficar em cima, eles tomam a fazenda e a gente nem nota. Estou protegendo o que vai ser meu.

— Não discordo do patrão que o castigo é merecido. Só acho que talvez fosse melhor deixar que levassem o escravo pra descansar. Amanhã ele pode não conseguir empunhar a foice direito.

— Hum... — Antônio Segundo ergueu os olhos para pensar. — Não, esse daí ainda é moço. Se não conseguir cortar cana depois de um carinho no lombo, não vai me servir.

O barulho de uma carruagem aproximando-se da fazenda foi ouvido pelo homem, que declarou o assunto como encerrado. A decisão já estava tomada e não era passível de protesto.

Quando os cavalos encerraram o trote à frente da porta de entrada da casa-grande, Antônio buscou identificar quem chegara com tantas malas sobre o carro. O canavial não era tão distante da morada dos Cunha Vasconcelos, por isso o primogênito da família logo reconheceu o irmão caçula a descer do coche.

Inácio Batista estivera estudando medicina na Universidade de Coimbra, em Portugal, e aquela era a primeira visita que fazia em seus cinco anos de ausência. Assim que ele pôs os pés na terra vermelha da morada natal, a porta principal se abriu, e ele foi recebido com alegria por Conceição, a criada mais antiga da casa. A mulher amparava sobre as pernas seus cinquenta e seis anos de vida suada e um sobrepeso que só poderia ser explicado por tendência. A escrava doméstica adiantou-se para levar as malas do rapaz, mas ele prontamente a impediu de carregar o peso.

Sem desviar o olhar de desprezo orgulhoso com o qual observava o tratamento cordial que o irmão destinava à mucama, Antônio encarregou seu peão de mais uma tarefa antes de se retirar:

— De qualquer jeito, depois da missa você escolhe os escravos mais parrudos para passar a noite no tronco e bota gargalheira nos que chegaram agora. Sempre tem os que se revoltam depois de ver um açoite.

Dito isso, o feitor encerrou o dia de serviço para dirigir-se à casa-grande e se juntar com extremo desgosto ao recém-chegado membro da família.

Na capela que fora erguida junto às primeiras fundações da fazenda, os escravos sentavam-se para ouvir o sermão do padre Silva, que comparecia todo final de tarde para cumprir a obrigação de converter os negros ao cristianismo.

Os rituais africanos eram proibidos, por serem vistos pelos brancos como um festejo maldito de idolatria ao Diabo, e as punições eram severas para quem os praticasse. Como os homens comprados para lavrar o canavial vinham dos mais diferentes lugares da África, com costumes muito distintos que impediam a criação de uma unidade religiosa, a imposição do catolicismo não era tarefa das mais difíceis.

Os negros mais antigos já estavam convertidos. As palavras de Deus, proferidas pelos lábios habilidosos de um sacerdote, tinham forte poder de persuasão nas mentes sofridas que buscavam qualquer tipo de libertação. A celebração da eucaristia era acompanhada por olhares mais atentos do que impacientes. Os ainda incrédulos relutavam, mas sem força. Naquele momento cristão, estavam salvos da humilhação e da tortura; ajudando na construção de uma imagem apaziguadora daquele novo Deus.

— A conversão interior e o contínuo retorno ao núcleo do Evangelho, ao Mistério de Jesus Cristo em sua Páscoa libertadora, precisam ser vividos e celebrados continuamente na liturgia. É aqui que colhemos o fruto da evangelização — exagerava o padre Silva com eloquência desmedida.

O esforço do sacerdote para tornar interessantes as letras que proferia com tanta fé não era sequer ouvido por Sabola. O rapaz estava de corpo presente, mas a dor das chagas sangrando no dorso o induzia à perda dos sentidos. O resto da força que tinha usava apenas para conseguir impedir as pálpebras entreabertas de cortinarem por completo a sua vista.

— Aceitar o único e verdadeiro Deus ilumina e revela o sentido da vida e traz a salvação — pregava o pároco. — Conduzam-se à entrega do coração a Deus e à comunhão com a Igreja. E, se algo lhes parecer ruim, repitam uma e muitas vezes sem medo...

As vozes dos convertidos juntaram-se à do padre Silva:

— ... "Nada te perturbe. Nada te espante. A quem tem Deus, nada lhe falta: só Deus basta!"

— Amém.

Dentro das paredes úmidas da senzala, sentado sobre farrapos e palha seca no chão duro de terra batida, estava o velho Akili Akinsanya. A todos os escravos que chegavam à Fazenda Capela era dado um nome diferente do que tinham, "Fortunato" era o que lhe fora atribuído. O negro já passara dos sessenta anos de idade e estava sozinho naquele galpão rústico e abafado, acompanhado somente de um cachimbo velho na boca. Recostado em seu canto, ele observava em silêncio a fumaça esvaecendo na frente dos olhos, perdido em pensamentos tão disformes quanto os contornos que o fumo queimado desenhava no ar. Ao seu lado, uma corrente, que antes servira para prendê-lo na parede, como a todos os outros escravos, estava largada, empoeirada pelos longos anos sem uso. Apesar das pernas livres da amarra dos anéis de metal, o velho permanecia imóvel no lugar.

A pesada porta de madeira foi destrancada por Jonas e os moradores da senzala tomaram os lugares onde estavam acostumados a passar a noite. Como a maior preocupação do alojamento era conter os homens para não fugirem, suas paredes externas eram grossas e não havia janelas. Por dentro, a construção era desprovida de divisórias, a fim de abrigar os longos troncos retangulares de madeira que se abriam em duas partes para prender os negros pelos tornozelos quando faltavam correntes.

Alvarenga apertava as gargalheiras no pescoço de alguns dos escravos quando Irineu e Fagundes chegaram carregando Sabola nos braços.

Mal entraram na senzala e já arremessaram o pobre rapaz contra o chão, perto de Akili, que a tudo observava.

Enquanto Fagundes foi ajudar Alvarenga a acorrentar os negros na parede, Irineu aproximou-se de Jonas, que supervisionava o trabalho ao lado da porta.

— E esse daí? — perguntou-lhe o peão, apontando Sabola.

O homem tragou o seu cigarro de palha, assistindo ao jovem, que tentava se erguer com braços trêmulos e pernas entorpecidas. O escravo não aparentava condições para tentar uma fuga, mas, se porventura acontecesse, a culpa cairia sobre os ombros de Jonas, e este se orgulhava de não ter manchas no seu histórico.

— Melhor assegurar — respondeu, procurando algum lugar para prendê-lo.

Como Fagundes terminava de fechar o tronco sobre as pernas dos escravos, lembrou-se do único grilhão que não estava mais em uso.

— Prenda o negro na corrente que era do Fortunato.

Os olhos de Irineu se arregalaram. Empalideceu ao ver Akili pitando serenamente seu cachimbo e encarando-o de volta.

— Não… não pode ser em outro lugar?

O tom de voz acobardado era nítido aos ouvidos de Jonas, que estranhou a hesitação:

— Está com medo do preto velho?

Irineu se atrasou a responder, mas um simples movimento tímido de sua cabeça confirmou a suspeita.

— Ele não vai te pegar, não, Irineu. As pernas desse daí não prestam mais.

— É, mas e se ele não gostar de dividir o espaço? Vai botar macumba pra cima de mim.

— E você acredita nessas coisas?

Mais uma vez o peão optou pelo silêncio.

— Fagundes! — gritou Jonas, sem paciência com a postura covarde de Irineu. — Dá uma mão com este aqui.

Prontamente o peão ajudou a carregar Sabola para o lado de Akili e nem precisou receber a ordem para começar a acorrentar a perna do escravo. Quando se tratava de maus-tratos, Fagundes não apenas fazia o seu trabalho, ele saboreava o momento.

— Está com saudade, não, Fortunato? Não deve nem mais lembrar como é dormir todo acorrentado — provocou, encarando o velho enquanto arrumava o cadeado em Sabola.

— Vai logo, Fagundes! — apressou-o Jonas.

A boca do peão exibiu um sorriso maldoso para Akili, que manteve sua expressão inalterada. Assim que o aro de metal foi fechado entre os anéis de ferro no tornozelo de Sabola, Fagundes levantou-se e abandonou a senzala junto aos outros homens da fazenda. Somente os escravos permaneceram no breu daquela prisão.

O estado deplorável em que o jovem se encontrava era impossível de ignorar. O sangue ressecado sobre as costas não fora limpo e as feridas começavam a juntar as moscas que dividiam o espaço com as fezes dos escravos. No entanto, nem o incômodo dos insetos impediu seu corpo de esvaecer.

Com olhar piedoso sobre os ferimentos, Akili afastou os trapos escuros usados para cobrir-se durante as noites mais frias e buscou, escondido por entre o forro de palha, um buraco na terra que ele mantinha encoberto. Ali, guardava diferentes tipos de folhas, assim como sementes e caules variados que pedia aos outros escravos para trazerem sempre que encontrassem.

Sua capacidade de cura com a flora local era respeitada pelos habitantes da senzala, que sempre contavam com a sua sabedoria para tratar dos enfermos ou castigados. Os negros que sobreviviam a uma noite dependurados no pelourinho do pátio eram prontamente levados ao curandeiro para que ele pudesse limpar as feridas com folhas de sálvia e ajudar na cicatrização da pele com arruda e ivitinga, encontradas na floresta.

Para os animistas da mitologia banto, o velho era um escolhido de Katendê, Senhor das alquimias divinas, de quem recebera os segredos das ervas medicinais.

Do seu estoque particular, Akili selecionou algumas das plantas e as aplicou cuidadosamente sobre as estrias abertas no dorso de Sabola para que lá descansassem por toda a noite.

Uma farta refeição reunia a família Cunha Vasconcelos para a ceia. A sala de jantar era ampla, com uma enorme mesa de madeira no centro, em cuja ponta Antônio Batista ocupava sua cadeira de costume.

Próximo, ao seu lado direito, estava Antônio Segundo, devorando a comida de boca aberta, curvado sobre o prato e segurando o garfo de forma incorreta. O primogênito fora criado junto aos peões e sua postura não se diferenciava em nada da dos homens com quem trabalhava.

Sem comentar, mas observando abismado o comportamento deselegante do irmão à mesa, estava Inácio, diante dele. O caçula respeitava a ordem dos talheres e usava até mesmo o guardanapo de pano sobre o colo. Sua etiqueta não permitiria que agisse de outra maneira. Com postura extremamente polida e roupas bem alinhadas como as de um europeu, ele mastigava sem pressa a comida. Seus anos de vivência acadêmica em Portugal não o presentearam somente com uma educação diferenciada, mas também com um leve sotaque lusitano.

Percebendo a falta de assunto entre os homens da família, o pai resolveu quebrar o silêncio incômodo que os acompanhava durante toda a refeição:

— Faz tempo que não tenho meus dois filhos à mesa. É bom que esteja finalmente de volta, Inácio.

O jovem apresentou o que seria o esboço de um sorriso simpático, mas pensou duas vezes antes de colocar em palavras o que teria para dizer. Sem ter a chance de embarcar no assunto, foi atravessado com arrogância por Antônio Segundo:

— Vai ficar quanto tempo, irmãozinho? — perguntou ainda mastigando, sem sequer dar-se ao trabalho de encará-lo.

Inácio olhou para o pai, na esperança de que interviesse a favor de uma conversa mais civilizada, mas aquela era uma pergunta cuja resposta também a ele interessava:

— Por que perguntas, Antônio? — desviou-se o caçula, limpando a lateral dos lábios.

— Ué! Todo esse tempo na Europa estudando para ser "doutor"... Não acho que você veio para ficar no meio de peão.

— E cá não há pessoas que precisam de cuidados?

— Sou eu quem cuida de tudo aqui! — esbravejou Antônio, cuspindo a comida enquanto falava. — Se não fosse pelo pai, sei que você nem voltava a pisar na fazenda.

— Não precisas ser hostil, Antônio. Não quero pegar nada que seja teu.

— Nem vai, Inácio! Nem vai! Falando feio desse jeito, todo afrescalhado, vai conseguir cuidar de alguma coisa? Aqui teus livros não vão te servir de nada. Para controlar preto na lavoura tem que...

— Antônio! — interferiu o pai com a voz empostada. — O Inácio preferiu estudar, e você, cuidar da fazenda! Cada um tem sua vida, mas o que é meu será dos dois. Não quero o desgosto de ter filho meu brigando por herança.

Contrariado, o filho mais velho calou-se e continuou a comer.

Inácio não respondera de imediato à pergunta do irmão por preferir aguardar um momento a sós com o pai para revelar, de modo pacífico, o real motivo de sua vinda. Mas, como a conversa enveredou para o assunto, não escaparia da verdade.

— Não, pai. O Antônio está certo. O motivo do meu retorno é mesmo só fazer uma visita ao senhor. Devo ficar pouco tempo. Já entrei com um pedido de residência em Londres e não deve demorar para eu ser aceito. E, para felicidade do meu irmão, um professor de Coimbra me ofereceu um cargo como assistente na universidade. Talvez seja melhor eu aguardar a resposta de lá.

A notícia, de fato, não agradou Batista. Ele nutrira a expectativa de que seu caçula voltasse à fazenda para assumir, ao lado do irmão, o comando da produção de açúcar. Inácio sabia disso, mas não faria os gostos do pai em renunciar de sua vocação profissional.

O silêncio novamente regia o clima tenso que expressava bem a relação familiar dos Cunha Vasconcelos. Batista sempre tratou Inácio com mais complacência do que o filho mais velho, deixando-o fazer escolhas destoantes das que acreditava serem as melhores.

— Bom... — resmungou o patriarca. — Faça o que achar melhor pra você, meu filho. Não vou te prender aqui.

A fala não expressava o desejo, porém o histórico do seu consentimento com as vontades de Inácio não lhe conferia postura para proibi-lo de tomar as próprias decisões. Mas também não o impedia de atropelar os ouvidos do filho com suas queixas.

— Não é de hoje que eu sei que foi do lado da sua mãe que você puxou essas suas ideias. Ela que não gostava da fazenda. Meu casamento com a Maria de Lourdes me deu mais dor de cabeça do que alqueire de terra. O Antônio sabe como ela me infernizava! Você não lembra porque ainda era menino. Mal tinha quatro anos quando ela resolveu ir embora.

Batista adorava corvejar esse mesmo argumento sempre que se sentia ofendido pela postura de Inácio. Era fato que o rapaz tinha pouco em comum com o pai. Além de serem mínimos os traços em seu rosto que lembravam o patriarca, a principal dessemelhança era na personalidade, que corria bem longe da de qualquer outro homem na família. Restava-lhe apenas a comparação de afinidades com a mãe.

O pai calou-se por um momento e voltou a comer. Porém, a expressão incômoda em seu rosto indicava que ainda não havia enterrado por completo as reclamações. Foram somente duas garfadas para soltar os talheres sobre o prato de forma rude e tornar a protestar:

— Que tipo de mulher faz isso, Inácio? Abandona a família para não voltar mais? Se a Maria de Lourdes fosse mulher direita, estaria aqui comemorando a volta do filho como médico formado... — Prontificou-se a corrigir com uma provocação: — Volta, não... visita.

Desiludido por reconhecer que nada mudara desde sua partida para Portugal, sobrava a Inácio apenas a esperança de continuar o jantar como ele havia começado: em silêncio.

Rompendo o embaraço à mesa, a porta com acesso à cozinha se abriu e por ela entrou a escrava Damiana, carregando uma jarra de água para servir aos seus senhores. Era uma mulata belíssima, de apenas dezenove anos. A cor da sua pele amorenada realçava a beleza de seus traços. Mesmo as roupas gastas de criada caíam bem em seu corpo esbelto, que exibia contornos vistosos nos lugares corretos, notados pelo decote acanhado e traje acinturado.

A mucama entrou na sala com o olhar baixo e os lábios cerrados, fazendo somente o que lhe fora instruído por Conceição. Dirigiu-se primeiramente ao senhor da fazenda e inclinou com cuidado o jarro de água para completar a taça.

Inácio ainda não a tinha visto desde que chegara à fazenda, mas, quando ela atravessou a porta, pareceu enfeitiçado. Seus olhos não aceitavam outra direção senão a que apontasse Damiana. Lembrava-se dela ainda no casulo da inocência. Uma menina pequena e acanhada, que, embora adolescente quando o rapaz partira para a Europa, mantinha no rosto e formato do corpo as feições de uma criança. Vê-la fora da crisálida, transformada em mulher com atributos de ninfa, amargou seus longos anos distantes de uma moça tão formosa.

A próxima taça a ser preenchida era a dele, e os poucos passos da garota para chegar ao seu lado fizeram seu coração disparar. Ele agora podia apreciar de perto as linhas harmônicas que desenhavam o encanto daquele rosto.

Além da inegável beleza, Damiana tinha algo na aparência que o cativava profundamente. Não sabia se eram os olhos amendoados ou a boca bem delineada, mas com certeza os cabelos, que começavam lisos para cachearem nas pontas, faziam grande parte desse mérito.

Conforme curvava os braços para derramar a água no copo do jovem senhor, Damiana notou que o rapaz a encarava com olhar admirado. Um olhar diferente de qualquer outro que já recebera. Ao sentir-se apreciada, ela sorriu com uma timidez encantadora. Apesar de Inácio perceber o desenho em seus lábios, ela não o fizera com essa intenção. Seu sorriso era para ser reservado somente para si.

— Muito agradecido — retribuiu ele educadamente ao terminar de ser servido.

Batista e seu filho mais velho não acreditaram no que acabavam de escutar. Palavras de agradecimento a uma escrava eram postura inaceitável a qualquer Cunha Vasconcelos.

O pai, atônito, não falou nada, mas seu olhar reprovador pregava toda a sua censura sobre o caçula. Já Antônio teve uma reação menos discreta, soltando uma risada incrédula ao ouvir o irmão.

Não demorou para Inácio perceber que o seu comportamento havia sido inadequado. Sabendo que os olhos do pai aguardavam inertes para ferir suas convicções assim que fossem descobertas, tentou ignorá-los, voltando a atenção para o prato à sua frente.

Damiana deu a volta na mesa para servir Antônio, que, diferentemente do pai, não deixaria a ocorrência passar despercebida.

À medida que ela se aproximava com o jarro de água, o rapaz, passando a língua entre os dentes para soltar os restos de carne, recostou-se na cadeira de forma descarada para ver a jovem se curvar para servi-lo. Enquanto o seu copo era preenchido, sua mão alisou sem pudor a nádega carnuda da criada, que, ao se assustar, esbarrou com o jarro na ponta da taça, fazendo-a tombar e molhar o chão.

— Crioula desastrada! — esbravejou Antônio, passando a mão nas pernas para secar a água derramada sobre o seu colo. — Não presta nem para servir um copo d'água!

— Perdão... — desculpou-se Damiana, encarando o assoalho.

— Quê?!

— Perdão... meu senhor — completou, sabendo ter sido do pronome de tratamento que o homem sentira falta.

— E perdão vai secar esse chão, Damiana?

Ela não respondeu. Ficou parada em silêncio, acuada, sem levantar o rosto.

— Estou perguntando se perdão vai secar esse chão!

— Não, senhor.

Inácio observava pasmado o constrangimento que o seu irmão fazia a garota passar. Ao buscar no pai algum tipo de reprovação para o comportamento de Antônio, viu apenas um sorriso condescendente em seus lábios.

— E quem é que vai secar esse chão? — continuou.

— Eu, meu senhor.

— Sim, Damiana. Você! — Ele a olhava com crueldade à flor do rosto, anunciando a humilhação que pretendia fazer a moça suportar: — Vai!

A mucama virou-se à cozinha para buscar um tecido gasto de algodão a fim de cumprir à ordem. Imaginou que poderia aproveitar alguns poucos momentos longe do constrangimento enquanto procurava o pano, mas as intenções de Antônio eram outras:

— Está indo aonde? — inquiriu, sem deixá-la sair do lugar.

— Senhor? — Encarou-o em dúvida.

— Não falei para secar esse chão?!

Inácio percebera que o desejo do irmão não era o de ter um piso seco sob os pés. O que ele queria era castigar Damiana por ter recebido suas palavras de agradecimento. Sentindo-se culpado pelo tratamento sendo dado à ela, tentou intervir:

— Antônio...

Antes que pudesse argumentar, o irmão mais velho imediatamente ergueu a palma da mão de forma arrogante, ordenando que se calasse. O rapaz ficou sem reação.

Damiana estava confusa:

— Estou... estou sem o pano aqui, meu senhor.

— E essa tua saia? — perguntou-lhe, apontando a roupa que vestia.

— Não é de pano?

Apesar de acostumada ao tratamento degradante que sofria como escrava, a criada estremeceu ao olhar para o seu vestido simples de algodão. Involuntariamente, ela buscou Inácio no canto dos olhos e sentiu-se envergonhada de ter que se sujeitar às impiedades de Antônio diante dele.

O filho recém-chegado nada podia fazer. Enquanto seu irmão alargava os lábios num sorriso sádico, o pai observava de camarote o espetáculo com a mesma satisfação.

Com o semblante abatido, Damiana abaixou-se lentamente e seus joelhos tocaram o assoalho. Ela curvou as costas e começou a passar a base do vestido sobre a água derramada aos pés de Antônio. Mas para o futuro senhor da fazenda ainda não bastava. Ao ver a moça ali de bruços esfregando o chão, ele virou a cadeira e abriu as pernas na frente do seu rosto.

— Agora sou eu que estou... "muito agradecido" — provocou, lançando um olhar desdenhoso para Inácio.

— Antôôônio... — interveio o pai, balbuciando o que seria um ensaio de repreensão na tentativa inútil de mascarar o sorriso igualmente cruel que carregava no rosto.

Inácio observava a tudo horrorizado, sem proferir sequer uma palavra, com medo de que a intromissão pudesse causar um castigo ainda maior para a jovem.

Marejaram-se os olhos de Damiana. Prostrada, com o orgulho mais baixo que as canelas raspando no chão, agora eram suas lágrimas que inundavam o assoalho.

Na cozinha, atrás da sala de jantar, Conceição experimentava mais de uma vez o caldo do guisado preparado em panela de barro no calor do fogão à lenha. Queria ter certeza de que o tempero da carne estava no ponto, e os legumes, bem refogados. A mulher, além de cozinheira, era responsável por todos os cuidados de limpeza da casa-grande e era ela quem direcionava o serviço das demais escravas.

Outra criada, Jussara, em silêncio ao lado de Conceição, observava o preparo da comida para ajudar no que fosse necessário. Ela já havia cortado o talo de aipo em rodelas finas e agora segurava folhas de louro, para o caso de o ensopado precisar de mais condimentos. A moça era poucos anos mais velha que Damiana. Sua pele, bem negra, os lábios grossos e os cabelos crespos encaixavam-se impecavelmente nas curvas pouco sinuosas do corpo jeitoso. Era uma jovem vistosa, apesar de franzina, que mantinha traços fortes de sua origem africana.

De supetão, a porta com saída para a sala do banquete foi aberta e Damiana atravessou a cozinha correndo com as mãos sobre o rosto, debulhando-se em prantos.

— Damiana? O que foi, minha filha? — perguntou Conceição, preocupada.

A garota não queria falar. Não queria expor a humilhação que acabara de sofrer. Sua resposta foi somente o ruído da porta do aposento das criadas se fechando com força.

Inquieta, Conceição abandonou a colher de pau para ir atrás de Damiana descobrir o que acontecera:

— Olha a panela aqui pra mim, Jussara — disse, desatando impacientemente seu avental.

Antes de ir ao quarto para tranquilizar a jovem, a cozinheira aprontou um novo condimento com uma longa e ruidosa fungada de nariz e cuspiu no caldo do guisado seu tempero especial.

O CALOR QUE ANTECEDERA A CLARIDADE DA ALVO-rada fora prenúncio de que aquele dia seria ainda mais quente do que os anteriores.

Dentro da senzala, as paredes de pedra assentadas com barro não permitiam que os fachos de luz encontrassem caminho para enfraquecer a penumbra do recinto. Os escravos permaneciam na escuridão mesmo com a chegada de uma nova manhã.

Akili já estava acordado. Como também outros negros acostumados com os horários da fazenda. Os que ainda repousavam, era pela exaustão acumulada dos dias de labuta ou pelo desejo de permanecerem mais tempo nos sonhos, distantes da realidade cruel que se abatera sobre eles quando se tornaram escravos de Capela.

A porta foi aberta bruscamente e a luz devorou por completo a sombra da senzala. Os olhos dos homens despertos arderam com a repentina invasão da claridade e os que dormiam foram acordados pelos berros de Antônio Segundo:

— Acorda, negrada! Dia de sol como esse não é para ficar de moleza!

A agitação dos peões entrando para desacorrentar os tornozelos dos escravos fez o jovem Sabola despertar. Ao ver o feitor, seu rosto rejeitou a fisionomia sonolenta para abrigar uma expressão aguda de ódio, prontamente notada por Akili.

Por sorte do rapaz, seu olhar rancoroso não foi percebido por Antônio. Se o capataz desconfiasse do semblante virulento que o encarava, o castigo que infligiria ao escravo faria com que o da tarde anterior não passasse de mera carícia em suas costas.

Apesar de o filho do senhor do engenho venerar uma paisagem de negros acorrentados, com os tornozelos sangrando de tanto rasparem a pele contra o aro enferrujado de ferro das correntes, a senzala não era um local em que ele fizesse muita questão de botar os pés. A catinga forte dos homens encarcerados, misturada ao cheiro de urina e fezes espalhadas nos cantos, repugnava até mesmo os de olfato mais fraco. Antônio não suportava ficar mais do que o tempo necessário naquele ambiente abafado e repleto de moscas.

— Vou esperar lá no pátio — disse o capataz para Jonas, que estava ao seu lado, deixando-o encarregado de juntar os escravos.

Conforme ele abandonava a senzala, os olhos odientos de Sabola o perseguiam como a uma presa. Mesmo com o homem fora de suas vistas, o rosto do jovem não renunciava à ira. A expressão violenta do rancor que sentia por seu algoz permaneceu inalterada, encarando o vazio.

Akili observava intrigado aquela máscara clamando por vingança. Geralmente, depois do primeiro açoite, os escravos carregavam consigo o medo de reencontrarem a ponta do chicote, mas Sabola parecia tomado por uma revolta indomável. Agradava ao velho o fato de o servilismo não encontrar morada naquele jovem.

— Vai! Vai! Todo mundo pra fora! — gritou Jonas, apressando a movimentação dos negros.

Os homens que saíam da senzala iam se enfileirando no pátio ao lado da construção para engolir uma caneca de café coado no pano, um trago de cachaça e uma lasca de rapadura de melado antes de enfrentarem mais uma dia quente no canavial.

Na ponta da fila, era Fagundes o responsável por entregar o desjejum:

— Vira de uma vez essa cachaça e leva a rapadura no dente! Anda! Anda! — instruía impacientemente, empurrando os negros na direção de Irineu para receberem o instrumento que usariam na lavragem.

Sabola fora um dos últimos a abandonar a senzala para se juntar à fila dos famintos. Sem entender sequer uma palavra do que os peões vociferavam, limitava-se a reproduzir as ações dos outros escravos. Ao observá-los entornar o pequeno copo de pinga, fez o mesmo. O arrependimento veio quando a cachaça desceu queimando a garganta e a boca começou a ressecar.

O jovem não era acostumado ao seu paladar agressivo. E a aguardente destinada aos negros era a de pior qualidade, pois os destilados com aroma suave da cana e livre de impurezas ficavam reservadas ao acervo particular dos Cunha Vasconcelos.

Mascando a rapadura para suavizar um pouco o gosto amargo, Sabola recebeu uma foice das mãos de Irineu e rumou junto aos outros.

O sol que rompera a arcada do horizonte subia mansamente enquanto Damiana terminava de varrer o chão da enorme varanda coberta que cercava a frente da casa-grande. Daquele balcão, suspenso alguns poucos metros do chão, tinha-se uma vista privilegiada da vasta extensão da Fazenda Capela.

Um gramado, com arbustos espalhados e uma variedade de árvores nativas, se juntava ao pasto mal aproveitado de frente à mansão, logo após o final da estrada de terra que dava acesso à propriedade.

Distante, mas ainda abrigada sobre a relva que se estendia muito além dos degraus da porta de entrada, a coluna de madeira onde os negros eram torturados repousava inerte e solitária. Nas ocasiões em que Antônio regia suas apresentações de truculência naquele palco da crueldade, quem estivesse debaixo do telheiro conseguiria assistir de camarote aos estalos da chibata rasgando a pele de um homem.

A sombra que batia no banco rústico de madeira ao lado da porta tornava o local agradável para quem quisesse prestigiar a paisagem verde e relaxar ao trinar das aves que alegremente ruflavam suas plumas. Foi ali que Inácio resolveu ocupar a mente com a leitura de um de seus volumes sobre medicina clínica. Mas ao sair e ver Damiana varrendo o piso, a expressão do rapaz se alterou.

Retraído, sentou-se no banco da varanda e abriu o livro na página marcada, porém os seus olhos não tinham como foco as letras daquele texto. Sua vontade de absorver conhecimento fora derrubada por um desejo mais forte. A luxúria que lhe tomava o pensamento ao ter a jovem tão perto de si coibia a mente de concentrar-se no estudo. E a culpa por ter ficado calado diante da humilhação que Antônio a fizera suportar na noite anterior o assombrara durante toda a madrugada.

Ao ver Damiana bater as cerdas da vassoura de palha, preparando-se para abandonar o local, Inácio imaginou diferentes maneiras para abordá-la antes que entrasse na casa, mas o nervosismo petrificava seus lábios. Somente quando a mucama já cruzava a porta o rapaz conseguiu superar a timidez:

— Damiana...

A escrava parou imediatamente à sua frente:

— Senhor? — respondeu-lhe sem tirar os olhos do chão, aguardando algum pedido.

O que Inácio queria era dar uma explicação para o seu silêncio diante da atitude desprezível do irmão, mas, com Damiana parada diante de si, perdeu-se momentaneamente em um devaneio que tomou forma no som de sua voz:

— Faz tanto tempo que parti para Portugal, mas só depois de ver-te entrando na sala ontem percebi como o tempo havia passado. Estás tão... tão diferente. Quase não te reconheci.

A criada permaneceu com o rosto baixo:

— O senhor quer que eu traga alguma coisa? — perguntou-lhe sem entender o propósito daquela conversa.

— Não. Não precisa, Damiana. Eu só queria me desculpar pelo Antônio. Fico envergonhado pela postura que ele teve à mesa ontem. Não acho certo o que ele fez e ofereço as desculpas sinceras da família em meu nome.

Damiana jamais imaginaria ouvir um pedido de perdão por parte de um Cunha Vasconcelos. O tom amigável e a sinceridade na fala de Inácio foram apreciados, mas não suficientes para fazer a moça abandonar a postura com a qual fora educada. Ela acenou com a cabeça, aceitando as desculpas, mas o seu olhar insistia em enxergar apenas as próprias pegadas:

— Só isso, meu senhor?

— Inácio. Podes me chamar de Inácio — pediu-lhe de modo cordial.

— Não sou, nem quero ser, senhor disto cá.

— Só isso, seu Inácio?

— Sem o "seu" — insistiu. — Apenas Inácio está bom.

Não sabendo como se portar, Damiana ficou em silêncio. Ela aguardava a ordem para poder se retirar, mas Inácio também estava mudo. Ele queria tê-la por mais tempo ao seu lado para poder continuar apreciando a sua beleza de perto; entretanto, sabia que precisava liberá-la para o cumprimento dos afazeres domésticos.

— Era só isso mesmo. Queria apenas me desculpar. Obrigado.

— Licença — disse a criada se retirando.

— Mas, Damiana...! — interrompeu-a mais uma vez. — Caso tenhas alguma lembrança ruim de algo que eu possa ter feito a ti antes de ir para a Europa, também gostaria que me desculpasse. Às vezes precisamos ficar longe da família para começarmos a pensar por nós mesmos.

Desta vez as palavras atingiram o objetivo que ele buscara. A garota finalmente levantou o rosto para ver os olhos amistosos de Inácio encarando-a como igual.

O rapaz lançou-lhe um sorriso com tamanha amabilidade que acabou angariando sua simpatia. Ela retribuiu o gesto, de forma acanhada, antes de entrar na casa e deixar Inácio sozinho no terraço, rememorando o breve momento que compartilharam.

O dia de trabalho ainda estava na metade e Sabola já colecionava algumas farpas nos dedos por manusear a foice intensivamente contra os nós e entrenós dos troncos de cana. Suas mãos ainda não eram calejadas para aquele trabalho, mas, pelo ritmo imposto pelo feitor, logo a sua pele estaria grossa para encarar a labuta com menos feridas.

Os mais de três metros de cada pé de cana-de-açúcar não eram suficientes para bloquear os raios impiedosos do sol ao meio-dia. As folhas compridas em forma de lança não conseguiam mais presentear os escravos com o refúgio da sombra, deixando-os expostos ao calor.

Após ceifar a cana crua rente ao solo, Sabola aproveitava para observar os arredores do canavial enquanto arrancava as folhas verdes e preparava o talo. Antônio Segundo e Jonas estavam mais distantes, monitorando o trabalho, e o resto dos peões rondava a lavoura de perto. Mas o que lhe chamou a atenção foi a figura estranha que saiu da moenda puxando consigo uma mula para colher as estacas de cana amontoadas. Era um negro cuja camisa parecia larga e a bermuda rasgada de algodão cobria-lhe dois palmos para baixo dos joelhos, tão magro ele era.

Apesar do físico debilitado do escravo, dos passos sofridos com os pés descalços e da dificuldade com a qual arriava o tronco a fim de alcançar os talos no chão para colocá-los sobre o lombo da mula, o que de fato instigou a curiosidade de Sabola foi a grotesca máscara de metal pesando sobre a cabeça daquele homem. O instrumento, preso com um cadeado na parte de trás, escondia todo o seu rosto. Pequenos orifícios na direção dos olhos lhe permitiam enxergar apenas o suficiente para marchar sem cair ao chão, mas não o impediam de tropeçar nas pedras. O formato afunilado era para abrigar o nariz do coitado que a vestisse e furos acanhados na extremidade impediam um homem de morrer sufocado.

Sabola não tinha ideia de qual seria o delito cometido para receber tamanha punição, mas percebeu que tanto os peões quanto o feitor não prestavam a mesma atenção ao mascarado. O homem transitava livremente na fazenda, passando pelas linhas de cana, colhendo os talos e levando-os sobre a mula para a moenda, que ficava distante.

Com o fim de mais um dia de trabalho árduo na lavoura, e consumada a celebração da eucaristia obrigatória, os escravos todos retornavam ao encarceramento da senzala.

Akili, sentado com o seu inseparável cachimbo nos lábios, acompanhava a movimentação rotineira do final de tarde. Os negros tinham seus lugares de costume, e, mal botavam os pés no cárcere, encaminhavam-se aos seus postos para aguardar que um dos peões viesse fechar a boca do cadeado.

A antiga corrente de Akili foi usada novamente para prender o jovem Sabola. O chão duro ao lado do velho seria a sua cama, e a parede áspera de pedra e barro, o seu encosto. Aquele agora era o seu lugar de direito na masmorra de Capela.

Mais para dentro da senzala, porém não muito distante, estava o mascarado, escorado na parede oposta, aguardando para que lhe furtassem o peso sobre o rosto. O escravo dobrou o pescoço de forma adestrada quando Irineu se aproximou para libertá-lo do suplício. Com o rosto livre, ele pôde, finalmente, inspirar com vontade o ar para dentro dos pulmões. A senzala, quando comparada ao enclausuramento claustrofóbico da máscara, perdia o odor nauseante e parecia arejada como um terreno descampado ao sereno.

Sabola estava atento à máscara nas mãos de Irineu. Quando o peão passou à sua frente no caminho para fora da senzala, seus olhos a acompanharam, curiosos, e assim permaneceram até a porta ser trancada.

— A máscara é pra quem rouba comida — disse Akili ao perceber a dúvida pairando na mente do rapaz. — Ou pra quem bebe muita pinga, como o Asani.

Sabola voltou a olhar o escravo, com a cabeça encostada na parede já quase adormecido. Estava tão exausto que nem se preocupara em deitar-se.

Os dialetos eram proibidos na fazenda, mas dentro da senzala, longe dos olhos dos brancos, os negros se comunicavam em sua língua de origem. Os de cultura banto eram os mais presentes e, apesar de ostentarem os diferentes costumes entre seus territórios, muito da linguagem era compreendido por todos que vinham do sul e da região central da África.

— Se te pegarem comendo terra também — o velho continuou. — Aqui, não tem liberdade nem para se matar.

Akili puxou a fumaça com vontade e a prendeu antes de oferecer o cachimbo a Sabola. O jovem, como tantas outras coisas em sua vida antes de se tornar escravo, nunca havia fumado. Mas agora que estava encarcerado, limitado apenas às oportunidades que surgissem na senzala ou no canavial, sentiu o gosto amargo do pito. Bastou uma leve tragada para quase engasgar-se e afastar o fumo para longe.

O velho pegou de volta o seu cachimbo, rindo da inaptidão do rapaz:

— Akili Akinsanya, de Angola — apresentou-se.

— Sabola Citiwala, Congo — respondeu em meio à tosse.

— Bom te conhecer, Sabola Citiwala, do Congo. E como é que os brancos te chamam?

— Como me chamam?

— Não te deram um nome ainda?

O rapaz balançou negativamente a cabeça, estranhando a pergunta.

— Então, não deixe de aproveitar bem esse tempo. Depois que te derem um nome, você vai começar a duvidar até mesmo de quem você é. Eu já estou aqui há tantos anos que nem sei mais se sou o Akili... ou o Fortunato.

Agora foi a vez do velho de ficar em silêncio, imerso no seu drama pessoal. A privação de uso do próprio nome é castigo dos mais perturbadores, mesmo quando já se está acostumado a ser chamado por outro.

Dos poucos dias que Sabola estivera na fazenda, os rostos na senzala já lhe eram reconhecíveis do canavial. Mas não o de Akili. Na noite anterior ele havia chegado à senzala praticamente inconsciente e nem se dera conta de que os ferimentos das suas costas haviam sido tratados pelo velho.

— Por que não te vi cortando cana? — perguntou-lhe.

— Aqui todo mundo já foi castigado, Sabola. Acontece que o mesmo homem que te açoitou não tem mão firme só na chibata.

Havia uma história por trás da resposta para aquela indagação. Da época em que ainda restavam-lhe muitos fios negros por entre os cabelos grisalhos e de quando seu rosto, apesar de já marcado pelas rugas, não era tão riscado. Akili aproveitou para inalar a fumaça de cachimbo mais uma vez antes de começar:

— Já faz tempo, mas teve uma noite que consegui escapar daqui sem ninguém notar. Fui me escondendo nos recantos que encontrava pelo pátio até beirar a casa-grande. Quando cheguei no telheiro, pisei bem de leve nos degraus de madeira pra não fazer ruído nenhum, mas depois... depois me descuidei. Quando olhei pela janela, pra dentro da sala, vi algo tão belo que fiquei... fiquei sem reação. Eu não queria saber de mais nada, eu só... só queria... continuar observando — disse, com o olhar distante. — Fiquei lá parado, sem pensar em mais nada, e nem percebi o diabo branco saindo pela porta, bem do meu lado, pra pitar um cigarro. Mas ele... ele me viu.

Mais de uma década havia se passado, mas Akili ainda lembrava bem do rosto novo do jovem senhor, com seus vinte e um anos mal completados, encontrando-o na varanda.

— Naquela noite eu descobri como era ser punido de verdade. — Naquele momento, o velho rememorava a dor que o acompanhava já havia catorze anos.

O espancamento que sofrera nas mãos de Fagundes e Irineu, na época recém-chegados a Capela, não pareceu suficiente a um Antônio Segundo ainda mais impetuoso devido à juventude. Ele observara, de carabina à mão, os seus peões contundirem os próprios punhos, de tão violentos que eram os murros no rosto e nas costelas do escravo.

— O desgraçado era cheio de vontade — continuou Akili. — Mal tinha acabado de virar homem e já queria mostrar ao pai que estava pronto pra tocar a fazenda. Desde moço que ele acompanhava os peões pra todo lugar querendo botar ordem. E quando negro aprontava, não tinha quem tirasse o chicote da mão dele. Cansamos de ver escravo perder a vida porque ele não sabia medir a força. Achei que eu seria mais um na conta. Só que eu aguentei. Por pior que tenha sido o castigo... naquela noite, mais do que nunca, eu aguentei porque queria ficar vivo.

Não foram poupados detalhes em seu relato. Akili lembrava-se perfeitamente que mal conseguia ficar de pé quando Antônio resolveu participar do espancamento. O jovem feitor, isento de qualquer sobriedade e tomado pelo sádico desejo de aplicar a sua lei, não hesitou em descer com violência o pesado cabo de madeira da sua chumbeira na perna do escravo.

Um doloroso urro trovejante denunciara o ligamento do joelho arrebentando-se ao impacto daquela soleira. O osso da canela fora partido em pedaços com a força desmedida da coronhada e a ponta cortante da tíbia fraturada rasgara a pele de dentro para fora, deixando-a exposta.

Os peões largaram o escravo, que desabara sobre a terra dura. Seu anseio em buscar agasalhar com as mãos a chaga aberta que sangrava fora interrompido novamente pela coronha, que, repetidas vezes, marretara o membro ferido de Akili antes que a ira de Antônio avançasse com a mesma crueldade sobre a outra perna do homem no chão. Desmaiado, ele fora carregado de volta para a senzala.

Sabola ouvia a história do velho com uma atenção alarmada, imaginando a dor que o homem sentira ao ter os membros esmigalhados. Mas foi apenas quando Akili retirou o pano negro que cobria a parte inferior de seu corpo que o jovem escravo pôde perceber que não conseguiria mensurar todo o sofrimento. Seus olhos se arregalaram ao ver as pernas tortas do velho, com cicatrizes grotescas e juntas mais grossas após a calcificação natural dos ossos.

— Eu não sabia que dava pra ouvir barulho de osso quebrando daquele jeito. Foi que nem graveto seco sendo partido no meio — lembrou, expondo as marcas daquela noite. — Acharam que as minhas pernas iam melhorar, que logo eu ia poder voltar a levar a cana pra moenda como eu fazia todo dia. Só que o tempo foi passando, passando... e acabou que elas ficaram desse jeito; sem a capacidade de poder erguer o meu tronco do chão. Só vejo o sol quando abrem essa porta. Nem sei mais como é sentir ele tocando a minha pele. Disso eu sinto falta.

— Você devia ter fugido direto para a floresta! Para longe!

— Não... — discordou antes de mais uma tragada no cachimbo. — O que eu vi pela janela aquela noite... foi exatamente o que eu saí pra procurar.

Akili afundou-se novamente em devaneios ocultos por um breve momento, antes de voltar a encarar os olhos curiosos do seu ouvinte:

— Se eu quisesse fugir, eu fugiria, Sabola. Era só correr até o estábulo, montar no lombo de um cavalo e sumir na mata que ninguém ia me achar. O mais enjoado foi conseguir abrir o cadeado dessa corrente. — Apontou-lhe o anel prendendo o seu tornozelo. — Foram cinco anos pra aprender a me livrar disso. Mas depois que a gente aprende é bem menos custoso do que parece. Com a porta da senzala é a mesma coisa.

Os pelos do braço do rapaz se arrepiaram ao ouvir aquilo:

— Você... você sabe como tirar a corrente? — perguntou escondendo a própria voz, arrastando-se para mais perto de Akili.

— De que importa? Os brancos nem precisam se incomodar mais em me acorrentar na parede. Se eu ainda pudesse andar e tivesse a sua idade...

— Você precisa me ensinar!

— Sabola...

— Por favor, Akili! — insistiu, manifestando uma cobiça incoercível pela liberdade.

O velho não respondeu. Ele via nos olhos do jovem a esperança em ter o desejo atendido, mas, para tentar escapar da Fazenda Capela, um escravo precisaria ter uma vontade que extrapolasse os limites de uma mera pretensão.

— Um telhado pra proteger da chuva e o pouco que dão pra comer aqui pode ser mais do que você vai conseguir solto na floresta. Os outros escravos já aceitaram que é melhor ter isso do que nada.

Aquelas palavras não eram para induzir a desistência. No entanto, para ajudar o jovem, Akili precisava ter certeza do comprometimento de Sabola.

— Não quero corrente na perna! — o rapaz afirmou, injuriado. — E não será marca de chicote nas costas que vai me impedir de tentar fugir sempre que eu tiver uma chance! Nada vai me segurar, Akili! Eu vou encontrar um jeito de escapar desta fazenda. Mesmo que você não me ajude!

A expressão raivosa na testa franzida de Sabola ao proclamar as palavras alentadas pela revolta mostravam que o escravo não seria facilmente amansado. Isso agradava o velho. Ele confrontou o olhar do jovem, na busca de uma hesitação escondida, mas não a encontrou.

— Eu reparei no seu rancor quando o homem que te rasgou as costas entrou na senzala, pela manhã. Esperei muito tempo pra ver chegar alguém com essa vontade nos olhos. A mesma que eu tinha. Você pode ser o escravo que levará adiante o que eu não terminei.

— É só tirar essa corrente, Akili. Tira que eu te carrego junto comigo.

— Não, Sabola. Pra ter o que eu quero, os senhores desta fazenda não podem ficar de pé. O pai e o filho devem perder o brilho dos olhos; devem cair mortos pelo que fizeram! E isso tem que ser feito pela mão de um negro.

Sabola entendeu muito bem o que Akili estava insinuando, mas se negou a demonstrar, na esperança de que sua interpretação estivesse incorreta.

— Você pode ser esse negro? — Akili perguntou, confirmando a suspeita.

As pernas de Sabola amoleceram com as alternativas postas à sua frente. Matar alguém era algo que jamais havia feito. Entretanto, ter de volta sua liberdade era o que mais desejava.

— Se você me ajudar a fugir, Akili, eu prometo que volto pra dar isso a você.

Não houve hesitação na resposta de Sabola. Sua palavra foi dada e ele cumpriria o acordo conforme o prometido. Mas Akili continuava a encará-lo com certo desconforto. Sabia das consequências de uma fuga malsucedida.

— Eu posso te ajudar, Sabola. Mas é preciso que tenha na sua cabeça que, se te pegarem, você não vai levar só umas chibatadas nas costas. Vão te torturar... e não vai ser pouco. Depois, quando você não estiver mais aguentando, não tiver força nem pra gritar de dor, eles vão te matar da maneira mais cruel que imaginarem, na frente de todos os outros escravos, como exemplo pra ninguém mais tentar fugir.

O velho estava pintando o pior cenário possível e jogando a responsabilidade da escolha inteiramente nas mãos de Sabola, buscando isentar-se da culpa por estar induzindo o rapaz.

— A sua vontade de sair daqui e a promessa que você está me fazendo são maiores do que o medo de ser pego tentando fugir? — Akili perguntou-lhe uma última vez, dando-lhe a chance de recuar.

O jovem estava apreensivo. Era impossível dizer que o medo de morrer, ainda mais sob tortura, não o deixava preocupado. Não teve coragem de responder com palavras, mas um aceno positivo com a cabeça foi o ponto final para as indagações de Akili. A decisão estava tomada.

— Vou precisar de ferramentas pra abrir o cadeado. Você vai ter que dar um jeito de andar pela fazenda pra me trazer material.

— Andar pela fazenda? — Sabola se espantou com a tarefa. — Como, se fico na plantação com os brancos olhando tudo o que faço? Só de virar o rosto já aparece homem berrando.

— Fácil eu sei que não é, Sabola. O que tenho pra oferecer é só o caminho. Mas quem tem que andar por ele é você.

O respiro fundo que saiu do peito do rapaz revelava a sua decepção. Primeiramente imaginara que a fuga aconteceria de imediato, agora não só precisaria esperar como também descobrir uma maneira de enganar o feitor e seus peões.

— E se for fazer isso, vai ter que ser sozinho! — Akili completou. — Não quero que comente com ninguém esta nossa conversa. Se o diabo branco vir escravo agindo de forma estranha, vai acabar desconfiando que alguma coisa não está direita. Aí quero ver impedir o desgraçado de derramar sangue até descobrir o que é.

— Nem tenho pra quem falar, Akili — Sabola garantiu o silêncio com base em sua falta de tempo para fazer amizades durante o curto período na fazenda.

— Tem muito homem aqui dentro que não aguenta mais a chibata, Sabola. Só de ver a ponta do chicote fala até o que não sabe. Para isso dar certo, você vai ter que fazer tudo calado. Sem abrir a boca!

O velho era a primeira pessoa com quem Sabola trocava algumas palavras e, agora, por cumplicidade, teria de permanecer como a única. Com os termos acordados, o plano poderia começar a ser traçado.

— De jeito nenhum vão te deixar solto por aí. E não invente de sumir quando os homens não estiverem olhando, porque se te pegarem será pior. Só tem um modo de andar pela fazenda. Você precisará dar um jeito de puxar a cana até a moenda.

— E como eu faço isso?

— Vai ter que ganhar a confiança dos brancos. Eles dão essa função como um agrado para escravo que se mostra prestativo e obediente.

— Pra mim, então, vai demorar... — desapontou-se Sabola, e com razão. Para um escravo açoitado por desacato logo no primeiro dia de trabalho, fica difícil reverter a imagem de desordeiro.

— Acho melhor já começar amanhã, logo cedo, a fazer o papel de servil. Chegue primeiro na lavoura, corte a cana mais depressa que os outros, empilhe os talos direito e ajude a colocar na mula. E o mais importante: não esqueça de sempre abaixar a cabeça quando um branco passar.

Aquele cenário desagradava Sabola ainda mais do que a imagem de sua morte agonizante. Desestimulado, encostou a cabeça na parede e olhou para o fundo da senzala, imaginando como seriam os seus dias aprisionado. Os escravos mais antigos, aparentemente acostumados ao cotidiano trágico imposto a eles, conversavam entre si, enquanto os que chegaram havia pouco tempo ainda pareciam se perder nas lembranças de um passado bem diferente da vida no cárcere.

Sabola não se identificava com nenhum deles. O seu olhar consternado, carente daquela esperança que o arrebatara por momentos, vagava pela penumbra do alojamento sem procurar um foco. A busca pela liberdade, que vislumbrava estar tão próxima, agora parecia intangível.

O rumo perdido das vistas encontrou o seu porto ao cair novamente sobre Asani. Ao ver o escravo sentado com a boca aberta, entregue ao mais profundo dos sonos, seu entusiasmo com a ideia da fuga se reacendeu. Um brilho surgiu nos olhos de Sabola, revelando a inspiração de um plano que o agradava:

— Acho que eu tenho um outro jeito.

Em contraste aos dias ensolarados, a temperatura na fazenda era mais amena após o entardecer, devido a suave brisa que vinha da floresta.

Na sala principal da casa-grande, os Cunha Vasconcelos encontravam-se reunidos ao redor da lenha flamejante que estalava na lareira. Durante o período em que ali estivessem, Jussara recebera ordem para ficar de prontidão à base da porta, em silêncio, aguardando para atender aos pedidos que porventura surgissem.

O aroma do pinho queimando escoltava o calor da brasa, que, furtivamente, ocupava os espaços do maior aposento da mansão. As tábuas alongadas do piso de madeira maciça se ocultavam debaixo dos enormes tapetes escarlates, do mesmo tom da cortina ornamental na janela que confrontava a varanda.

Próximo das chamas, Antônio Segundo encontrava-se apoiado na prateleira que beirava a coifa de concreto acima da caixa de fogo, derramando, em um pequeno copo de vidro, consecutivas doses da melhor cachaça artesanal feita no alambique da fazenda.

Sobre a alfombra mais vistosa, duas poltronas acolchoadas se destacavam em frente à lareira por seu tamanho e conforto. Sentado em uma delas, o grão-senhor conferia os números em seu caderno de registros com o semblante perturbado.

Ao seu lado, separado por uma mesa que sustentava um castiçal com velas acesas, Inácio lia com atenção um de seus livros.

— Vamos ter que aumentar a produção! — esbravejou o pai, fechando o bloco de notas. — Ou baixar o preço do açúcar... de novo! Do jeito que as coisas andam, logo vou ter que arrendar um pedaço da fazenda.

— A gente pega mais uns escravos pra dar conta — sugeriu o filho mais velho, entornando a aguardente.

— Não é tão fácil, Antônio. Não dá pra sair gastando cem mil réis toda vez que precisamos de um negro. Já pegamos um lote não faz nem uma semana.

A preocupação tinha fundamento. Os valores cobrados pelos comerciantes negreiros estavam cada vez maiores devido à dificuldade de atravessar as águas internacionais monitoradas pela Inglaterra. Além de os custos para subornar os fiscais portuários serem repassados ao comprador.

— Então o pai pode ficar sossegado que amanhã mesmo eu já começo a cobrar o serviço com um pouco mais de autoridade — disse Antônio, levantando a lateral do lábio num sorriso mal-intencionado.

— E eu sei como você detestaria ter que fazer isso. Não é mesmo? — ironizou Batista.

Inácio tentava continuar a leitura, mas o sadismo jocoso na fala dos familiares o obrigou a interrompê-la.

— O senhor me permite uma observação, meu pai?

— Lógico, meu filho.

— E o que você tem com isso, Inácio? — Antônio atravessou rispidamente.

— Deixe o seu irmão falar! — ordenou o patriarca, fazendo o primogênito se calar.

— Não acredito que a questão seja resolvida ao forçares os escravos a trabalhar mais — expôs o caçula. — Pode não haver prejuízo, mas seria apenas por um período demasiadamente curto. Todo homem tem um limite físico que precisa ser respeitado.

— Acontece que não vou pôr o cansaço de um negro à frente da sobrevivência da fazenda, meu filho. Não tem sentido um negócio desses.

— Mas se ultrapassares esse limite, meu pai, os homens começarão a cair de rendimento e terás que gastar o dobro dos teus réis em mais escravos para compensar as perdas. Terás prejuízo do mesmo jeito.

Batista não gostava da ideia de poupar sofrimento a um negro. No entanto, também não poderia correr o risco de perder trabalhadores. Por mais que lhe desagradasse, o ponto de vista do seu filho mais novo não tinha como ser ignorado. Ainda mais sendo o parecer de um médico.

— Vamos imaginar que eu concorde com você, Inácio...

Incrédulo, Antônio Segundo quase se afogou com o pouco de pinga que ainda restava no seu copo ao perceber o pai considerando as palavras do irmão:

— Pai, o senhor não está pensando em dar ouvidos pra essa bobagem...

Batista ergueu a palma da mão em descaso ao protesto enciumado de Antônio, ordenando que permanecesse calado para que pudesse continuar a sua conversa.

— O que você teria para sugerir? Que eu não deixe o Antônio fazer do jeito que ele quer...

— Caso o senhor tenha a pretensão de prosperar ainda mais como comerciante, não acredito que o caminho seja aumentar a produção de um produto que já tem concorrência alta no mercado internacional. Poderia colocar mais gado na terra para suprir as perdas da cana e arriscar investir em uma mercadoria nova com baixo custo de implantação.

— Você acha que a gente vende cachaça e rapadura na feira, Inácio?! — intrometeu-se Antônio, afrontando o irmão. — Europeu não paga fiado o nosso açúcar! Seu pessoal já chega balançando nota pra levar todas as caixas que a gente enche. Se o preço baixar, é só produzir mais que eles compram tudo! Não precisa ser estudado pra entender a matemática desse negócio.

— A matemática pode até estar certa, Antônio, mas não colocaste todos os elementos na equação. Os europeus também compram açúcar das Antilhas, que, além de ser mais barato, fica mais perto da Europa. Estudar um pouco de vez em quando não faz mal, meu irmão. Deverias tentar um dia.

— Inácio! — Agora foi a vez de o caçula ser repreendido pelo pai para que a situação não piorasse.

O temperamento explosivo de Antônio precisava ser administrado e não seria com provocações do filho mais esclarecido que a situação terminaria de forma civilizada. Enquanto Inácio tinha como arma a sua destreza com as palavras, elas de nada serviriam quando Antônio resolvesse apelar para a agressão física.

— Perdão, meu pai — Inácio prontificou-se a se desculpar. — Mas o que quero dizer é que cá, nesta fazenda, há muito pasto que poderia ser melhor aproveitado. Como me perguntaste, sugiro que reserves um talhão ou dois para começar um plantio de mudas de café e ver o resultado daqui a alguns anos.

— Café?! — Antônio esbravejou.

— Um lucro mais expressivo se consegue apenas quando se tem uma boa visão das oportunidades. Se o preço do açúcar está a cair a ponto de precisarem repensar todo o planejamento para ter a mesma moeda, talvez seja uma boa hora para cogitar uma nova opção. Não estou certo?

— E desde quando você entende de lavoura, Inácio? Acha que é só jogar semente no chão e regar que vai brotar dinheiro nos galhos? Precisa ter estrutura feita, conhecimento no assunto. E aqui nós temos isso de sobra... só que pra plantar cana! Pra fazer e vender açúcar!

— Não precisas me lembrar de que não entendo de lavoura, Antônio. Fui embora justamente porque meus interesses eram outros. Mas o consumo do café na Europa está a aumentar. E um assunto muito discutido por lá é a revolta que está a acontecer em São Domingos. Essa guerra com a França pela independência na colônia pode levar alguns anos, e isso, com certeza, abrirá espaço para alguém tomar o lugar deles como maior exportador. A melhor hora para investir é quando o mundo está à beira de uma crise.

Antônio jamais conseguiria sair vitorioso em uma discussão aberta contra o irmão. O que ele tinha era apenas um conhecimento limitado ao campo que exercia, adquirido nos trabalhos rotineiros da fazenda, enquanto Inácio, apesar de estar alheio a tudo isso, era dotado de um raciocínio lógico apurado e bagagem cultural. Nos seus anos de instrução acadêmica em Portugal, o rapaz não ficara somente prostrado sobre livros de medicina. Ele também aproveitara para conhecer outras regiões do velho continente e manter-se atualizado sobre os acontecimentos mundiais com a leitura de periódicos que abrangiam desde a *Gazeta da Restauração*, de Lisboa, até o *Times* londrino.

O fato era que ao irmão mais velho faltavam argumentos. Mas isto não o impediria de continuar a sua luta para resguardar o trabalho pelo qual tinha tanto apreço.

— Pai — insistiu Antônio uma última vez — para o senhor não dizer que estou implicando com o Inácio, eu até concordo que a gente possa colocar mais uns bezerros de corte para aproveitar melhor o pasto. Mas não arredo pé de que é errado ocupar as terras para plantar outra coisa. Temos que dar mais atenção é para o canavial! O açúcar de Capela tem tradição.

— O café é um produto que está com o valor comercial em alta — retrucou Inácio imediatamente. — E com esse conflito, o preço tende a subir ainda mais.

Os dois aguardavam o veredicto do pai.

Como a maior preocupação de Antônio Batista sempre fora com a produção de cana-de-açúcar, outras atividades rurais, que tinham potencial para prosperar na Fazenda Capela, não eram plenamente desenvolvidas. Um bom exemplo fora o citado por Inácio. Apesar de a fazenda ter espaço e pastagem de qualidade, ela abrigava somente o número suficiente de bezerros para evitar que o capim ficasse muito graúdo, pois, mantendo o mato rasteiro, tornava-se mais difícil para um escravo encontrar algum local onde se esconder caso tentasse fugir para a floresta que avizinhava o pasto.

Aquela era uma decisão muito importante para o futuro das terras e o patriarca precisaria tomá-la levando em consideração as ponderações coerentes do filho recém-chegado.

Após muito refletir, Batista rompeu o silêncio:

— O seu irmão está certo, Inácio. Perder um pedaço de terra para plantar algo novo pode ser arriscado demais para a fazenda. É melhor aumentarmos a produção do açúcar porque já temos comprador certo.

A sentença foi comemorada enfaticamente por Antônio, até então angustiado.

— Foi apenas uma sugestão, meu pai — expôs Inácio, aceitando a derrota. — Minhas palavras não tiveram intenção de embaralhar tuas escolhas. Peço perdão se soaram desta maneira.

— O que é isso, meu filho? Suas palavras foram muito bem-vindas! Alegra-me saber que se preocupa com a fazenda. Desta forma não mata de vez a minha esperança de um dia te ver pegar gosto pela coisa e cuidar dela junto com o teu irmão.

A expectativa romântica de ver a terra administrada em paz pelos dois filhos não era do agrado de nenhum dos seus herdeiros.

O sorriso desarranjado de Inácio mostrou a sua educação em não repisar um assunto do qual desgostava. E Antônio, amuado pela sugestão do pai, encheu mais uma vez o pequeno copo de cachaça.

O filho mais novo até tentou retornar ao livro, mas a tapeçaria exposta nas paredes não rebatia a luz dos candelabros distribuídos pelos móveis rústicos da sala. O pano que escondia a alvenaria devorava a pouca luminosidade do local, dificultando o prazer da leitura e coibindo os olhos de permanecerem focados nas letras por muito tempo.

— Meus olhos estão enfastiados — disse Inácio, fechando o volume e levantando-se da cadeira. — Peço licença ao senhor para beber um copo d'água e me retirar.

— Fique aí que a criada traz para você.

Ao ouvir a ordem indireta do senhor da fazenda, Jussara imediatamente preparou-se para ir até a cozinha.

— Não! — o rapaz a interrompeu de uma maneira um tanto escandalosa, fazendo com que todos, inclusive a mucama, o estranhassem. — Não quero tirar a Jussara de seu posto. Podes precisar de algo, meu pai. Agradeço, mas não te incomodes. Pego eu mesmo antes de subir ao aposento.

Inácio não parecia muito seguro de suas razões. A escrava continuou com metade do corpo para fora da sala, aguardando uma palavra final do chefe da família.

— Se assim prefere... — concluiu o pai sem encontrar motivos para discordar.

— A bênção, meu pai.

— Deus te abençoe, meu filho.

— Antônio... — dirigiu-se ao irmão.

De costas, ele apenas ergueu o copo cheio de pinga em resposta, como se brindasse à sua partida, e o virou numa golada única.

Inácio recolheu o seu porta-vela e queimou o pavio virgem nas flamas do candelabro. Aquela pequena luz o guiaria em segurança pelas escadarias da casa-grande até chegar ao seu quarto.

Ao abandonar o calor do aposento e fechar a porta atrás de si, seus olhos precisaram de um tempo para se acostumar à penumbra do corredor. A luz da vela era tímida e clareava apenas alguns passos a sua frente.

Para chegar à cozinha, Inácio precisaria passar pela sala de jantar, que ficava a alguns metros de onde estava. Era apenas a distância da larga galeria de entrada da mansão, que tinha início ao pé da porta principal e findava nos degraus para o pavimento superior.

Como a hora já estava avançada, o rapaz apressou o passo, tateando as paredes para não topar com a dor de um encontro inesperado na ponta de algum móvel.

Ao cruzar a mesa onde saboreavam as refeições fartas preparadas por Conceição, Inácio chegou à porta da cozinha, que se encontrava fechada. Aproximou-se na busca de algum som que pudesse ouvir. O barulho de louça sendo empilhada misturava-se entre as vozes de duas mulheres conversando.

O jovem passou a mão nos cabelos curtos, forçando-os para trás, e alinhou o paletó por cima do colete justo antes de abrir a porta.

Do lado de dentro, Damiana secava os talheres e pratos que Conceição terminava de enxaguar em uma enorme bacia de água quente. As duas, ao verem Inácio entrar na cozinha, pararam imediatamente o que faziam e viraram-se para o jovem senhor. Damiana parecia nervosa na presença do rapaz. Não conseguia encará-lo.

— Ô, filho. Deseja alguma coisa? — perguntou a criada mais velha da casa, secando as mãos no avental.

— Vim apenas buscar um copo d'água antes de me deitar, Conceição.

A mucama prontificou-se a encher um copo na vasilha mais fresca que ficava ao fundo da cozinha, quase na saída para o quintal, deixando Inácio e Damiana a sós por um momento.

A jovem escrava não tirava os olhos do chão, mas podia sentir que Inácio a observava.

— Boa noite, Damiana.

— Senhor Inácio...

— Já falei que não precisas me chamar de senhor.

Damiana ficou muda, ainda não se sentia à vontade para atender àquele pedido. Inácio percebeu o desconforto da garota e, em passos lentos para não assustá-la, aproximou-se amigavelmente.

— Por favor, tires a vista do chão, Damiana. Não te julgues menos do que eu ou do que qualquer outra pessoa nesta casa. Este teu embaraço em mirar-me os olhos é descabido. Podes levantar o rosto.

Delicadamente, ele pôs o dedo indicador sob o queixo de Damiana e ergueu-lhe a face para que pudesse contemplar a beleza dos seus traços simétricos.

As pernas da garota tremeram com o toque de Inácio. O alento do silêncio, ao observá-la com uma admiração afetuosa, era mais intenso que palavras amorosas jogadas ao vento.

Damiana não reconheceu os próprios sentimentos. O receio de pisar em emoções desconhecidas a assustava. Mas a garota, que sempre evitava olhar o jovem senhor nos olhos, agora parecia não mais conseguir escapar-lhes, presa em um encanto agradável. Ela ainda tentava resistir, mas o sorriso terno e honesto de Inácio rebentou a trincheira da repulsa e conquistou, sem resistência, a permissão para que seus dedos escorregassem pela suave maçã daquele rosto até alcançar a ponta dos longos cabelos negros.

— Tua pele é tão lisa, Damiana. E os traços do teu rosto... não sei como explicar, mas... há algo neles, junto a estes cabelos cacheados, que me traz uma paz que havia muito não sentia. Se teus olhos não fossem tão tristonhos... Não sabes como és linda.

As lisonjas de sua palestra amorosa surtiram efeito no coração da criada. A expressão apreensiva abandonara o seu rosto para ceder abrigo ao semblante enfeitiçado. Por um breve momento, Damiana deixara-se levar, mas o sopro da realidade assombrou o clima afetuoso e a fez desviar o olhar. Ela afastou-se alguns passos para trás, pressentindo o perigo em que se envolvia.

Inácio compreendeu a reação da garota. Uma escrava estava sujeita aos desejos libidinosos do seu senhor e, geralmente, as depravações proibidas no leito matrimonial eram desempenhadas com violência na cama de uma negra. Apesar de estas não serem as suas intenções, a natureza da relação entre uma criada e o seu dono poderia carregar esta impressão.

— Peço perdão se pareci inapropriado. Não quis faltar-te com o respeito — garantiu o jovem, acatando a distância que Damiana tomara. — Se os meus elogios te incomodam, prometo que os contenho para não te aborrecer mais.

— Não... — rebateu ela prontamente, mas sem encará-lo. — Eles não me incomodam — confessou, envergonhada.

O medo de Damiana não esbarrava nos motivos que Inácio imaginara. Sua inocência ainda era preservada e não lhe passara pela cabeça a ideia de ser submetida à escravidão sexual. O que a garota temia eram sentimentos indomáveis mais complexos do que um ato libertino. Não queria apaixonar-se por um homem proibido. Mas, ao admitir que se sentia apreciada com o cortejo do jovem senhor, Damiana desafiou o que julgava ser prudente.

Ela levantou o rosto com a timidez sedutora de uma virgem relutando ao seu desejo de ser desbravada. Os lábios de Inácio arquearam-se num sorriso faceiro, e ele se aproximou.

Um clima propenso a mais juras de afeto se abriu. Mas, antes que o rapaz pudesse despejar novas palavras doces nos ouvidos da jovem cortejada, Conceição chegou anunciando o que fora buscar:

— Sua água, nhonhô Inácio — a mucama interrompeu, fazendo os dois se afastarem de sobressalto.

— Ah, sim. Muito... muito grato, Conceição. Obrigado — agradeceu com um nervosismo que denunciava sua culpa. Tanto ele quanto Damiana sabiam que aquela proximidade pareceria inapropriada.

Igualmente buscando disfarçar o ocorrido, a garota voltou a encarar o piso da cozinha. Toda aquela encenação, digna dos piores palcos burlescos, levantou a desconfiança da mulher, que observava o comportamento estranho de ambos os jovens.

— Bom... pois foi isto que vim buscar. Agora posso me retirar aos aposentos sem... sem ter a preocupação de ficar com a garganta seca na madrugada, não é mesmo? — embaralhava-se Inácio com explicações demasiadas. — Boa noite mais uma vez, Damiana — despediu-se sem a necessidade de fazê-lo, reforçando as suspeitas de Conceição.

Embaraçada, a jovem apenas acenou positivamente com a cabeça em resposta. Quando Inácio se retirou, ela voltou a secar os talheres sem comentar uma única palavra, torcendo para não ser questionada.

A sós na cozinha, o olhar cortante de Conceição tentava perfurar a máscara da omissão vestida por Damiana. A sua vontade era interrogá-la sobre a aventura sentimental que percebera e discursar sobre as inúmeras mazelas decorrentes desse tipo de envolvimento. Mas, no juízo de não querer condenar uma ré sem a certeza do crime, optou apenas por adverti-la:

— É melhor você tirar isso da cabeça, minha filha — disse rispidamente.

— O quê? — Damiana se fez de desentendida.

Conceição voltou a enxaguar os pratos com uma expressão contrariada no rosto. Se a suspeita fosse fundamentada, não era o medo de Inácio maltratá-la que a preocupava. Ela o conhecia desde que nascera e sabia que, diferentemente do irmão, o rapaz tinha um bom coração. A maneira carinhosa como o chamava de nhonhô desde a infância mostrava sua afeição pelo menino. Entretanto, a criada bem sabia das implicações que surgiriam de um relacionamento afetivo daquela natureza.

Na sala de estar, a garrafa de pinga artesanal estava seca de tantas doses que Antônio bebera. Sua resistência ao destilado era fruto do costume, mas todo homem tem seu limite.

Seus olhos avermelhados, com as pálpebras caídas pela embriaguez, fitavam Jussara de um modo que a deixava apreensiva. A mulher evitava encará-los, mas, ainda assim, no canto das suas vistas, as intenções do filho mais velho do senhor podiam ser bem interpretadas.

— Acho que também vou me deitar, pai — disse Antônio sem desviar os olhos da mucama.

— Vou em seguida, meu filho. Só vou terminar de rever estes números.

— Jussara! — ele a chamou, largando de qualquer jeito o pequeno copo de vidro sobre a prateleira da lareira. — Leve uma jarra d'água para o meu quarto.

Por um instante a moça ficou imóvel, petrificada pela certeza de não ser a água que saciaria sua sede repentina.

Após levar ao aposento o que lhe fora ordenado, a jarra permaneceu intocada sobre o criado-mudo ao lado da cama, conforme Jussara previra. O mesmo não poderia ser dito de seu corpo, usado como objeto de satisfação para o apetite devasso de Antônio. A violência com a qual saciava o seu desejo, em movimentos acelerados e brutos, machucava a criada por dentro. Mas ela suportava a dor do coito anal em silêncio, com a expressão de sofrimento físico e moral à flor do rosto.

A preferência de Antônio assustara Jussara da primeira vez em que fora chamada ao seu quarto. Na ocasião, uma mordaça improvisada com a fronha de um travesseiro fora enfiada em sua boca para abafar os berros que não conseguia conter. Mas a submissão constante lhe impusera a resignação. Ela apenas aguardava ser jogada de bruços e penetrada com agressividade.

Rangidos sonoros do leito alardeavam cada incursão de Antônio entre as nádegas da mucama. Prostrada de costas para cima, ela sustentava o tronco ereto sobre os braços apoiados no colchão, enquanto as mãos calejadas e ásperas do invasor apertavam fortemente as suas coxas finas.

As palmas farpadas de Antônio riscaram a pele delicada de Jussara no trajeto para agarrar com força os seus seios pequenos. Uma das mãos persistiu abrigada no calor do peito feminino, mas a outra cravou-se no pescoço da negra, a fim de segurá-la firmemente e puxá-la para trás, forçando o quadril com ainda mais vigor. Um urro grave e sonoro do agressor anunciou a chegada do orgasmo.

Ofegante, o homem repousou o peito suado sobre o dorso da jovem. Para ele, a satisfação sexual atingira a plenitude. Para ela, havia apenas o alívio por ter acabado o martírio.

Sem tempo para vestir-se, Jussara foi expulsa do aposento com as roupas nas mãos, cobrindo as partes íntimas. A mucama não chorava mais após o abuso costumeiro, mas sempre carregava consigo a tristeza da humilhação. De cabeça baixa, ela tomou o rumo do quarto das criadas. Tentaria descansar pelo pouco tempo que ainda restava da madrugada.

LOGO APÓS O NASCER DO SOL, A TERNA MELODIA DAS aves a pipilar pela manhã foi chacinada pelo som de foices metálicas talhando o canavial.

A rotina dos escravos, além de exaustiva, era enfadonha. Nada mudara nem havia a expectativa de mudar. Os escravos manejavam seus instrumentos de corte no mesmo ritmo de sempre, apenas aguardando o intervalo curto do almoço para depois voltarem a se sacrificar na lavoura antes da visita do padre Silva.

O único que carregava um brilho diferente nos olhos era Sabola. Ao acordar, o seu plano para antecipar o acesso a mais partes da fazenda já estava traçado. Restava-lhe apenas identificar a oportunidade para botá-lo em andamento.

Sem deixar de talhar a cana rente ao chão, o rapaz aproveitara toda a parte da manhã para entender a rotina do trabalho de Asani e observar por onde ele estava autorizado a andar. Quando o escravo aparecia puxando a mula, repetia sempre o mesmo trajeto; margeava a linha de corte recolhendo os talos do chão e voltava em direção à casa do engenho, onde os depositava.

Fagundes era quem ficava no meio do caminho, controlando à distância os negros que prensavam a cana no moinho para extrair o sumo que seria transformado em açúcar. Asani sempre passava por ele antes de chegar à moenda, mas, ao cruzar os galpões onde ficavam os caixotes a serem embarcados, o escravo sumia das vistas do peão e permanecia oculto pelo tempo necessário para retirar o amontoado de cima do lombo do animal.

Com tudo atenciosamente observado, não havia mais motivos para Sabola atrasar o seu plano. O rapaz buscou com os olhos o paradeiro de todos os brancos supervisionando a lavragem. Precisava certificar-se de que o seu teatro seria visto.

Irineu e Alvarenga patrulhavam o canavial ao longe. Jonas e Antônio, mais próximos, apreciavam os negros que suavam o couro na labuta braçal. O feitor estava de costas, mas o peão de confiança com certeza o tinha no campo de visão.

De maneira escandalosa, Sabola arremessou a foice para longe e jogou-se ao chão. Suas mãos abraçaram um punhado de terra à sua frente e ele começou a levá-la à boca com uma avidez exagerada.

Não demorou para Jonas perceber a cena que o escravo aprontava. Imediatamente o peão alertou o patrão quanto ao que estava acontecendo e ambos correram em direção ao rapaz que estava debruçado aos pés da cana.

Antônio já chegou acertando violentamente o bico de ferro da bota nas costelas de Sabola para virá-lo de barriga para cima.

— Que é isso, negrinho?! Chegou agora e já está pedindo arrego? — O feitor ajoelhou-se para falar com o escravo de perto. — Quer morrer, me fala, que não vai ser favor nenhum enfiar o meu facão no teu bucho! Mas que fique claro que aqui em Capela... preto não se mata! Se quer perder a vida, sou eu que vou ter o gosto de tirar.

Com o escravo deitado, tossindo a terra ingerida para chamar a atenção, o homem matutava sobre os possíveis castigos. A morte lenta e dolorosa na ponta da chibata sempre surgia como primeira alternativa. No entanto, a conversa da noite anterior sobre as finanças da fazenda o impediam de concretizar a sua opção preferida.

— Você ainda tem que trabalhar muito para fazer valer os réis que o meu pai gastou — disse enquanto se levantava. — Vai suar bastante esse teu couro antes de bater as botas! — Antônio virou-se para Jonas e deu a sentença: — Traz a máscara!

Fagundes se juntou aos demais e, com a ajuda de Alvarenga, levantaram Sabola do chão, que ainda estava às escuras sobre o que fora decidido. Sem entender as palavras do capataz, somente percebeu que o seu plano reagira conforme o esperado quando viu Irineu trazer Asani e tirar o instrumento de ferro que lhe cobria o rosto.

Assim que a máscara foi entregue às mãos de Antônio, ele fez questão de alertar o escravo recém-liberado do fardo:

— Vai se comportar, Francisco?! — perguntou em tom de ameaça, usando o nome que lhe fora atribuído quando chegara à fazenda.

— Sim, meu senhor.

— Posso confiar que não vai mais ficar roubando pinga do alambique?

— Pode, meu senhor.

Asani respondia a tudo educadamente, sem encará-lo e com a subserviência esperada de qualquer escravo. Mas para Antônio não bastava deixar implícitas as consequências pela desobediência. Ele gostava que suas ameaças fossem claras.

— Se eu te pegar de novo, Francisco... mando cortar a tua língua!

O escravo emudeceu. O modo como ficou acuado era a garantia de que jamais voltaria a furtar bebida da fazenda.

— Some! Leva as canas para a moenda — ordenou-lhe, liberando-o para continuar o serviço.

Sabola estranhou ao ver Asani tomando o rumo de sempre à casa do engenho. Até então, tudo correra conforme o planejado, mas agora a realidade afugentava-se do intento que realmente importava.

O feitor, com o típico sorriso alegórico que o acompanhava no sadismo, observava a máscara nas mãos.

— Por mim a gente teria uma dessas pra cada negro na fazenda. Um peso desses em cima do pescoço ia ajudar a deixar tudo quanto é escurinho sempre de cabeça baixa. Não é, não, Jonas?

— É, patrão — concordou com indiferença, nitidamente sem paciência para gracejos dispensáveis.

— Se eu fosse escravo, ia implorar pra ficar com este negócio preso no rosto o dia todo — disse Antônio, aproximando-se do jovem dominado pelos peões. — Quer saber por que, negrinho? Porque eu ia ter vergonha de aborrecer a vista dos outros com essa cara de coitado que vocês fazem toda vez que vão pra lavoura. Só que a sua eu garanto que não vai ficar mais me enojando. Segura o preto direito!

Fagundes e Alvarenga prontamente atenderam ao mando do patrão e prenderam com ainda mais firmeza os braços de Sabola.

O capataz encaixou a máscara no rosto do rapaz e o trinco da fechadura abraçou as hastes que sustentariam o cadeado enferrujado por detrás da cabeça.

— Ah! Agora, sim, ficou um preto elegante. Não é, não, Jonas?
— É, patrão — respondeu-lhe com a mesma apatia de antes.
— Vou poder até ficar olhando pra esse negro sem querer pôr pra fora o meu almoço — zombou enquanto apreciava a humilhação do escravo. — Pode soltar. Mas hoje ele vai dormir com esse negócio pra ver se aprende!

Os homens obedeceram e largaram os braços de Sabola. Desconhecendo o peso da máscara, o escravo precisou se equilibrar assim que foi solto para não cair de frente. E o desconforto em seu pescoço realmente o forçou a abaixar um pouco a cabeça, como dito por Antônio.

O feitor apontou-lhe a lavoura e anunciou sua ordem em palavras bem espaçadas para que o escravo entendesse:

— Volta para a cana!

Irineu entregou-lhe de volta a foice, e Sabola voltou ao trabalho, que agora seria ainda mais penoso. O instrumento de tortura carregado no rosto dificultava a respiração, obstruía parcialmente as vistas e ainda esquentaria com os raios solares que batiam diretamente sobre o metal.

Com a situação controlada, Antônio tomou o rumo de volta para onde estava, acompanhado de Jonas, enquanto os outros peões também retornavam aos seus postos.

— Já estou me arrependendo de não ter matado esse negrinho! — resmungou.

Ao final do sermão diário do padre Silva, logo após a labuta, os negros recebiam uma cuia de canjica adoçada com rapadura de melado antes de serem recolhidos à senzala.

A primeira estrela mal cintilava no firmamento noturno quando o ranger das dobradiças que sustentavam a porta da prisão anunciou mais uma noite de enclausuramento. Fora as criadas que dormiam na casa-grande, os negros raramente tinham a oportunidade de olhar para um céu estrelado e apreciar a regência luminosa de uma lua cheia.

Na senzala, o breu era a companhia perpétua dos encarcerados. Olhando para o teto, o que os encarava de volta eram as telhas de barro assentadas sobre troncos largos de madeira. Sorte do escravo preso sob o racho de uma delas. Pelo lasco, poderia ver uma estria da imensidão sideral e desenhar no seu delírio o restante do cenário celeste. Para alguns, principalmente os sem esperança de um dia abandonar a escravidão, bastava o estilhaço miúdo de uma vista esplendorosa durante a noite.

Sabola não atalhava os pensamentos com desatinos dessa natureza. Sentado em seu lugar cativo ao lado de Akili, não dissera uma palavra desde que chegara. Estava imerso no juízo de arquitetar um novo plano, mas, apesar das tentativas, não conseguia edificar uma solução que não ruísse na própria concepção.

Mentalmente exausto de combinar ideias desastrosas, apoiou-se na parede para descansar o pescoço do sobrepeso que carregava no rosto e balançou negativamente a cabeça. Se Akili pudesse ver os olhos de Sabola por detrás daquela máscara, enxergaria a desilusão do rapaz assumindo o seu fracasso.

— O que foi, Sabola? — perguntou-lhe, tirando o inseparável cachimbo dos lábios.

— Eu não entendo.

— Não entende o quê?

— Deviam ter mandando eu puxar a mula — indignou-se.

O velho sugerira a obediência passiva como método para atingir o objetivo de andar por outras áreas da fazenda. No entanto, o vislumbre de uma submissão cega não soava agradável ao jovem e ele resolvera traçar outra saída em segredo.

Apesar de Akili não ter considerado essa possibilidade, reconheceu que a ideia da máscara não era ruim. O erro do jovem foi o de não ter dividido o pensamento. Conhecer os pormenores é importante para um plano dar certo. E, pelo tempo que Akili já estava em Capela, poderia ter ajudado com os detalhes.

— Você achou que bastava colocar a máscara que ia poder andar por aí? — o velho indagou retoricamente. — O Asani é doente. Tem o coração fraco. Era só fazer um dia mais quente que o homem desmaiava na lavragem. Demorou pros brancos aceitarem que a ponta do açoite não ia curar o coitado. Pra não perder o escravo, arrumaram um jeito de ele fazer alguma coisa. Só botaram máscara no Asani porque um peão pegou ele bebendo da pinga que o senhor da fazenda gosta.

Sabola estava desolado. Não só o seu plano fracassara como também sabia que, com a sua mais recente demonstração de atrevimento, seria impossível reverter a imagem de escravo insubordinado. A fuga agora lhe parecia distante, muito além do que poderia alcançar.

Lamentando não ter seguido as palavras de Akili, ele acenou novamente com a cabeça em reprovação à própria estupidez.

— Não fica assim, Sabola. Mesmo trabalhando direito e abaixando a cabeça ia demorar pra ganhar a confiança dos brancos. Você tem que ser paciente, esperar o momento certo. Só assim que se conseguem as coisas.

— Esperar até quando, Akili?! Quanta paciência mais eu vou precisar?! — revoltou-se.

Os olhos do velho voltaram a se perder em lembranças, como fizeram ao evocar a noite em que tivera suas pernas estilhaçadas por Antônio:

— Quanta for necessária — respondeu-lhe, sereno.

Ambos ficaram em silêncio por um momento. Akili estava recluso em pensamentos reservados, enquanto Sabola destilava a sua amargura depressiva.

— Vou morrer neste lugar — ele disse em voz baixa, remoendo-se para não cruzar de vez a linha imaginária que demarcava o limite de sua esperança.

O velho nada proferiu em rebate. Não adiantaria argumentar com Sabola enquanto ele estivesse em sua contenda particular.

Na expectativa de esquecer aquele dia fatídico, o rapaz deitou-se de costas para Akili e buscou a melhor posição para a máscara não machucá-lo. As arestas enferrujadas do instrumento de tortura espetavam-lhe a cabeça, mas o corpo e a mente exaustos venceram a dor e Sabola logo adormeceu.

Akili voltou a puxar o fumo. Enquanto pensava, a fumaça da erva a queimar ficava guardada em seus pulmões. Ele observou os escravos na senzala e, como de costume, viu que era um dos poucos ainda acordados.

O dia de trabalho no canavial demandava um esforço físico extremamente desgastante. Assim que os homens eram recolhidos, os braços acolhedores do cansaço já os envolviam para embalar o sono. Para eles, dormir era a fuga de todas as noites.

Quem ainda beirava o reino da consciência era Asani. Seus olhos tremeleavam para continuar acordado, mas a boca abria à medida que o pescoço tombava para trás, procurando apoio.

Soltando lentamente a fumaça, Akili acompanhou a batalha do recém-desmascarado para permanecer entre os despertos e o viu ser derrotado aos poucos pelo entorpecimento dos sentidos.

Em seu enorme quarto no pavimento superior da casa-grande, Inácio caminhava de um lado para o outro esfregando as mãos na tentativa inútil de afastar o nervosismo. Seu andar inquieto ao redor da cama fazia ranger debilmente o piso de madeira, mesmo coberto por um encorpado tapete artesanal de filamentos em algodão.

De costas para a entrada, o jovem escorou-se com um dos braços na coluna trabalhada de madeira que sustentava o dossel e respirou fundo algumas vezes, com os olhos fechados. Estava perdido no terreno da ansiedade e não encontrava um caminho a ser percorrido que o guiasse à placidez.

Três batidas soaram em sua porta. Agora não havia mais tempo para Inácio repensar suas ações. Apressadamente, ele se virou com o coração quase ferindo o peito de tanto latejar e passou a mão nos cabelos curtos para arrumá-los antes que ela se abrisse.

Era Damiana quem adentrava o aposento, carregando consigo um bule com água quente e uma xícara em porcelana sobre uma pesada bandeja de prata.

— Deixa-me ajudar-te — prontificou-se o rapaz, aproximando-se.
— Não precisa...

Inácio apoiou parte do peso em suas mãos e juntos eles colocaram a bandeja cuidadosamente sobre a pequena cômoda que ficava ao lado da porta.

— Obrigada, senhor... — Damiana interrompeu a fala de imediato e corrigiu o tratamento: — Inácio. Obrigada, Inácio — disse-lhe com um sorriso acanhado.

O pedido para não ser chamado de senhor fora finalmente atendido pela criada, abrandando um pouco do nervosismo que o agredia e trazendo-lhe uma satisfação desproporcional pelo pouco de intimidade que conquistara.

— Não há necessidade de agradecer. Seria indelicado de minha parte se ficasse apenas a te olhar carregando este peso.

Damiana não se permitiu mostrar o belo sorriso que resplandecia em seu rosto. Jamais alguém a tratara com tamanho respeito e as gentilezas que Inácio lhe prestava muito a agradavam. No entanto, ela não arriscaria se comportar de forma distinta da qual sempre fora instruída. De cabeça baixa, ela permaneceu imóvel, aguardando a ordem para servir o chá que lhe fora pedido.

Com o olhar cravado sobre a moça, o rapaz esquadrinhava, de lábios fechados, palavras para o início de uma conversa descomprometida que ocupasse o lugar da falta de assunto, mas nada lhe encantava o espírito. Sua vontade era enaltecer em versos apaixonados os atributos formosos da jovem, mas temia espantá-la de seu quarto.

Empacados um de frente para o outro, pareciam aprisionados na masmorra do silêncio. Inácio, debilitado pela sua insegurança, não encontrava meios para vencer a ausência das vozes, mas isso não incomodava Damiana. O fato de estar ao lado do rapaz parecia banhá-la num bálsamo entorpecente. Para ela, o silêncio de Inácio, acompanhado das grossas velas que ardiam sobre os altos candelabros dourados, romantizava o ambiente. Até as sombras arremessadas nas paredes perdiam o caráter sombrio das formas abstratas para se tornarem contornos poéticos ao seu olhar. Tudo lhe parecia cativante.

Perdida no clima oportuno a devaneios que perfuravam a barreira das tentações, a escrava esqueceu do vão profundo e intransponível que a separava da casta dos Cunha Vasconcelos e encarou os olhos castanhos do rapaz. Ao mirá-los por um breve momento de distração inconsequente e reparar que Inácio retribuía com ardor o seu olhar, voltou à realidade e esquivou as vistas, desconcertada.

— Quer que eu o sirva? — perguntou-lhe alcançando a porcelana, buscando disfarçar.

— Não. Minha garganta não está seca. Para ser bem sincero, eu nem gosto muito de chá — confessou com uma risada desarranjada. — Pedi para vires porque... porque...

Damiana aguardava com ansiedade o final daquelas palavras truncadas, mas o nervosismo voltara a bambear as pernas de Inácio e ele não foi capaz de completar a confissão de imediato. Precisou parar por um segundo e preencher de ar os seus pulmões a fim de prosseguir:

— Desculpa-me, Damiana. Sei que pedi o chá, mas... foi por outro motivo. Queria apenas ver-te. Eu gostaria de dizer-te algo que... que te fizesse perder de vez este embaraço de fugir do meu olhar, mas... os versos que extraí de um soneto sumiram da minha cabeça quando abriste a porta. Acreditei que fosse capaz de me expressar direito sem os olhos da família sobre mim, mas... não adianta. És tu, Damiana. Tu me deixas tão nervoso que perco o chão na tua presença.

Um novo sorriso encoberto alterou o semblante da escrava. Foram palavras emendadas que soaram melhor do que o próprio soneto. A sinceridade de um coração apaixonado, por mais desastrado que pareça em sua declaração, supera as mais belas e cadenciadas letras da autoria de terceiros. Cada palavra proferida pelos lábios francos de Inácio eram como disparos de canhões contra os alicerces erguidos para abrigar o coração de Damiana dentro de uma fortaleza impenetrável.

— Não sei o que eu estava a pensar quando pedi que trouxesses o chá — continuou o rapaz. — Jamais deveria usar de uma mentira para te fazer subir ao meu quarto. Peço-te desculpas. Não vou mais prender-te aqui sem motivo. Estejas à vontade para sair quando quiseres.

Damiana poderia se afastar. Abandonar o aposento do jovem senhor e se retirar ao quarto das criadas, onde era o seu lugar. Mas algo a impedia, implorava-lhe para ficar. Não queria sepultar o sentimento que a invadia:

— Prefiro ficar — retrucou com a voz acanhada, para a surpresa de Inácio.

— Tu não... não te incomodas que menti para te fazer vir até cá?

As armas empunhadas pelo desejo são fortes demais contra um coração estremecido pela paixão. Ainda que a timidez a impedisse de encarar o rapaz, ela acenou negativamente com a cabeça. Suas defesas estavam devastadas.

O sorriso de Inácio enrugou-lhe a lateral dos olhos, de tão escancarado. A insegurança finalmente o abandonara e agora ele estava mais confiante da própria virtude.

Eram poucos os passos que os separavam, mas o jovem aproximou-se lentamente, sem agitação. Apesar de estar seguro da conquista, até mesmo o mais preparado dos homens se embaraça na presença da mulher desejada.

Damiana não protestou quando Inácio invadiu o espaço destinado apenas àqueles a quem se confiam os mais secretos pensamentos. A garota podia sentir o calor do rapaz misturando-se ao seu e por fim levantou o rosto para encará-lo com igual resplandecência no olhar.

O braço de Inácio alcançou a porta e, com um movimento suave, ele a empurrou contra o batente, refugiando-se com Damiana em seu quarto.

TODAS AS MANHÃS, OS RESIDENTES DA SENZALA ERAM acordados aos berros impacientes e raivosos de um peão da fazenda. Os escravos que conseguiam abandonar o sono antes que a porta fosse aberta o faziam sem protestos. Quando um negro buscava em vão a falsa liberdade em alguns minutos a mais de repouso, era logo despertado a impiedosas coronhadas de carabina.

Logo que o sol começou a esquentar a grama, Fagundes abriu a porta aos brados, com Irineu se adiantando para desacorrentar os homens.

— Acorda, bando de preto preguiçoso, e leva logo esse traseiro escuro pra fora que já descansaram mais do que deviam! Vai, vai!

Assim que eram afrouxadas as correntes ferrugentas que arranhavam a pele na altura dos tornozelos, os escravos saíam para tomar o seu lugar na fila do desjejum que se formava no pátio.

Akili era o único que não compartilhava daquele ritual matutino. A condição do velho lhe permitira estar livre das obrigações que os outros negros precisavam desempenhar. Mas, como ele não saía da senzala, o seu alimento tinha de ser entregue nas mãos. Essa mordomia desagradava aos peões, que, na maioria das vezes, não se prestavam nem a oferecer-lhe um pedaço velho de rapadura. O único que se incomodava em trazer uma cumbuca de canjica adoçada era Jonas, mas nem sempre era ele o responsável por buscar os escravos.

Mesmo livre do compromisso de ter que despertar junto com o sol, o velho acordava até mesmo antes dos demais. Parecia nunca dormir. Sempre que um peão surgia na senzala, lá estava ele; inerte em seu lugar, com os olhos bem abertos e, na maioria das vezes, pitando o cachimbo sem falar nada, mas observando a tudo com atenção.

Sabola, com o agravante de ter dormido com a máscara presa ao rosto, tivera uma noite exaustiva. O berreiro de Fagundes não fora suficiente para brecar o embalo do seu sono tardio, mas, quando Irineu retirou a corrente da sua perna, ele despertou. Já querendo demonstrar uma mudança no comportamento, adiantou-se e correu para fora, como um escravo obediente.

Assim que terminou a função de desprender os negros, Irineu abandonou a senzala catinguenta para juntar-se a Alvarenga no pátio. Alguns dos homens ainda se espreguiçavam antes de levantar, mas todos seguiam para a fila. O único que permaneceu com os olhos fechados depois de solto foi Asani. Fagundes só o percebeu lá sentado porque o recinto já estava vazio.

— O que é isso, Francisco? Deu pra ficar de moleza hoje? Levanta!

O escravo nem se mexeu.

— Já vi que tem negro querendo apanhar logo cedo!

Segurando a chumbeira do avesso, o peão se aproximou com impaciência e desceu a coronha violentamente na lateral do seu rosto.

Do lado de fora, Antônio Segundo, acompanhado de Jonas, observava a organização dos negros enfileirados no pátio recebendo o sustento ao qual tinham direito antes de lhes serem entregues os instrumentos da lavragem.

O sorriso satisfeito desenhado nos lábios rachados do feitor exibia o orgulho de ter controle sobre a vida de tantos homens.

— Patrão!

O grito prontamente chamou sua atenção. Antônio virou-se e percebeu o peão parado a alguns passos da porta da senzala.

— Fala, Fagundes!

— Melhor o senhor vir cá dar uma olhada.

Asani estava duro no chão. O defunto caído com a boca escancarada e as pálpebras seladas era observado com asco por Antônio, Jonas e Fagundes. O mau cheiro da bexiga e dos intestinos esvaziados na hora da morte confundia-se com o odor desagradável já presente na senzala.

Não fora a coronhada bruta no rosto a culpada por sua morte. A rigidez em que o corpo se encontrava com os olhos começando a se afundar para o interior do crânio, a pele de aparência cerosa e as unhas e os lábios empalidecidos indicavam que o escravo havia falecido durante a madrugada.

— Acha que foi o quê? — perguntou Fagundes ao patrão.

— E eu lá sou médico?!

— O irmão do senhor é!

— Não é pro Inácio descer aqui! — irritou-se Antônio com a observação. — Não quero ele se metendo em assunto meu!

O caçula dos Cunha Vasconcelos com certeza teria respostas para a *causa mortis* se lhe fosse dada a oportunidade de analisar o cadáver. Mas Antônio, temendo perder espaço na fazenda, jamais permitiria que o irmão tivesse a chance de mostrar-se útil. Baseando-se no histórico do falecido, o capataz deu o parecer mais provável:

— O Francisco era um pau d'água! Mal podia carregar peso que já estava aí caindo pelos cantos. Morreu foi é de maduro.

— Como o patrão quer que seja feito? — perguntou Jonas com a voz serena, procurando ser mais objetivo quanto ao problema.

Pensar apenas no que fazer com o corpo não bastava. A dinâmica da fazenda fora alterada com a morte de Asani e alguém precisaria desempenhar a função que se tornara órfã. Após alguns segundos de reflexão, Antônio anunciou seu veredicto:

— Pega o negrinho novo e bota pra puxar a cana. Mas tira a máscara só pra ele forrar o estômago e já prende de volta. Não quero preto atrevido fuxicando por aí sem ter cabresto. É pra ficar de olho, Fagundes!

Decidida essa questão, o capataz olhou com desdém o defunto abrigando varejeiras como inquilinas de seus orifícios. As moscas entravam e saíam livremente das narinas e boca de Asani, depositando seus ovos nas partes mais úmidas para que as futuras larvas se alimentassem da carne em decomposição.

— Manda o Irineu vigiar dois crioulos pra abrir uma vala atrás da capela pra esse daí. Já é bondade demais dar espaço sagrado pra enterrar desalmado!

Com os impasses resolvidos, Antônio se dirigiu à saída para cuidar de suas obrigações rotineiras. Ao chegar à porta, reparou em Akili sentado no canto, como um peso morto desagradável que precisava ser carregado.

— Aproveita e manda cavar logo duas. Nunca se sabe quando é que a gente vai precisar de outra — provocou, encarando o velho.

A ameaça não fez com que o escravo renunciasse à feição pacata que vestira. Seus olhos continuaram firmes, encarando o feitor, até ele abandonar de vez o ambiente sufocante da senzala.

Sabola não escapara do castigo de ter que caminhar com o peso do metal sobre a cabeça, mas quem pudesse ver o seu rosto dentro da máscara perceberia um sorriso parco vincando a lateral de seus lábios. Ele agora marchava sobre os passos de Asani, como tanto cobiçava.

A ocupação de recolher os talos deixados pelo chão não era tão exaustiva quanto a de ficar com as costas arqueadas ceifando incessantemente a cana. No entanto, quem o classificasse como um trabalho sem esforço passaria por mentiroso. A linha do canavial era extensa e o sol era o mesmo a castigar todos debaixo dele. A fadiga nos braços que outrora talhavam os colmos das plantas agora ocupava as pernas do escravo, que percorria os alqueires da lavoura. E se antes eram farpas grossas de madeira que machucavam as mãos calejadas, pedregulhos herdaram a tarefa de perpetrar a dor ao espetar a sola dos pés.

De fato, era um trabalho mais brando, mas o que mais agradava Sabola era a companhia. A mula que carregava os talos no lombo ouvia as reclamações do escravo sem rinchar e o seguia para onde fosse sem empacar manhosamente. Enquanto ele peregrinava em busca de caules desfolhados, suas mãos acariciavam o pelo duro do animal. O simples gesto de alisá-lo perto da crina afastava por um breve momento a realidade da servidão. Fazer algo que o agradava sem ser repreendido aos berros ou com o estalo de um chicote acalmava seu espírito alvoroçado.

Como não havia mais espaço sobre as costas da mula para amontoar a cana, o jovem tomou o rumo do engenho pela primeira vez. Seguiu pelo mesmo caminho que observara Asani trilhar e nele pôde conhecer novos espaços da fazenda. Mas a beleza das árvores que contornavam os vários armazéns não era admirada pelo escravo. Seus olhos buscavam somente por algo capaz de ajudá-lo a se soltar das correntes que o prendiam durante a noite.

Para alcançar a moenda era preciso passar por Fagundes, que supervisionava a tudo com a carabina bem achegada no peito. De onde ficava, o peão conseguia vociferar insultos aos negros empilhando as caixas de açúcar e, ao mesmo tempo, atentar-se aos que prensavam a cana no moinho. E isso sem precisar arredar o pé de seu posto.

Ao cruzar o enorme portal da casa do engenho, Sabola foi seduzido pelo bafo aromático da garapa sendo fervida nos enormes tachos de cobre. Aquele cheiro doce, agradável a um olfato desacostumado, era nauseante aos escravos que passavam os dias enclausurados aguardando o ponto certo do melaço. Eram muitos os rostos abatidos ocupando o recinto na função tediosa de transformar o líquido escuro e viscoso que saía das caldeiras.

O ambiente era espaçoso e fora construído com capricho. Embora o chão fosse em terra batida, uma cobertura alta, com telhas cuidadosamente assentadas sobre grossas toras de madeira, protegia os tonéis abastecidos com o caldo da cana. Ali também eram feitas a distribuição do melaço em formas para drenagem e a purga do açúcar até a sua quebra em grãos para serem ensacados e levados aos armazéns distribuídos pela fazenda.

Tudo era muito diferente do que Sabola havia visto desde que chegara como escravo a Capela, mas o que mais lhe chamou a atenção foi a ponta de uma construção imponente em madeira que ele conseguia enxergar em um dos lados, onde não fora erguida uma parede. Ao cruzar os tanques, na curiosidade de identificar o que era, deparou com um trabalho braçal ainda mais penoso que o de passar o dia inteiro sob um sol inclemente. Uma enorme e pesada roda de madeira que girava um moinho era empurrada com a força de quatro homens suados. O esforço colossal necessário para movê-la era percebido nos músculos rijos dos escravos de busto desnudo. Cada volta naquele carrossel do martírio era dada na esperança de que fosse a última, mas as canas a serem esmagadas eram posicionadas uma atrás da outra sem intervalo. Se descontinuassem a labuta, seria para trocar o esgotamento físico pelo fustigar da chibata.

O rangido áspero emitido pelo mecanismo foi guia para o jovem encontrar o caminho certo onde depositar a cana. Os caules talhados que seriam moídos na roda encontravam-se amontoados ao lado de várias caixas vazias de madeira, que serviriam para empilhar o açúcar mascavo em forma de tijolo. Ao perceber o monte, Sabola aproximou-se com a mula e começou a assentar os talos que trouxera.

Ainda assombrado pelo tamanho do engenho, o jovem não conseguia tirar os olhos daquela máquina movida a suor. Os colmos que ia depositando de qualquer jeito sobre a pilha desequilibraram a base do arranjo fraco que a mantinha em pé e o monte desabou, exigindo a sua atenção.

O escravo se curvou imediatamente para buscar a cana que se esparramara até os caixotes abertos de rapadura. Não podia correr o risco de perder a oportunidade de andar pela fazenda caso algum dos peões chegasse e visse tudo jogado pela terra.

Enquanto tentava alcançar um dos caules por entre as caixas, reparou em algo que lhe pareceu uma sobra metálica para fora de uma lasca de madeira. Os pequenos furos da máscara não permitiam que tivesse muita certeza do que vira, mas, ao se aproximar, confirmou que se tratava de um prego mal cravado, fruto do espirro de algum martelo mal conduzido.

A pele escura de Sabola quase empalideceu. Era exatamente aquilo que buscava.

Se fosse agir, precisaria ser logo, mas o medo de sentir novamente o chicote cortando as suas costas impedia uma decisão imediata. A ideia de passar a noite no pelourinho, pendurado ao sereno na companhia de insetos sobre as chagas, intimidava a coragem.

Era arriscado, mas, como replicara a Akili, aquela era a hora de provar que sua vontade de se ver livre era mais forte do que o receio de ser pego.

O jovem olhou para os lados para certificar-se de que nenhum peão estava próximo antes de alcançar a cabeça torta da haste de metal. Apesar de um pouco para fora, ela não estava totalmente solta e, ao tentar arrancá-la, percebeu que não desprenderia tão facilmente. Agarrou o prego desesperadamente e o puxou com mais vigor. Seus dentes rangiam e as marcas do esforço vincavam-lhe a expressão, mas ele não cedeu. Era preciso mais.

Sabola estava ciente de que seu intento não podia demorar. Com o coração disparado e braços tremulando de nervoso, cravou a ponta dos dedos na cabeça enferrujada. Ao investir com mais força, suas digitais começaram a sangrar e a unha do indicador trincou antes de arder ao se descolar totalmente da pele.

O escravo resistiu à dor dos dedos ensanguentados em carne viva e, no ímpeto final, conseguiu tirar o prego da madeira.

Suado e ofegante, Sabola esqueceu do trabalho e sentou para descansar, contemplando aquele pequeno pedaço de metal que poderia lhe dar a liberdade.

— Não acredito no que estou vendo! — berrou Fagundes furioso enquanto se aproximava com a espingarda.

Assustado, o jovem escondeu rapidamente a peça entre os trapos que usava como calça, levantou-se e virou-se para o peão com a cabeça baixa.

— Acha que pode ficar aí sentado na sombra enquanto a cana espera no chão, preto larápio? Mexe logo essas pernas de vareta e vai pro sol!

Não era preciso entender o idioma para saber o que Fagundes esbravejara. O escravo prontamente agarrou o fio encerado da rédea que acompanhava a cabeçada e tomou o rumo de volta ao canavial puxando a mula.

Durante o resto daquele dia, Sabola foi o negro mais dedicado da fazenda. O trajeto repetitivo foi feito com presteza, e os talos, amontoados com esmero. O sol abrasador não o aborrecia, nem as pontas dos pedregulhos que furavam as suas solas. A alegria de imaginar-se livre naquela mesma madrugada derrotava a dor das bolhas que se formaram debaixo dos pés ou o incômodo no rosto coberto pela máscara.

Ao entardecer, junto à serenata das maritacas agradecendo festivamente às goiabeiras pelos frutos, a labuta dos escravos chegou mais uma vez ao fim. Na fila, antes de receberem uma cumbuca de canjica doce como último alimento do dia, os negros eram revistados por Alvarenga. O peão buscava por objetos que pudessem estar empalmados furtivamente ou escondidos entre os dentes podres da boca.

Enfileirado junto aos famintos, Sabola aproximava-se das mãos examinadoras de Alvarenga, que, ao vê-lo com a máscara pesando no pescoço, lembrou-se de não ser o responsável por portar o instrumento que abria seu cadeado.

— Irineu! — gritou, chamando a atenção do peão que compartilhava os seus causos em uma roda de conversa com Jonas e Fagundes.

Alvarenga apontou-lhe com o rosto o negro mascarado na fila, e Irineu foi em direção a Sabola com a chave em mãos.

— Vira! — ordenou, forçando-o grosseiramente a ficar de costas.

Ao livrá-lo da máscara, empurrou o escravo de volta à fila. O castigo de ter que dormir com o rosto coberto não era mais necessário.

Após os peões terem abandonado a senzala, Sabola ergueu a cintura apenas o suficiente para alcançar, detrás dos trapos que lhe cobriam o quadril, o prego que incomodava o ânus. Ao retirá-lo, mostrou-o a Akili, que contraiu o rosto em uma expressão de estranhamento pelo esconderijo.

— Eu sabia que ali os brancos não iam ter coragem de colocar a mão — esclareceu com um largo sorriso, encarando o rosto desanimado do velho. — Tira a corrente.

— Conseguiu pegar a chave? — ironizou Akili.

O rapaz cerrou as sobrancelhas, estranhando a pergunta.

— Não era pra trazer algo de metal?

— Não é só com um prego enferrujado que essa corrente vai sair da sua perna. Já tentou colocar ele aí? — apontou com a cabeça o cadeado que lhe abraçava o tornozelo.

O jovem escravo tentou enfiar o prego na fechadura. Por mais que procurasse um acordo entre os tamanhos, a incompatibilidade das proporções prontificou-se a enterrar o intento.

— Achei que eu ia embora daqui hoje! — cedeu, desapontado.

— Não adianta ter pressa, Sabola. Algumas coisas levam tempo. Muito mais do que você imagina. Mas se for por algo que vale a pena ter, então vale a pena esperar.

Impaciência é um predicado inerente à juventude. Dessa qualidade Akili já havia se libertado e queria repassar o ensinamento. Não buscava frustrar as esperanças do jovem, apenas alertá-lo de que, se algo não funcionasse de imediato, era através da maturação e da perseverança que se tornaria uma realidade.

— Dê-me o prego — pediu-lhe e foi prontamente atendido, porém sem demonstração de entusiasmo por parte de Sabola. Mesmo que o velho não tivesse dado um ponto final aos seus planos de fuga, ele amargava sua decepção em silêncio.

Ao pegar o objeto com os trapos, Akili limpou-o antes de afastar o forro de palha sobre o buraco camuflado ao seu lado para escondê-lo junto às ervas.

— Existem sacrifícios muito maiores do que tempo perdido — continuou. — Sacrifícios que você se arrepende para o resto da vida de ter que fazer.

Com o prego devidamente oculto, Akili reparou que a expressão desiludida de um homem derrotado permanecia no rosto do jovem.

— Melhor você dormir, Sabola. Sonhar ainda é uma das poucas coisas que os brancos não tiraram da gente. Isso é o mais perto da liberdade que você vai conseguir chegar esta noite.

Sem mais o que fazer, restou-lhe apenas acatar a sugestão. Uma noite de sono poderia ajudar a aflorar ideias novas na manhã seguinte. A cabeça de Sabola apoiou-se na parede e seus olhos se fecharam para se refugiar no repouso.

Na sala principal da casa-grande, enquanto o senhor Batista tinha a barba aparada cuidadosamente por Jussara ao calor aconchegante da lareira, seu filho, Antônio, servia-se da costumeira cachaça artesanal que saboreava nos finais de noite.

A maneira como enchera nervosamente o copo denunciava sua vontade de repisar um assunto incômodo.

— Pai... — chamou-o de costas, não querendo encará-lo. — Acho que a gente devia dar um jeito no Fortunato. — E entornou a pinga goela abaixo.

— De novo essa história, Antônio?

Uma última dose foi servida antes de fechar a garrafa. Antônio era valente com os escravos, mas, para dialogar com o pai, o efeito da aguardente parecia-lhe imprescindível.

— O preto velho não faz nada! — reclamou, finalmente virando-se. — Fica sentado o dia todo fumando cachimbo. Já quase não tem mais lugar pra prender escravo lá. Se não quiser se livrar dos negros mais passados, então vou ter que mandar levantar outra senzala.

— Se você tivesse se controlado, não teríamos perdido um preto de confiança como o Fortunato era — retrucou, limitando o movimento dos lábios para não interromper o barbear da escrava.

— Era nada, pai! Foi só dar liberdade pro negro andar pela fazenda que ele já estava armando de entrar na casa. Peguei o danado olhando pela janela.

— Podia ter resolvido de outra maneira. Cinquenta chibatadas na frente dos escravos já seriam castigo mais do que razoável. Não precisava aleijar o coitado.

Era justamente por causa desse argumento que Antônio tinha receio de tocar no assunto com o pai. Mesmo depois de sucessivos pedidos de desculpas pelo exagero da punição, o senhor da fazenda fazia questão de julgá-lo sempre que presenteado pela oportunidade.

— Falei pro senhor que eu só queria dar uma lição bem dada no homem. Não achei que tivesse batido com tanta força.

— Você nunca acha, Antônio! Nunca! — exaltou-se Batista, levantando o rosto e fazendo com que Jussara afastasse a lâmina de sobre seu pescoço. — Você precisa botar nessa sua cabeça que um castigo só adianta quando faz o negro aprender alguma coisa. Já cansei de te falar isso!

— Eu sei, pai. Eu era novo. Já aprendi.

Após o olhar duvidoso seguido de uma respirada funda que, claramente, expressava reprovação, Batista tornou a reclinar-se na cadeira.

A mucama não precisou de ordem para continuar a navalhar os pelos do rosto do senhor. Apreensiva devido ao teor da conversa que acompanhava, molhou a lâmina na bacia com água morna e retomou a atividade.

— É você quem vai carregar o nome de Capela, meu filho. Seu irmão não quer nada com esta fazenda. Pra tomar o meu lugar você tem que entender que o bem-estar desta terra vem à frente de tudo! E o que você está querendo fazer com o Fortunato vai contra isso.

— Por quê? Não seria o primeiro preto que eu mato na frente dos outros.

Assustada por ouvir de forma tão natural a crueldade daquelas palavras, Jussara deixou escapar a ponta da navalha e a lâmina fisgou a pele do barbeado, que manifestou seu incômodo numa expressão leve de dor.

— Perdão, meu senhor.

Batista tateou o pescoço para ter certeza de que não havia sido cortado. Seu tratamento com os escravos ia de acordo com o discurso que apregoava ao filho. Se não houvesse motivo, não puniria um negro ou uma criada apenas pelo prazer sadista de ouvi-los gritar. Por mais que desfrutasse de um gozo mórbido ao ver suas peles sendo chibateadas, para castigar ou matar um escravo, primeiro buscava a certeza de que as ações eram em desacato às leis de Capela.

Jussara levantou o pequeno espelho que trouxera para que o senhor aprovasse o corte.

— Ver negro sangrando é uma coisa de que eu gosto, e você sabe, meu filho — disse Batista, apreciando no reflexo sua barba bem aparada.

— Mas o Fortunato, na condição em que está, não pode receber o mesmo tratamento que qualquer outro escravo.

O primogênito não entendia o raciocínio. A dúvida exposta no rosto pela interpretação errada das palavras do pai fez com que Batista devolvesse o espelho à criada e se aproximasse do filho.

— Ele está velho — continuou. — Não apresenta ameaça alguma para a fazenda. Se você matar o pobre coitado sem dar motivo nenhum, os outros negros podem ficar arredios. E não quero correr o risco de ter que dar fim a tanta mão de obra de uma vez só. Não agora, com o preço da cana despencando.

Antônio ficou mais tranquilo com a explicação. Por um momento, acreditara que as ideias de Inácio poderiam estar afetando o juízo do pai.

— Eu só acho que ele não precisa mais ficar dando despesa, já que não serve pra nada — retrucou.

Antes que o filho prosseguisse com suas considerações, o senhor da fazenda ordenou com um aceno de mão que Jussara fosse embora. A postura apaziguadora que ostentava encontrava limite na insistência do filho e ele preferiu não alardear possíveis conjecturas mais extremas sob os ouvidos de uma negra. Vendo-se finalmente a sós com Antônio, caminhou lentamente até a lareira a fim de acompanhá-lo no aperitivo.

— Confesso que não gosto de ter um negro imprestável na senzala tanto quanto você, Antônio. Vamos só esperar passar a comemoração do meu aniversário para conversarmos melhor sobre este assunto. Enquanto isso — interrompeu por um momento a fala para servir-se —, tente imaginar uma maneira de fazer parecer que o Fortunato serve de exemplo para os outros escravos. Se você descobrir alguma coisa que justifique um... castigo mais severo, digamos assim, ficarei mais do que feliz em permitir esse seu pedido. — Batista guardou novamente a garrafa e aproximou-se do primogênito com o copo em mãos. — Pode ser, meu filho?

Antônio ficou satisfeito com a resolução. Aguardava a autorização para matar o escravo desde que o vira debaixo do telheiro tantos anos no passado.

— Vou começar a procurar isso desde já, meu pai.

O som dos copos se tocando num brinde selou o acordo familiar que definia o destino de Akili.

5.

ENTRE O RAIAR DO SOL PELA MANHÃ E SEU PERECI-mento diário à escuridão, a máscara de flandres continuava a pesar sobre o rosto de Sabola durante sua labuta. O caminhar penoso pelas trilhas da lavoura, amontoando sobre o lombo da mula os talos a serem encaminhados à moenda, começava a se tornar um reflexo condicionado pelos movimentos repetidos à exaustão.

Enquanto os demais escravos penavam em sua servidão vitalícia, Akili agora tinha algo para ocupar o tempo nas tardes solitárias da senzala além de pitar seu cachimbo. O prego que Sabola trouxera precisava ser desgastado para caber na fechadura do cadeado, o que o velho fazia quando sozinho, ocupando-se diariamente da ação de raspar o objeto nas partes rochosas da parede.

Não tão afastada do alojamento, mas suficientemente distante para não incomodar os senhores, a casa-grande recebia a visita de um sentimento que havia anos a abandonara. O ardor que abraça corações apaixonados vigorava em segredo por entre os corredores da mansão, devorando a frieza que impregnava seus muros. Às escondidas, Inácio e Damiana corriam de mãos dadas em direção ao leito do jovem senhor sempre que podiam para se embebedarem do afeto proibido e banharem-se no cálice da luxúria. A portas fechadas, camuflavam os gemidos nos lençóis que represavam o suor de seus corpos.

Mesmo no empenho de encontrar motivos ardilosos para aplicar em Akili a punição que julgava de direito, Antônio Segundo não desperdiçava a oportunidade de descer o chicote nas costas de qualquer outro negro que ameaçasse descansar em serviço. Quando o braço enfastiado de um escravo abaixasse a foice que empunhava ou pernas fatigadas se rendessem aos apelos do cansaço, procurando apoio na terra com os joelhos, a pele suada não tardava a ser rasgada pela chibata.

Dos peões que acompanhavam o castigo, Fagundes era o maior entusiasta das chagas de um açoite. Seu sorriso perverso exibindo os dentes amarelos aumentava a cada jorro de sangue que a ponta do chicote promovia.

Quando o sino da capela ecoava ao entardecer, os escravos abandonavam a lassidão no campo para ingressar na falsa liberdade da celebração religiosa ao trocarem as ferramentas da lavoura pelos instrumentos da fé. As bíblias e os folhetos recheados de cânticos para entoar o mantra cristão apaziguavam os homens que haviam renunciado à sua crença. Livres da extenuação física, durante a missa eram aprisionados furtivamente para seguir uma religião opressora, prostrados a adorar um Deus ambíguo, pintado como misericordioso, mas vingativo quando negada Sua idolatria.

Aos poucos Sabola ia ganhando o direito de ficar menos tempo mascarado. Além de não mais dormir com o rosto encoberto, a todos podia mostrá-lo nos limites da capela. Empurrado por Irineu, o escravo fora arremessado para o culto. Do lado de fora, o peão mantinha consigo o instrumento de tortura, apenas aguardando o término do sermão para incumbir Sabola novamente em seu martírio.

Desde que Inácio chegara a Capela, a hora da ceia se tornara uma ocasião na qual o patriarca dos Cunha Vasconcelos fazia questão de ter a família reunida. A falta de assunto entre os seus filhos e a carência de afinidades com o caçula não o impediam de exigir aquele momento familiar, mesmo que todos permanecessem em silêncio até se retirarem.

Quando Damiana entrou na sala de jantar para servir os senhores com o preparo saboroso de Conceição, Inácio não impediu os dedos de tocarem delicadamente sua perna quando se aproximou. Se o sorriso da escrava pelo agrado fosse notado, sua punição faria o rapaz se arrepender com amargura pelo afago inconsequente. O relacionamento amoroso proibido, que crescia entre o herdeiro mais novo da fazenda e a jovem criada que nascera em suas terras, cruzava o limite do que era seguro para se transformar em provocações inocentes que poderiam ser percebidas caso eles não tomassem cuidado.

Nas madrugadas da senzala, sempre após certificar-se de serem os únicos acordados, Akili apresentava ao tutelado seu progresso. O prego mais afinado era a comprovação de que o plano poderia dar certo. Porém, mesmo com as paredes ásperas permitindo o desgaste do objeto, Sabola não se contentava com o avanço demasiadamente lento. A paciência cultivada pelo velho ao longo dos anos de clausura não encontrava companheira na ansiedade do escravo. Sua pretensão de fuga ameaçava ficar soterrada pelo prazo interminável da espera, mas isso era algo que não poderia permitir.

Na manhã seguinte, acompanhado da mula para acariciar durante o trajeto à casa do engenho, Sabola não tirava o olhar dos arredores. Precisava encontrar algum objeto mais áspero do que pedregulhos numa parede para adiantar o lixamento do prego.

O sol viajando para o oeste encontrava-se no ponto mais elevado do horizonte quando o relinchar de um garboso cavalo de sela fez o escravo reparar em Irineu e Alvarenga fazendo o casqueamento do animal.

Uma grosa chata de metal era manuseada sem esmero para desbastar o casco encastelado. A inquietude do alazão refletia a falta de cuidado dos peões na raspagem.

Restando apenas ferrá-lo para aprimorar sua marcha, Irineu segurou com força o animal pelo cabresto enquanto Alvarenga abandonou a enorme grosa de qualquer jeito para cravar as ferraduras na parte morta dos cascos. Ao terminar, a força de ambos os peões foi necessária para arrastar o animal até o estábulo.

A ferramenta de pequenos dentes afiados deixada sobre a terra, quase escondida por entre a relva que juncava o terreno, era velada pelo olhar gatuno de Sabola.

De volta à senzala, no fim do dia, a lima grossa foi colocada na frente de Akili após os demais escravos estarem acobertados pelos braços da letargia.

Admirado pela força de vontade do rapaz, que se arriscara destemidamente para acelerar a fuga, o velho sorriu, compartilhando de seu entusiasmo.

Na certeza de que os recortes salientes da grosa afinariam o prego com maior facilidade, Akili alcançou o instrumento para guardá-lo, sem querer sequer imaginar onde o jovem havia escondido tamanho objeto.

Sabola mal conseguiu dormir. Passou a noite em claro, encarando embasbacado as telhas de barro cozido sobre si, perdido na sedutora quimera da liberdade.

Na algazarra matinal dos bichos saudando a chegada do sol, o escravo se levantou antes mesmo de a porta se abrir. Estava inquieto para cortejar o anil do céu, esperançoso de que a imensidão do firmamento seria, muito em breve, seu futuro telhado.

Sua ansiedade retardava o passar das horas na lavoura. O caminhar do tempo parecia coxo aquele dia e não havia cajado que o amparasse.

Durante a missa, enquanto o padre Silva rogava de forma teatral a redenção para seu rebanho de ovelhas negras, o jovem não compartilhava a devoção da prece. Sua esperança de salvação não jazia no conceito de Trindade firmado no Primeiro Concílio de Niceia, mas em Akili.

De tanto os dentes da ferramenta morderem o prego durante a tarde, sua espessura já beirava a ideal. Nos últimos minutos que teria sozinho antes de os escravos retornarem às suas correntes, o velho empenhou-se com ainda mais alento.

Após um suspirar cansado, deu fim ao trabalho enxugando o suor da testa e alcançou o cadeado que prenderia as pernas de Sabola. O pedaço gasto de metal encaixou-se no buraco da chave o suficiente para girar o mecanismo que destravaria o anel.

O instrumento que o jovem furtara do campo excedeu a expectativa e a ferramenta estava pronta antes do planejado. Quando Sabola cruzasse a porta da senzala, Akili jogaria em suas mãos a responsabilidade de escolher o dia da fuga. Bastaria apenas que trouxesse algo para empurrar a presilha do mecanismo interno do cadeado. Um objeto simples, mais fino, seria o elemento derradeiro para sua tão sonhada liberdade.

6.

UMA MOVIMENTAÇÃO DIFERENTE AGITAVA A CASA-
-grande naquela nova manhã. O próprio senhor Batista aguardava, empoleirado na enorme varanda em frente à porta principal, que descarregassem uma charrete repleta de caixas com os mais variados licores e garrafas de destilado escocês.

Era Conceição quem direcionava os homens até a cozinha, obrigatoriamente vigiados por Jussara no trajeto.

Ao descer o último caixote, Batista empunhou uma pena de ganso e molhou sua ponta na tinta de amoras com clara de ovos e melaço para desenhar a assinatura em um papel tramado em farrapos de pano, confirmando o recebimento da encomenda.

Outros pacotes de mercadorias diversas seriam entregues ao longo do dia, ocupando a criada mais antiga da casa de recebê-los, além de ter que supervisionar a limpeza e dar conta do preparo de aperitivos saborosos.

Com tudo devidamente encaminhado, o patriarca retornou ao aconchego da mansão, cruzando em passos largos o corredor da entrada, para acomodar-se em sua poltrona de preferência na sala principal. De frente à lareira apagada, abriu o seu caderno de notas para conferir, mais uma vez, o valor exato que precisaria destinar à Coroa Portuguesa.

Como qualquer outro produtor de açúcar, Batista era obrigado a pagar fiscalização, impostos e comercialização de sua mercadoria, uma vez que toda carga importada do Brasil passava obrigatoriamente pela metrópole lusitana antes de ser enviada ao seu destino final na Europa.

Era essa a parte do ramo que não adiantava tentar ensinar para Antônio. Os números nunca foram amistosos com o seu primogênito, ao contrário de Inácio, que tinha imensa aptidão para o trabalho intelectual. A esperança de o caçula tomar a frente nos negócios da família era para suprir essas falhas do irmão mais velho, que marchava igual a um burro com viseira, enxergando apenas o suor e o sangue dos escravos como o caminho a ser trilhado para conseguir bons resultados no mercado.

Enquanto o grão-senhor se preocupava com o futuro da fazenda, abrigado confortavelmente sob a sombra da suntuosa morada, Sabola ocupava-se de aflições mais imediatas, expondo a pele negra à crueldade do sol por mais um dia.

O escravo completara o primeiro turno de empilhamento diário dos talos sobre o lombo da mula com rapidez. Queria apressar sua chegada à moenda para procurar por entre as caixas algum artefato semelhante ao que Akili lhe pedira.

Durante o trajeto, percebeu o animal arquejando à procura de um pouco de capim. Mesmo ansioso por vislumbrar sua liberdade cada vez mais próxima, o jovem não o deixaria passar fome. A mula era sua única companheira no labor esgotante da lavoura e havia se afeiçoado a ela. Se houvesse alguma razão que o fizesse desistir do plano de fuga, seria o carinho por sua parceira de trabalho.

Apesar de terem compartilhado seus passos na fazenda por um curto espaço de tempo, Sabola havia notado que a relva presente no caminho não agradava ao paladar da mula. Mas sempre que iam para o engenho pela trilha ao lado do cercado que limitava o pasto, ela se fartava do capim colonião que rodeava os mourões de madeira estacados firmemente no chão para estender o arame.

Embora apressado, o escravo resolveu agradar o animal e o puxou para beirarem a cerca. No entanto, mesmo marchando no terreno da sua gramínea preferida, a mula continuava sem encontrar o alimento desejado. A forragem já havia sido devorada e as touceiras cheias estavam muito distantes no pasto, fora dos limites em que poderia caminhar.

Sabola buscava com os olhos algo para saciar o apetite da sua companheira esfomeada quando encontrou, próximo ao cercado, um amontoado esquecido pelo gado. Ajoelhou-se para alcançar as folhas e, ao passar o braço para o outro lado da cerca, reparou no mourão uma sobra de arame que um torquês preguiçoso havia danificado na fracassada tentativa de cortá-lo. Aquele pedaço fino de metal serviria como o derradeiro instrumento de sua libertação.

O escravo olhou os arredores para ter certeza de que não havia testemunhas. Aproveitou que apenas as costas de Fagundes o encaravam à distância e dobrou a ponta do arame avariado para quebrá-lo sem esforço. Rapidamente o escondeu entre os panos rasgados que usava como calças, arrancou um punhado do capim colonião para o animal e retomou o rumo do engenho.

O horizonte alaranjado sobre o mar de cana nos finais de tarde na Fazenda Capela era um retrato agradável aos que não tinham o canavial como seu inferno de cada dia. Geralmente, a essa hora, os negros estavam enfurnados no templo, escutando biografias cristãs, sem poder presenciar aquele momento sublime, de verdadeira divindade, quando o sol apresentava a todos, de modo indiscriminado, seu espetáculo de cores no palco celeste.

Mas naquele dia o sermão paroquial havia sido suspenso sem aviso prévio. Os escravos poderiam contemplar a belíssima claridade multicolorida da paisagem que perdurava ao entardecer; porém, após um dia estafante de trabalho braçal, pouco lhes importava a majestade de um crepúsculo. Queriam apenas seu gole de aguardente para queimar a garganta e a cumbuca de canjica para adoçar o paladar.

Enquanto Sabola aguardava com os demais trabalhadores a sua vez para colher o pouco sustento que lhes era oferecido, Irineu chegou sem que percebesse e o retirou de forma bruta da fila.

Comum aos que tramam em segredo, suas pernas bambearam. Logo imaginou ter sido visto por algum peão enquanto apanhava o arame e o pânico de ter as costas novamente rasgadas na severidade do açoite o assombrava.

— Vai logo, negrinho! — A máscara que lhe cobria o rosto foi removida e ele foi empurrado de volta à linha.

Pela angústia que o tomara de improviso, foram-se alguns segundos até retomar a cadência da respiração e o controle das pernas.

Ao dobrar o pescoço para acompanhar os passos do peão se afastando, seu olhar caiu sobre o terraço da casa-grande. Algumas poucas caixas que chegaram com atraso ainda estavam empilhadas no terreno, mas Damiana já varria o piso da enorme varanda para não atrasar o serviço.

Sabola tinha conhecimento de que os brancos mantinham criadas na casa, pois já presenciara Conceição e Jussara pendurando tapetes do lado de fora para espantar o pó. Mas era a primeira vez que via aquela escrava e não pôde deixar de reparar na beleza singular da moça, com seu corpo jeitoso, pele cor de jambo e cabelos de um cacheado distinto daquele das mulheres negras que conhecera no Congo. A mulata chamou sua atenção por desfilar encanto naquele antro de sofrimento, como uma bela rosa que desabrochara no solo árido de um deserto.

Akili acompanhava os horários da fazenda observando a claridade que invadia a senzala pela fresta de uma telha mal assentada. Seus braços forçavam o prego desgastado na fechadura da corrente, tentando em vão abrir o cadeado sem um segundo instrumento, quando ouviu a porta sendo destrancada.

Apanhado de susto, o velho escondeu de qualquer jeito o objeto entre os trapos que lhe cobriam as pernas, pouco antes de Jonas entrar com os escravos.

Os homens foram tomando seus lugares cativos no chão duro da senzala, aceitando o abraço dos grilhões. Aquela mudança na rotina era incomum. Os escravos jamais retornavam ao confinamento antes do completo esvaecer de um último suspiro de luz que pintava timidamente nas paredes.

Como de costume, Sabola acomodou-se ao lado de Akili. O velho não conseguiu esperar que os peões fossem embora para sanar a indagação.

— Voltaram cedo... — disse ao jovem no idioma banto.

— A gente não precisou ir pra capela.

— Não vai ter missa hoje? — estranhou.

Uma cuia de canjica foi jogada no colo de Akili, espirrando em seu rosto.

— O patrão já não disse que não é pra ficar falando nessa língua? — Jonas interrompeu a conversa. — Cuidado que ele precisa de pouco pra te enterrar, Fortunato.

O velho encarou o peão sem desviar o olhar, mas sua afronta durou poucos segundos. Pegou a cumbuca e agradeceu ao homem em silêncio, com um estreito movimento de cabeça, mascarando como subserviência a intenção virulenta do olhar anterior.

Com a autoridade sem feridas na efêmera batalha travada com os olhos do escravo, Jonas voltou-se aos peões antes de abandonar a senzala e empostou a voz para uma ordem:

— Assim que terminarem aqui, podem ir pra festa.

O homem de confiança dos Cunha Vasconcelos deixou os demais empregados terminarem de prender os escravos para ir relatar o fim do dia de serviço a Antônio, que havia retornado mais cedo para casa a pedido do pai.

Enquanto Akili engolia o mingau de milho verde com canela, ainda pairava a expressão da dúvida sobre seu rosto. Sabola se aproximou para poder falar no dialeto africano sem ser ouvido pelos peões.

— Acho que vai ter alguma coisa na casa-grande hoje. Vi um monte de homem levando caixa lá pra dentro.

Ao ouvir aquelas palavras, a cuia de cabaça que o velho levava à boca com as mãos não entregou a canjica. Ficou parada no ar.

— O aniversário... — disse a si mesmo, finalmente compreendendo a mudança da rotina.

Sabola estava perdido quanto ao motivo de o homem ter ficado imóvel, com o olhar perplexo no vazio.

— O que foi, Akili?

O velho o encarou sem dizer uma única palavra. Precisava aguardar que os peões fossem embora.

— Fecha logo o tronco, Alvarenga! Desse jeito vamos perder a bebedeira — apressou Fagundes, que o esperava ao lado da porta com Irineu.

— Fala isso não que eu passo mal, Fagundes.

A última tranca foi fechada e o peão juntou-se aos outros, deixando os escravos devidamente acorrentados, antes de abandonarem a senzala.

Assim que a chave terminou de girar na fechadura, Akili revelou o motivo da ansiedade:

— Tem que ser hoje, Sabola!

Para o plano arquitetado pelo velho dar certo, aquela noite, aniversário do grão-senhor, seria ideal para a fuga. Não queria perder a oportunidade, mas suas tentativas de abrir o cadeado apenas com o que tinha foram infrutíferas. Era essa a razão da sua angústia.

Sabola interpretara corretamente o tormento no olhar de Akili e aproveitou para zombar dele, acompanhando-o no drama por um breve momento.

Percebendo que o martírio do velho era grave, o jovem abandonou seu lado gozador e mostrou-lhe o pedaço de arame.

Akili arregalou mais os olhos e logo sua expressão aflita cedeu espaço a um largo sorriso. Restava então apenas aguardar que os escravos adormecessem.

Os Cunha Vasconcelos não pouparam moeda para solenizar os sessenta anos de Antônio Batista. Uma pequena banda animava os convidados com arranjos de canções portuguesas ao som das violas, uma vez que as novenas e antífonas dos proeminentes compositores mineiros não se adequavam ao estilo festivo da ocasião.

Charretes não paravam de chegar e cavalos dos mais variados portes podiam ser vistos com os arreios amarrados nos suportes de madeira em frente à varanda.

Logo que os convidados chegavam, o som os guiava à sala principal, onde Batista aguardava, sentado em sua poltrona, os cumprimentos e as lembranças ao lado dos dois filhos. Os homens da vizinhança presenteavam o aniversariante com produtos da própria colheita ou especiarias engarrafadas de outras regiões, enquanto as mulheres traziam bolos e quitutes caseiros.

Com a noite avançando na companhia dos diferentes tipos de bebidas, os aparvalhados aumentavam o tom das vozes, bradando fábulas de bravura, e as cordas das violas arpejavam seus acordes com mais alento para alegrar os foliões.

Na alta madrugada, o som abafado do festejo podia ser ouvido da senzala, onde os ajustes finais da fuga eram tramados com cautela para não acordar nenhum dos escravos.

— Cruzar o pasto? — o rapaz questionou a lógica do velho.

— Cruzar o pasto, Sabola! É o melhor caminho pra chegar na floresta.

— Mas ele fica de frente pra casa-grande! E é um terreno muito aberto, sem lugar pra esconder. Os brancos vão me notar na pastagem.

— Você só precisa correr até a mata. Lá, você some entre as árvores e toma o rumo que for.

Sabola não concordava. Parecia-lhe muito arriscado e queria encontrar alternativas.

— Não dá pra ir pelo outro lado? Escondido na plantação?

— Você anda por essa terra, Sabola, devia saber que não dá! — retrucou Akili, indignado por seu plano estar sendo questionado. — Se quiser se aventurar pelo canavial, corre risco de amanhecer e você ainda estar perdido naquele mundo de cana. Se tiver sorte de conseguir atravessar o riacho pelo outro lado, só vai chegar na divisa com a outra fazenda.

O rapaz estava apreensivo. Não imaginava colocar a vida em risco mais do que já a arriscara antes para encontrar os artigos que desprenderiam sua perna. Pela primeira vez, mostrava-se receoso.

— Falei que teria risco, Sabola — lembrou-o Akili da conversa que tiveram, quando expusera todos os perigos. — Agora é você quem precisa escolher se vai fazer isso ou não. Se for, tem que ser hoje. E é pelo pasto que você precisa ir.

Chegar até ali para desistir assombrava o jovem escravo tanto quanto o castigo a que estaria sujeito caso fosse pego. O momento que aguardava chegara e seria um crime renunciar à liberdade por covardia.

Na casa-grande, ninguém suspeitava da manobra articulada em segredo acontecendo na senzala. De pé, ao lado da poltrona do pai, Antônio abusava de uma garrafa de cachaça. Não bebia direto do gargalo por ter o mínimo de noção sobre como se portar na frente dos convidados, mas virava-a sobre o copo logo depois de secá-lo.

Inácio, do outro lado da larga cadeira estofada, observava os amigos e conhecidos da família se divertirem com um sorriso obrigatório na lateral dos lábios. O rapaz não era adepto da folia e essa era uma das poucas características em comum com o irmão mais velho. Sua expressão falsa de satisfação com a presença dos visitantes equivalia à bebedeira que Antônio se aplicava.

Para a festa continuar animada, os copos precisavam permanecer cheios, e a comida, farta. Conceição quase enlouquecia na cozinha, fatiando salame e azeitando queijo fresco cortado em pequenos cubos, ao mesmo tempo que fritava carne seca em banha de porco e botava para assar mais um bolo de coalhada.

As criadas mal voltavam da sala principal e lhes era entregue uma nova bandeja para servirem. Uma tábua com frios foi ajeitada às pressas e empurrada para Jussara.

— Vai, filha, vai logo! — acelerou-a Conceição, enquanto arrumava outra travessa para Damiana fazer circular.

As mucamas estavam nervosas com a quantidade de serviço, mas qualquer inquietação pareceria descabida se comparada à ansiedade do jovem escravo na senzala, prestes a fugir.

Todos os negros se encontravam adormecidos; restava apenas aguardar que a coragem de Sabola acordasse. Mas tempo não era um luxo que ele poderia desperdiçar com covardia. Era alta madrugada e em poucas horas o sol surgiria para denunciar os seus passos. Assim, determinou que estava pronto.

Akili alcançou os objetos que destravariam o cadeado.

— Presta atenção, Sabola. Está vendo o buraco onde entra a chave? — perguntou-lhe, encaixando o prego raspado na fechadura e girando-o no sentido anti-horário até encontrar resistência. — Primeiro você faz pressão para o lado que abre. Com o arame você afasta os pinos que ficam embaixo e…

Mal terminou de explicar e o anel se abriu, para surpresa de Sabola, que imaginava ser mais trabalhoso.

— Com a porta é a mesma coisa — disse o velho, erguendo as ferramentas para que o jovem as tomasse.

O escravo demorou a acreditar. Apesar de ter se dedicado incessantemente a fugir desde que chegara, a liberdade não lhe parecera palpável até este momento. Somente agora, vendo sua perna desgarrada das correntes, pôde ter certeza de que seria um homem livre.

— Obrigado, Akili. Obrigado! — agradeceu-lhe de forma emocionada, segurando as mãos do amigo como se prestasse respeito a uma divindade.

— Não agradeça, Sabola. Vai. — Entregou-lhe o prego e o arame para apressá-lo.

Tendo o que precisava, o rapaz caminhou sorrateiro até a saída. De frente à porta, seus dedos tremiam. Sabola respirou fundo para apaziguar a ansiedade. Na hora de organizar a ordem dos instrumentos, o arame escapou de sua palma suada, caindo ao chão, mas o jovem prontamente o recolheu.

O prego foi encaixado na fechadura e ele fez exatamente conforme Akili havia demonstrado. Não precisou de muito para ouvir o barulho indicando o destravamento da porta. Antes de abri-la, Sabola voltou o olhar apreensivo para o velho, que retribuiu a preocupação sem conseguir proferir uma única palavra de ventura.

Sabola abriu devagar a porta de madeira, a fim de evitar o som estridente das dobradiças enferrujadas, até que houvesse apenas espaço suficiente para atravessar seu corpo magro.

Akili, não lhe tendo dito nada, acompanhava com olhar transtornado o escravo espremer o corpo entre o vão.

— Sabola? — interrompeu-lhe a fuga por um momento. — Perdoe-me por não saber outra maneira de fazer isso.

O ligeiro sorriso do jovem, seguido por um aceno de rosto, agradeceu a preocupação, e ele, por fim, abandonou a senzala, deixando, além da porta entreaberta, os instrumentos largados na fechadura.

Apesar de ter as estrelas sobre a cabeça e a brisa noturna como companhia, o escravo sabia que ainda teria que percorrer a trilha mais arriscada para ser de fato um homem livre. Precisaria improvisar para atravessar o pasto sem ser notado.

Escondeu-se recostado do lado de fora da senzala e a beirou com o ombro nu raspando nas pedras e no barro seco da parede até chegar a um canto onde conseguia observar a casa-grande. Não parecia haver nenhum peão na vigia, mas Sabola não queria se arriscar.

Desde que soubera que deveria cruzar uma área extensa sem abrigo, não houvera tempo suficiente para ponderar novas ações que o auxiliassem no percurso. Anulado seu planejamento anterior, que seria esconder-se por entre o labirinto de cana doce até encontrar uma saída, precisava imaginar novas opões.

Na procura dos arbustos mais folhosos e das árvores de caule grosso para se camuflar no terreno até se aproximar da pastagem aberta com acesso à mata, seus olhos caíram sobre o estábulo. Ao rememorar o primeiro relato de Akili sobre sua tentativa de fuga, lembrou a predição de que lhe bastaria ter montado na garupa de um cavalo para escapar. Estava definido o local da sua primeira parada.

Na mansão, Irineu, Fagundes e Alvarenga já estavam suficientemente embriagados para esquecer que pisavam na casa do patrão. Reunidos na aresta da parede, próximos a uma das janelas, tagarelavam com a voz empapada assuntos que não eram de interesse dos outros convidados. Ninguém conseguia deixar de ouvir suas gargalhadas exageradas, típicas dos homens que não sabiam se comportar em um ambiente social.

Batista os observava com reprovação, mas não queria estragar as festividades do seu aniversário. Estranhou estarem apenas os três ali e deu um sinal de mão para que Antônio abaixasse o tronco para ouvi-lo.

— Onde está o Jonas?

O filho olhou prontamente em direção aos peões, crente de que estaria junto aos demais.

No estábulo, Sabola caminhava cuidadosamente em silêncio pelas baias para não acordar os animais recolhidos para a noite. Apesar de estarem de pé, alguns dos cavalos repousavam e poderiam se assustar com a presença do intruso, atraindo algum peão com o timbre do rincho.

Somente após cruzar metade da estrebaria o jovem encontrou o que procurava. Era a mula, ainda desperta, amarrada sobre um espaço aberto de terra batida coberta de feno.

— Oi, menina. Achou que eu ia te deixar? — disse carinhosamente ao acariciar sua crina.

Na varanda, em frente à casa-grande, Jonas, quieto, sentado em uma cadeira mais modesta ao lado do banco de madeira na entrada, imerso no proveito de seu isolamento, queimava um punhado de fumo envolvido em palha de milho. Diferente dos outros peões, ele era moderado na bebida e sabia como deveria se portar na casa dos senhores. Jamais arriscaria incomodar o olfato de algum dos convidados com a fumaça do seu tabaco.

Antônio, que havia percorrido o interior do prédio à sua procura, atravessou a porta, finalmente o encontrando.

— O que é que está fazendo aí, Jonas? Hoje você é convidado da casa. Pode entrar e ficar à vontade.

— Obrigado, patrão. Vou só acabar de pitar minha palha — respondeu serenamente, inalando mais uma vez a fumaça.

— O copo está cheio?

O peão levantou a outra mão, que descansava perto da inseparável carabina, mostrando-lhe que ainda não terminara sua primeira dose de uísque.

A verdade era que o feitor preferia passar o restante da noite queimando o cigarro de palha junto ao seu empregado do que ter que voltar a fazer sala para um bando de homens embriagados comendo da sua comida. No entanto, sabendo que não seria do agrado de seu pai alongar a prosa com o peão, aproveitou apenas alguns poucos segundos de sossego no terraço.

— Não demora pra acabar esse fumo e entra logo. A peãozada está começando a passar da conta — disse antes de entrar.

Novamente sozinho, Jonas soltou a fumaça presa nos pulmões e bebeu mais um gole do malte em seu copo.

Ainda na estrebaria, Sabola terminara de desatar a mula, mas não a libertara do cabresto, pois teria de guiá-la pelas rédeas até o pasto, onde tinha a intenção de cavalgá-la. Além do fato de ter se apegado ao animal, ele era menor que os cavalos, portanto, mais fácil de montar em pelo.

Antes de atravessar a saída da cavalariça, o escravo mais uma vez se colocou por trás das paredes para espiar a casa-grande. Caso encontrasse alguém de sentinela, cogitaria fortemente retornar à senzala para não arriscar a vida de forma tão imprudente. Seus olhos mapearam detalhadamente todas as áreas da fazenda em seu campo de visão, mas Jonas, encoberto pelos arbustos largos que enfeitavam o jardim, não foi avistado.

O resfôlego de um belo alazão fez Sabola notar os quatro cavalos devidamente preparados com arreio e estribo, enlaçados ao suporte de madeira na frente da estrebaria. Aqueles eram os animais dos peões, que ficavam separados do restante da tropa, sempre preparados para qualquer ocorrência.

A pelagem do primeiro corcel era de um castanho uniforme e brilhante, diferente da de sua mula, de um malhado sujo e desbotado. Ao reparar nas crinas longas e bem escovadas, o jovem teve uma ideia que poderia atrasar seus perseguidores, caso fosse descoberto no pasto.

Terminando de pitar seu tabaco, Jonas apagou a ponta do cigarro na vestimenta surrada de couro que usava por cima da calça e o arremessou com os dedos no gramado, enquanto a fumaça expelida por suas narinas perdia os contornos no ar. Entornou na garganta o restante de uísque que tinha no copo e levantou-se, dependurando sobre o ombro a alça da espingarda.

Antes de retornar ao festejo, o peão largou o copo no braço do banco de madeira e desceu até a moita mais próxima para urinar, abandonando o telheiro.

Sabola, puxando a mula com firmeza pelas rédeas, correu em direção à árvore mais próxima do pasto e ocultou-se por trás do tronco. Dali, tinha uma vista privilegiada, tanto do caminho que deveria tomar para chegar à floresta como da varanda.

Ao direcionar o olhar à mansão uma última vez, para certificar-se de que não esbarraria em perigos imprudentes, pôde ver o assento de madeira vazio ao lado da porta de entrada onde o copo seco descansava. Jonas, de calças arriadas regando a touceira, estava encoberto pelas folhagens.

Sem peão na vigília, aparentemente o caminho estava livre para Sabola prosseguir.

Novato em montaria, o jovem pulou sobre o lombo da mula e bateu com os calcanhares em suas costelas para que marchasse. Seu trote descompassado era incômodo e o escravo precisava se agarrar com força à crina do animal para não cair. Mesmo equilibrando-se com dificuldade, buscou o galope logo que alcançou o campo aberto.

Jonas, terminando de esvaziar a bexiga, redobrou o cuidado para não respingar urina nas calças. Enquanto balançava o membro, notou um movimento na lateral direita das vistas. A escuridão do pasto não lhe permitiu reconhecer de imediato o que era. Cerrou os olhos, certo de a estranha agitação ser de algum animal desajeitado vagando pelo negrume, mas não conseguia conceber a que tipo de bicho pertencia aquela forma.

— Mas que infernos...

O peão se calou antes de terminar a frase. Seus olhos se arregalaram ao entender do que se tratava.

De calças ainda baixas, Jonas adiantou-se a puxá-las de qualquer jeito sobre a cintura e alcançou rapidamente a carabina apoiada nas costas. Com destreza, preparou a arma e despejou a pólvora na boca do cano para enfiar uma bala esférica de chumbo enrolada em um pedaço de papel. Sem perder o escravo de vista, calcou a carga com uma vareta de ferro, completou o cartucho da fecharia de pólvora e armou totalmente o cão.

Com a coronha apoiada firme no ombro, buscou o alvo em movimento com o dedo no gatilho. Ao pressioná-lo, a pederneira chocou-se violentamente com o aço da caçoleta e uma faísca atingiu o cartucho.

O som alto do disparo foi ouvido dentro da casa-grande, assustando os convidados. Os músicos interromperam os arcos que arranhavam as cordas das violas e o ambiente foi tomado subitamente pelo silêncio.

Todos permaneceram atentos, imóveis em seus lugares, aguardando calados alguma explicação para o estrondo que acabavam de escutar.

Alguns se voltaram para o anfitrião em busca de respostas, mas a expressão de Batista era tão temerosa quanto a de qualquer outra pessoa na sala.

Mais um disparo. Desta vez, seguido por gritos de mulheres apavoradas e teorias de homens supostamente valentes que não se arriscavam a encarar o sereno para descobrir a origem do estampido.

O patriarca dos Cunha Vasconcelos não se levantou da cadeira, mas encarou o filho mais velho, que de pronto correu em direção à varanda. Assim que botou os pés para fora da porta, viu Jonas recarregando mais uma vez a arma. Antônio, versado na arte do tiro, buscou a provável direção da mira do peão pela angulação do seu tronco e viu, afastando-se no pasto, a mula em seu galope frouxo com um negro montado no lombo.

Não demorou para que os curiosos chegassem ao telheiro, seguidos por Irineu, Fagundes e Alvarenga, e também avistassem o escravo em fuga.

— Vai, vai! Pega os cavalos! — esbravejou o feitor aos seus peões.

Curvado sobre a mula, Sabola tentava desesperadamente acelerar o galope arrastado, protegendo-se como podia das balas que passaram zunindo por seu ouvido. Faltavam-lhe poucos metros para alcançar o acesso à mata, mas a agonia de atingir logo o intento parecia distanciar o destino.

Os peões chegaram rapidamente aos cavalos no estábulo. Fagundes foi o primeiro a desatar seu alazão e apoiar o pé no estribo para montá-lo. Com os calcanhares abaixados e as biqueiras das botas ligeiramente para cima, deu um sinal ligeiro com a voz e puxou as rédeas para o lado, utilizando o peso do corpo para virar o corcel com habilidade. Mal dobrou o pescoço e o cavalo rinchou de dor, desabando sobre a perna do peão e arrastando os outros animais também ao solo. Os cavalos lutavam para se reerguer, mas suas crinas haviam sido amarradas umas às outras por Sabola.

Antônio não poderia permitir que um negro fugisse da fazenda por incompetência dos seus homens em não prever a traquinagem de um escravo ardiloso. Olhou para o lado e, próximo a ele, estavam os vários cavalos dos convidados. Sem pedir autorização, pulou sobre a sela do primeiro e galopou em disparada na direção da floresta.

Com a chumbeira mais uma vez armada, Jonas arriscou um último disparo. A mula já estava distante e o tiro passou longe do alvo. Percebendo que os outros peões se atrapalhavam para desamarrar os nós nas crinas dos cavalos, repetiu a ação de Antônio e montou o animal mais perto para unir-se ao patrão na caçada.

Sabola, por sua vez, finalmente alcançou a floresta, mas não arriscou diminuir o trote da montaria. Ao olhar para trás, viu que o capataz e seu peão de confiança aproximavam-se rapidamente. Driblá-los por entre as árvores até encontrar um lugar para se esconder seria sua única saída.

Antônio, cavaleiro habilidoso, entrou na mata guiando o cavalo com uma só mão para escapar dos galhos mais graúdos enquanto a outra puxou da cintura a enorme peixeira de gume afiado. Apesar de sua cavalgadura ser mais veloz, o animal se acuava ao deparar com as árvores, empinando levemente as patas da frente antes de contorná-las, enquanto a mula, mesmo com seu passo frouxo, não empacava ao ladear os troncos.

O capataz parou o galope e mapeou o terreno rapidamente à procura de uma trilha menos tortuosa. Não alcançaria o escravo se continuasse seguindo-o pelo mesmo atalho. Enquanto seus olhos aguçados buscavam um caminho alternativo, Jonas chegou ao seu lado, porém nada podia fazer além de assistir ao negro escapar. O alvo não lhe era tão distante para o disparo, mas a escuridão da mata com a ramagem fechada impedia a carabina de encontrar uma pontaria precisa.

Mais afastado, à sua direita, Antônio avistou um corredor onde conseguiria se esgueirar com mais rapidez. Afrouxou a mão esquerda da rédea e bateu os calcanhares no cavalo para fazê-lo correr velozmente entre as folhagens daquele outro percurso.

Sabola, ofegante, não parava de suar. Seus braços fatigados queimavam, mas ele continuava a agarrar-se com força à mula para não desabar sobre os galhos e as folhas secas que cobriam o chão.

Sem que as mãos ardidas largassem a crina, arriscou olhar de novo para trás. Apenas o vazio da escuridão o escoltava. Parecia ter despistado os perseguidores, mas queria ter certeza. Ergueu o tronco para ter uma visão melhor e não avistou ninguém em seu encalço.

O jovem respirou aliviado, imaginando-se livre dos algozes, mas assim que virou o rosto para a frente deu de cara com Antônio, a poucos metros, com o facão bem amolado em punho e sangue nos olhos.

Sabola não percebera que fora ultrapassado e agora era tarde. Não conseguiu desviar-se do cavaleiro, que, com a mão bem firme, desferiu um violento golpe com sua lâmina e atravessou completamente o pescoço da mula.

A cabeça degolada do pobre animal tombou ao chão, sangrando sobre as mesmas folhas onde o escravo desabara. O corpo decapitado bambeou sobre as patas mais alguns passos antes de abandonar a curta marcha e desmoronar sem vida na terra.

Aterrorizado, Sabola encarava o sangue quente que jorrava da cabeça decepada de sua ex-companheira. Estava atônito. Buscava se afastar, movendo-se de costas com as mãos tateando o solo, mas não tinha para onde fugir.

Sobre o cavalo, Antônio aproximou-se lentamente do escravo, ostentando a postura ameaçadora de um carrasco mal-intencionado.

Na fazenda, todos aguardavam impacientes do lado de fora para saber como terminaria o embaraço. O ambiente outrora festivo abandonara a celebração natalícia para dar lugar a um clima de apreensão.

Batista, que deveria estar recebendo os mimos e honrarias por seus sessenta anos, era o mais inquieto. Ele sabia que se um escravo alcançasse a floresta, principalmente durante a noite, sua captura não seria das mais fáceis. E permitir que um negro escapasse, ainda mais na presença de convidados, mancharia a reputação da Fazenda Capela, além de ser uma vergonha para o nome dos Cunha Vasconcelos.

Um movimento pôde ser observado na entrada da mata. Antônio e Jonas voltavam sobre os cavalos em um trote mais vagaroso. Os peões se juntaram aos convidados na frente da varanda para tentar enxergar o corpo do escravo, mas ninguém o via. Batista, percebendo a demora no retorno dos homens, amargava a ideia de que o negro não fora encontrado.

Mas o herdeiro da fazenda fora competente no encalço. Sua persistência para não perder o fugitivo era alimentada pela esperança de que seu pai lhe permitiria impor a mais perversa punição. Uma corda amarrada à sela da sua cavalgadura puxava Sabola, de mãos atadas, enlaçado pelas pernas. As costas do escravo capturado raspavam nos pedregulhos cortantes, e galhos afiados no caminho esfolavam-lhe a pele com severidade.

Os convidados juntaram as mãos para aplaudir o retorno triunfal de Antônio. O êxito do primogênito era o melhor presente que seu pai recebia.

Mal chegou e Fagundes prontificou-se a segurar as rédeas do cavalo para o patrão desmontá-lo enquanto Irineu e Alvarenga levantavam Sabola do chão.

— Prepara esse negro! — Antônio ordenou ao peão.

A porta da senzala foi aberta bruscamente por Alvarenga, que acordou os escravos aos berros enquanto Irineu desprendia as correntes.

— Acorda, negrada! Pro pátio, todo mundo!

Akili já estava desperto. Não conseguira pregar os olhos devido ao nervosismo. Queria saber se Sabola havia, ou não, conseguido escapar. Mas pela maneira raivosa como os peões expulsavam os homens para o sereno no meio da madrugada, o velho logo imaginou que o jovem fora pego. Largado novamente a sós na senzala, restava-lhe apenas escutar a punição que destinariam ao pobre rapaz.

Pendurado pelos braços a uma enorme viga de madeira que sustentava o teto do estábulo, Sabola estava erguido do solo, sangrando sobre o mesmo feno onde a mula costumava descansar durante a noite.

Seu rosto já se encontrava parcialmente desfigurado. O centro da boca destroçado pelo punho de Fagundes recebia o sangue quente que escorria das narinas. Os olhos mal se abriam, tamanho era o inchaço dos arcos das sobrancelhas. Estava fraco e por pouco não ficara inconsciente.

Jonas, com as pálpebras levemente caídas, conferindo-lhe erroneamente uma efígie de mansidão, encontrava-se recostado a uma das baias, apenas observando o castigo acalorado que o peão aplicava ao escravo.

— Preto desaforado! Não é, não, Jonas?! Querendo fugir assim, bem debaixo do nosso nariz! — resmungou Fagundes, tornando a se voltar para o rapaz espancado. — Se negro entra no pasto, é pra fazer o pastoreio, negrinho!

Um novo murro violentíssimo encurvou o nariz fraturado de Sabola, encharcando ainda mais o rosto de vermelho.

— Guarda pro patrão, Fagundes.

Apesar de ser um alerta, o peão acatou aquelas palavras como ordem. Depois de Antônio, era Jonas o próximo no comando e sua voz era respeitada.

A agressão foi interrompida de imediato, não sem antes Fagundes juntar o catarro da garganta para escarrar arrogantemente no rosto do aprisionado, encarando-o com a fisionomia enojada.

Irineu, que terminara de organizar os escravos no pátio, juntou-se aos companheiros no estábulo apenas para apressá-los.

— Estão esperando — avisou-lhes.

Sabola fora arrastado pela relva, riscando com sangue seu caminho pela grama, até ser preso de pé na coluna de madeira assentada no meio do pátio. Seu dorso nu oferecia as costas para a lua, enquanto as mãos atadas para cima imploravam clemência.

Antônio tirou o chicote de cinco pontas da cintura e vagarosamente desenrolou o couro sob os olhares temerosos dos negros que formavam um arco em torno do pelourinho.

Do telheiro com vista privilegiada, os convidados da festa poderiam assistir com segurança ao espetáculo que seria apresentado no palco da tortura. As bebidas tornaram a preencher os copos dos embriagados, mas as cordas das violas permaneciam sem vibrar. Como o restante dos brancos no festejo, os instrumentistas também compraziam-se com o berro de um negro ao ter a pele atassalhada e não perderiam a oportunidade de assistir o açoitamento.

Inácio parecia ser o único alarmado em meio a tantos ébrios de sorriso parco. Buscava em outros rostos sua mesma compaixão, mas encontrava apenas olhares prazerosos de condescendência ao ato grotesco que viria. Estava só no desejo de misericórdia, e nada poderia fazer.

Em passos lentos e com a expressão parcimoniosa, Batista aproximou-se em silêncio de Antônio, que o aguardava com a chibata em mãos. Ao passar por ele, pegou o instrumento sem desviar seus olhos do escravo no tronco vertical e tomou a distância apropriada para o início do flagelo.

Havia tempo desde a última vez que manejara o chicote, mas a gravidade da transgressão exigia o esmero de aplicar pessoalmente a pena. Muitos dos enclausurados de Capela jamais tinham visto o senhor da fazenda ministrar um chibateamento. No entanto, a falta do exercício não lhe extinguira o talento.

Um movimento rápido e preciso do punho direito jogou as tiras de couro para trás. Sem dizer sequer uma única palavra, Batista umedeceu os lábios e, com um golpe vertiginoso do braço, desenhou a primeira chaga.

Sem forças, Sabola não aguentou encarcerar o grito que, de tão alto, foi ouvido pelos sádicos na varanda. Os homens brindavam ao seu sofrimento, sorrindo do castigo bárbaro que adoravam aplaudir.

Os escravos em volta do poste eram obrigados a acompanhar a punição de olhos abertos. Se alguém resolvesse cobri-los ou virar o rosto, era acertado com uma coronhada sobre o escalpo. O máximo que podiam fazer, além de lamentar a dor de um companheiro, era retrair involuntariamente os músculos da face.

O segundo estalo da chibata abriu o primeiro rasgo nas costas do jovem amarrado, que recebeu o terceiro e quarto açoites sobre a mesma ferida, o que alargou o corte até ficar em carne viva.

Batista era severo no chicote, exibindo a origem da vocação do seu filho mais velho. Os repetidos golpes dilaceravam a pele do escravo em talhos fundos espalhados pelo dorso. O sangue escorrendo dos ferimentos empoçava na cintura da bermuda branca em algodão, que embebia-se da seiva quente para se tingir de vermelho.

A idade do grão-senhor não abrandara a firmeza do seu braço, mas a resistência física de um recém-sexagenário precisava ser considerada. O suor e o cansaço obrigaram-no a parar, mas, apesar de comedido na determinação das punições, Batista não poderia perdoar a ousadia daquele escravo. Virou-se de costas para o negro e caminhou em direção à casa-grande. Ao passar pelo filho, devolveu-lhe o cabo do chicote e disse, sem voltar os olhos ao castigado:

— Mata esse preto, Antônio — ordenou-lhe com a voz serena e tomou seu rumo de volta à festa.

Era aquilo que o herdeiro mais velho queria ouvir.

Inácio, distante entre os homens no terraço, não escutou a decisão, mas estranhou o irmão não ter esbravejado por não participar ativamente da tortura, prevendo que o pior ainda estaria por vir.

O chefe da família Cunha Vasconcelos cruzou o balcão sem dar explicações a ninguém e foi seguido pelos convidados de volta à sala. No alvoroço, o caçula não conseguia alcançar o pai. Os temulentos amontoavam-se no gargalo da porta, sedentos por mais uma dose de aguardente, esvaziando a frente da mansão. Nessa hora, Inácio reparou em Damiana estacada na varanda, de olhos mergulhados em tristeza e lágrimas, segurando uma bandeja de madeira com copos vazios e sobras de carne-seca. Ela fora obrigada a servir petiscos e bebidas à plateia do espetáculo cruel.

Quando ficaram a sós, a criada o encarou e não proibiu o choro de verter à face. A indignação evidente manifestou sua repulsa pela postura apática do amante. Entrou na casa em passos ligeiros, exibindo o luto ao balançar a cabeça em desengano.

— Damiana... — Inácio chamou-a em vão, sem saber o que explicar.

A porta fora fechada, mas podiam-se ouvir as violas começando a entoar suas harmonias dançantes novamente. Inácio, alheio ao desejo de comemorar, permaneceu sob o telheiro, ainda atônito, e voltou a atenção ao pátio, curioso quanto ao destino do torturado.

Pronto para começar um sermão, Antônio aproximava-se lentamente da coluna do tormento, enrolando o chicote sujo de sangue para devolvê-lo à cintura.

— Esse escravo foi pego correndo feito um desvairado em cima de uma mula pelo meio do pasto! — gritou aos negros apavorados. — Eu sei que preto não tem lá muita finura de pensamento, mas querer fugir pela porta da frente só pode ser deboche!

O feitor deu uma risada desdenhosa, seguido pela aclamação dos peões, que adoravam o escárnio. Apenas Jonas mantinha a postura assisada, de rosto amarrado, abraçado à carabina.

— Quero todo o mundo de olho bem aberto, porque, se alguém mais aqui quiser dar uma de fujão, vai receber o mesmo tratamento que esse negro.

O facão usado para degolar a mula zuniu ao ser desembainhado mais uma vez.

— Vocês vão ver o que que acontece quando escravo tenta fugir da Fazenda Capela.

A lâmina ainda suja do sangue do animal foi cravada impetuosamente próxima ao joelho direito de Sabola. O jovem quase inconsciente despertou pela dor excruciante e seu berro pôde ser ouvido da mansão, mesmo de portas fechadas.

Antônio arrancou com dificuldade a peixeira enterrada no músculo da coxa e a ergueu novamente no alto para marretar a perna do rapaz no mesmo lugar, repetidas vezes, sob os olhares horrorizados dos outros escravos. A cada golpe na ferida, a bermuda tingia-se ainda mais de escarlate, até ficar completamente pintada de vermelho.

Os brados pesarosos atingiam como flechas de martírio os ouvidos de Akili. Assentado inerte sobre seus trapos escuros, resguardado entre as paredes grossas da senzala, o velho estava cego às atrocidades do capataz, mas a tudo podia escutar. Escondeu o rosto com a palma da mão, como se envergonhado, e pôs-se a chorar pelo sofrimento do rapaz.

Após arrebentar o ligamento, o fio do terçado encontrou resistência na cartilagem do joelho. O carrasco, sem considerar interromper a truculência, começou a serrar-lhe a perna, estendendo a execração do castigo.

Sabola nunca sentira tanta dor. Não havia orgulho que lhe restasse capaz de segurar o berreiro que começava a incomodar Antônio.

— Jonas! Dá um jeito nesse preto escandaloso!

Entendendo o real significado daquela ordem, o peão localizou um saco avelhantado largado sobre a terra e não se atrasou em apoiar sua espingarda sobre as costas para alcançar o pedaço de pano usado no transporte de farelos para os animais da fazenda. Com a arma presa à bandoleira, suas mãos estavam livres para tirar do objeto os restos de migalhas enquanto se aproximava do escravo.

Logo que subiu o degrau do pelourinho, Jonas encobriu com brutalidade a cabeça de Sabola, abafando os gritos, e apertou firmemente a boca do saco em seu pescoço para sufocá-lo, jogando o pescoço para trás.

Sabola revirava o rosto freneticamente, buscando algum espaço por entre as tramas do tecido onde pudesse encontrar o ar que lhe fora proibido. Ele trocara os gritos pelo arfar desesperado de um homem na certeza de sua morte.

Como a bermuda, o pano branco trançado em algodão que lhe arrancava o sopro também se embebia no tom escarnado. As chagas anteriores produzidas por Fagundes no estábulo marcaram seu rosto no sudário, mas o sangue ainda escorrendo das narinas e boca corromperam o desenho, transformando-o em uma mancha vermelha abstrata que tomava toda a extensão da sacola.

Após terminar de serrar grosseiramente a cartilagem do joelho, Antônio ergueu a peixeira e, num golpe derradeiro, amputou a perna do escravo, que não conseguia mais distinguir o berço de tantas dores.

Os negros ao redor do pelourinho estremeceram ao ver as pedras que assentavam o poste do martírio maculando-se do sangue jorrado pela carne destroçada. Não era a primeira vez que eram obrigados a presenciar uma execução, mas jamais haviam testemunhado tamanha crueldade.

Sempre que um homem era destinado a abraçar a coluna, as manchas permaneciam expostas como lembrança da tortura. O vermelho que a impregnava após uma punição não desaparecia até que a próxima chuva caísse.

Aos escravos não foi permitido retornar à senzala até que presenciassem o moribundo desistir de sua luta contra as mãos firmes de Jonas estrangulando-o.

Os espasmos de Sabola foram perdendo a força junto ao sangramento que deixava de correr e seu corpo amoleceu, recebendo a morte.

Jonas pôde afrouxar os pulsos.

Inácio estava boquiaberto, horrorizado com a conduta do irmão e seus peões. Se a morte do escravo fora a pena determinada pelo pai, o exagero da brutalidade no seu cumprimento era apenas para suprir as necessidades sadísticas de Antônio.

O mesmo sentia Akili, que, apesar de não presenciar a execução, conhecia o gosto do carrasco pela sevícia. A captura e morte do rapaz, mesmo que esperadas, não o impediram de chorar por seu padecimento.

Antônio limpou a lâmina do punhal nas calças, antes de devolvê-la à bainha, e aproximou-se de Jonas.

— Tem cova pronta?

— Tem, patrão.

O feitor acenou positivamente com a cabeça, lembrando que havia pedido para cavarem dois buracos quando Asani falecera.

— Tira esse defunto do meu pátio! — Encarou o cadáver desmembrado uma última vez, ainda enraivecido pelo seu atrevimento, e deixou os peões cuidarem do resto para poder retornar à casa-grande.

Com um assobio arrogante, Jonas chamou Oré e outros dois escravos ao seu lado para desatarem o corpo ensanguentado de Sabola e carregá-lo ao espaço atrás da capela, reservado ao sepultamento dos negros.

De cultura iorubá, Oré fora trazido muito jovem do golfo da Guiné e escolhido por acaso no passado para cavar algumas tumbas. Devido ao seu manejo destro com a pá e sua juventude desassociada de arrogância, acabava sempre designado às ocasiões mortuárias.

O terreno usado como cemitério nunca recebera os devidos cuidados que um campo-santo merecia. O mato mal capinado avançava sobre as cruzes estacadas no solo, negligentemente montadas com dois gravetos e um barbante, encobrindo o símbolo cristão que os oprimia mesmo na morte. A grande extensão do cercado, expondo ossadas mal soterradas, ficava às vistas dos escravos sempre que compareciam à missa compulsória, lembrando-os de que mesmo na morte estariam presos a Capela.

Sem reza nem palavras de despedida, o corpo de Sabola foi despejado na vala como carne podre a ser devorada pelos vermes. Oré aproximou-se da cova segurando, com extremo pesar, a perna decepada para colocá-la junto ao morto, mas Jonas o impediu de completar o cadáver, estendendo o braço à sua frente.

— Podem cobrir! — ordenou aos outros escravos.

As pás foram movidas e o defunto desmembrado começou a ser enterrado sem sequer terem lhe retirado o saco encharcado de sangue da cabeça. Apenas a boca escancarada, que insistentemente buscara o ar nos seus últimos suspiros, estava descoberta e não foi poupada de ser alimentada com a terra que o encobria.

7.

LOGO AO AMANHECER, O PROPÓSITO DE JONAS EM NÃO se livrar do membro amputado se expôs a todos que caminhassem no pátio. O peão aguardou o último convidado abandonar o festejo da noite anterior para enlaçar a perna de Sabola e pendurá-la sob o pórtico de madeira que demarcava a entrada da fazenda. Alguns metros abaixo da prancha rústica onde estava entalhado com capricho o nome da estância, encontrava-se em exibição permanente mais um ato digno de repulsa.

A maioria dos escravos mal conseguira repousar quando a porta da senzala se abriu para lhes trazer mais um dia de estafa na labuta. E assim que o sol encostou em suas peles, puderam ver o troféu nefasto completando a paisagem.

Varejeiras aceiravam as feridas da perna, parasitando o tecido morto para depositar os seus ovos. O cheiro de carne apodrecida ainda não se alastrara no terreno, podendo ser sentido apenas de leve por aqueles que caminhassem às voltas do portal.

Na cozinha da casa-grande, Conceição e Damiana se ocupavam com o preparo do almoço, geralmente servido um pouco antes da metade do dia. Enquanto a criada mais velha deitava sal e outros condimentos na panela para apurar o sabor da comida, a jovem se atinha aos cuidados com as hortaliças. O clima era de luto e o silêncio só era quebrado pelo piar agudo da chaleira de ferro implorando para ser retirada do fogo.

Inácio chegou e permaneceu parado na entrada, com o olhar consternado fixo em Damiana, que não reparara ainda na presença do rapaz. Ele nem sequer se incomodou em esconder de Conceição o anseio de conversar com a jovem. A preocupação em explicar sua postura diante da morte do escravo era-lhe mais importante do que encontrar desculpas para despistar a real intenção de sua visita à cozinha.

A liberdade que a mucama mais antiga tinha com Inácio era fruto de uma afeição recíproca ao longo dos anos. Fora ela quem o criara na infância, e suas moléstias, mesmo quando não reveladas, eram facilmente pressentidas pela mulher. Conceição largou a chaleira quente na bancada e se prontificou a arrumar alguma desculpa para deixá-los a sós.

— O que é que deu na Jussara que não traz essa galinha? — disse em voz alta para si, retirando o avental. — Cuida pro feijão não queimar, minha filha.

Ao pegar a colher de madeira, Damiana enfim notou o rapaz encarando-a, mas não lhe expressou gentileza. Virou o rosto em direção à panela para misturar os grãos e exibiu a mesma máscara de ressentimento que vestira na varanda.

Conceição atravessava o acesso pelo fundo, que beirava a pequena horta onde colhiam as verduras, quando Jussara cruzou a mesma passagem trazendo em mãos a galinha que saíra para buscar. Antes que ela pusesse os pés na cozinha, a mulher a agarrou pelo braço e a arrastou novamente para fora, inventando um nova tarefa para ser feita no quintal.

Livre para poder se expressar, Inácio, com o semblante abatido, aproximou-se lentamente da jovem.

— Damiana...

— Meu senhor — respondeu-lhe como deveria uma escrava, usando intencionalmente o pronome de tratamento para provocá-lo.

— Para com isso. Que querias que eu fizesse? — indagou, ressentido.

Damiana não desatou o nó de seu rosto amarrado. Tampouco deu resposta ao questionamento do rapaz. Sua mão direita não interrompeu os movimentos circulares com a colher, mas a esquerda apoiada na cintura delatava o seu teatro. Estava aborrecida, no entanto queria ouvir suas explicações.

— Seria uma afronta direta ao meu pai se eu interviesse no castigo de um escravo — continuou o rapaz. — Como achas que ele reagiria se o próprio filho o desafiasse na frente dos convidados?

— Você podia ter feito alguma coisa, Inácio. Mas não. Ficou parado só assistindo... como todos os outros — contestou, entristecida, sem tirar os olhos da panela, comparando-o a qualquer outro branco proprietário de escravos.

As palavras de Damiana perfuraram o orgulho de Inácio, que, em seus valores morais, tinha o direito à vida como prerrogativa principal de qualquer homem, independente da raça. Porém, o respeito à figura paterna, aliado ao tabu de terem uma relação conflituosa por natureza, o impedira de contestá-lo, principalmente em uma noite de comemoração. Ao menos, era nisso que gostaria de acreditar para não assumir que, em grande parte, seu silêncio fora motivado por covardia.

— Não me orgulho de ter ficado calado, Damiana. Mas não é de minha alçada intervir em decisões que são tomadas cá nesta fazenda. Ainda mais depois de eu ter partido para longe. Por favor, entenda — suplicou-lhe, na esperança de uma réplica amistosa. — Se o escravo tivesse ao menos sobrevivido ao castigo, garanto a ti que, como médico, eu teria feito o necessário para cuidar das feridas da melhor maneira.

— Esta fazenda é sua, Inácio! — interrompeu Damiana, por fim largando o talher para fitá-lo nos olhos. — Você tenta se enganar que não é senhor desta terra porque não quer admitir que a sua mão também está manchada de sangue. Mas, caso não saiba, foi por causa de escravos iguais àquele que você pôde ter o luxo de ir estudar. E quando chegou a hora de dar valor ao que aprendeu à custa da vida desses homens, você... você não fez nada. — O pesar pela lembrança hedionda da noite anterior marejava-lhe os olhos. — Simplesmente deixou que... que matassem o rapaz.

Damiana se voltou novamente à panela, secando com as costas da mão a lágrima de luto que lhe devorara a maçã do rosto.

Apesar de atrevidas as palavras da mucama, tudo que saíra de sua boca era verdadeiro. Se Inácio tivesse ao menos tentado intervir, o destino de Sabola poderia ter sito outro. O rapaz, sem argumentos para contestar as críticas à sua postura submissa, trancafiou-se no cárcere da própria vergonha e abandonou calado a cozinha, deixando Damiana cumprir os afazeres culinários sem intromissões.

Escondida por detrás da parede que beirava o quintal do fundo, Conceição escutara toda a discussão enquanto Jussara, mais afastada, depenava a galinha cujo pescoço acabara de torcer. A criada desconfiava havia algum tempo do sorriso delicado, mas permanente, iluminando o rosto de Damiana, do brilho inapagável que cintilava-lhe os olhos e do movimento involuntário com as mãos para ajeitar os cabelos atrás da orelha sempre que o jovem senhor aparecia. Suas sumidas misteriosas durante as tarefas domésticas também intrigavam, mas a garota sempre encontrava explicações para os momentos de ausência e nunca fora de mentir.

A razão para Conceição ser contrária à proximidade entre os jovens amparava-se em uma promessa antiga que jamais profanaria. Sob o véu negro da prostração em um leito de morte, ela jurara que cuidaria de Damiana e a livraria dos perigos.

Mesmo apreciando o caráter benevolente do caçula dos Cunha Vasconcelos, a escrava doméstica se preocupava com as complicações de uma intimidade daquela natureza. E sabia que, apesar de ter criado Inácio, jamais poderia tocar nesse assunto com o rapaz. Restaria apenas tentar ajuizar Damiana de que um relacionamento entre eles, mesmo que passageiro, seria de consequências desastrosas para ambos os corações.

Em luto, os escravos alçavam suas foices mergulhados na amargura. O desânimo que se alastrava pelos olhares desenganados dos trabalhadores na lavragem envenenava o vigor braçal, reduzindo o proveito diário na colheita. Era comum dos dias posteriores a um açoite que a depressão tomasse conta dos homens, apontando-lhes sua condição miserável. E a sequela era exponencialmente maior após uma execução.

O abatimento no canavial era aproveitado pelos peões, que podiam abrandar a vigilância na certeza de que ninguém demonstraria sua revolta por medo de ser agraciado com o mesmo destino.

A perna grotescamente dependurada era embalada timidamente pelo sopro vespertino cumprimentando a chegada da noite. O membro decepado, que acenava aos escravos em direção ao alojamento carcerário após a celebração religiosa, começava a exalar o odor desagradável de carne apodrecendo, obrigando os atingidos pela brisa acatingada a cobrirem as narinas.

Quando o entardecer finalmente expulsara o sol para dar à lua seu lugar, os peões laçavam os cavalos ao estábulo e podiam retornar ao casebre que lhes era cedido para o merecido descanso.

Intencionalmente erguida nas proximidades de outro acesso à floresta, a choupana era dentro dos limites da fazenda, mas na extremidade oposta à casa-grande. Se porventura algum escravo cruzasse o labirinto de cana na esperança da fuga, certamente encontraria a morte no berro de uma carabina antes de atingir as árvores. Da janela da sala podia-se enxergar sem barreiras a enorme parede de troncos enraizados na terra, carregada de galhos e folhas, resguardando a mata com sua rama fechada.

A casa levantada com tábuas de madeira, apesar de humilde, era espaçosa. Os peões não tinham o luxo de ter cômodo privativo, mas ao menos os colchões gastos de tecidos emendados protegiam-lhes as costas das farpas do piso.

No marchar da madrugada, o brilho reluzente das estrelas ocupava a imensidão celestial para zombar dos vaga-lumes o acanhado lampejo.

Acompanhados de uma garrafa de cachaça apanhada diretamente do alambique, Fagundes, Irineu e Alvarenga escondiam o naipe das suas cartas num jogo de azar em volta da mesa mal-iluminada pela chama trêmula de uma lamparina rural.

Jonas não participava da jogatina. Sua atenção estava nos cuidados da espingarda recém-utilizada. Sentado em uma poltrona velha de almofadas rasgadas, limpava com esmero o cano da arma e lustrava seu cabo de madeira, alheio, mas nem por isso surdo, às conversas dos peões.

— Desce logo essas cartas, Alvarenga! — reclamou Fagundes, ansioso.

O peão fazia charme para mostrar a mão. Trocava a última carta pela primeira, balançava a cabeça em reprovação e as olhava compenetrado num blefe digno do pior teatro amador. Até Irineu, que já havia desistido da rodada, se mostrava impaciente com a encenação do colega.

— Vai, homem! — implorou após um gole de pinga.

Alvarenga desenhou uma última careta de falsa ruína e despejou seu jogo sobre a mesa num sorriso zombador.

Assim que reparou na sequência, Fagundes jogou suas cartas na mesa, indignado com mais uma rodada perdida.

— Diacho desse Alvarenga com cara de tonto!

— Estamos vendo quem é o tonto... — provocou, clamando o prêmio para si com os braços em volta das moedas.

O perdedor roubou a garrafa de pinga das mãos de Irineu para virá-la com vontade na garganta.

— Vamos jogar outra logo! Dá as cartas aí, Irineu.

— Você nem tem mais moeda, Fagundes.

— O Jonas empresta! — retrucou irritado, expondo seu vício no jogo. — Não é, não, Jonas?

O peão, conferindo a limpeza da chumbeira, respondeu ao pedido sem tirar os olhos da arma:

— Você está me devendo metade do ordenado do mês passado.

— Pago hoje! Só me apadrinha aqui no jogo que tua mão vai ficar pesada de segurar tanta moeda.

— Melhor é você ir dormir — interveio Alvarenga —, senão vai acabar perdendo até as calças.

Seu motivo em mediar a transação fora apenas ridicularizar ainda mais o derrotado, que se irritou com o gracejo e as risadas dos colegas.

— Rindo à toa com a algibeira cheia da moeda, né, abestado? Espera só que ainda vou te pegar escondendo carta!

— Iiih, olha lá, Irineu. Começou.

— Quero ver me encarar no olho e dizer que não rouba no carteado, Alvarenga! Fala que eu finjo que acredito.

— Para de chorar, Fagundes! E passa logo pra cá essa garrafa antes que ela fique seca que nem teus bolsos.

As típicas reações embravecidas de um mau perdedor eram exibidas em todas as suas formas mais tempestuosas, para a alegria dos peões, que se entretiam com a revolta desmedida de Fagundes. Ele entregou a bebida, mas sem interromper seus protestos.

O tom elevado das vozes disputando o pedestal da atenção quase coibiu os ouvidos de Jonas de notar o som agudo que ecoava distante do falatório. Ele levantou o rosto na busca da origem daquele timbre indefinido, mas não conseguia desvendar a procedência com o barulho dos peões ao lado.

— Quietos, os três! — falou rispidamente, conseguindo a atenção dos homens. — Não estão ouvindo?

Por um momento, todos buscaram fazer um uso expressivo da audição, pois Jonas não era de brincar. Mas o que ouviram em rebate foi apenas a serenata dos grilos trovando no matagal.

— Depois vai falar que é a gente que bebe... — disse Fagundes, tentando transferir o alvo da chacota. — Ouvindo o que, Jonas?!

— Shhh!! — repreendeu-o de imediato, mantendo-se atento.

Os ouvidos mais vigilantes podiam identificar um sibilo tímido em dois tons, que após cada emudecida voltava a ecoar mais alto, ficando próximo. O último assobio pôde ser escutado por todos.

— Deve ser martim-pererê procurando ninho de outro pássaro — disse Alvarenga, culpando a ave parasita de pipilar semelhante, notória por invadir o berço alheio para depositar seus ovos.

Era verídico que algumas noites de repouso haviam sido perdidas para o importuno sibilar de um martim-pererê desesperado para acasalar. Entretanto, mesmo o som sendo parecido com o canto agudo do pequeno animal alado, Jonas não se convencera. A ave costumava perseverar escondida entre os arbustos da floresta, livre de perigos, jamais se expondo em vegetação baixa. Não era do seu comportamento aproximar-se de uma construção.

O assobio seguinte, que sucedera a especulação, soara muito próximo. E, por mais que aguardassem pela segunda nota obrigatória da melodia, ela não ousou se repetir. Os peões se entreolharam, confusos. Uma certa tensão pairava na sala com a invasão repentina do silêncio que calara, inclusive, os entes notívagos a festejar na madrugada.

Jonas não estava disposto a esperar a alvorada para procurar algum ninho invadido de curutié na busca descabida por ovos bastardos no berço de um hospedeiro forçado. Levantou-se e caminhou até a janela, na esperança de identificar a origem do som que silenciara.

A princípio, o que encarava era somente a noite e a mata não tão distante. Nada lhe parecia diferente do lado de fora, mas sua obstinação coibiu o retorno ao conforto da poltrona. Foi quando reparou em uma estranha movimentação entre as folhagens. Os galhos se agitavam como se algo de grande porte perambulasse entre eles.

Os peões, sentados à mesa, perceberam a atenção demasiada com a qual o homem afrontava a escuridão e se adiantaram a querer entender o motivo de tamanha vigilância. Agruparam-se em torno da janela, mas não havia espaço para observarem a paisagem noturna.

Forçando as vistas para entender a figura que incomodava a vegetação, os olhos de Jonas finalmente se adaptaram ao negror do ambiente observado e ele pôde compreender o desenho que marchava aos tropeços na floresta. Era um animal. Mas havia algo que não lhe parecia correto. O bicho peregrinava à deriva, topando nas árvores como se não as enxergasse no caminho. Em seus passos canhestros, esbarrou em um galho largado na terra e desabou no chão na última fileira de troncos antes do gramado.

— Está vendo o que é, Jonas? — indagou Irineu, mais afastado de todos por ser o de menor estatura.

O peão identificava bem uma silhueta que se debatia para levantar, mas ainda tentava decifrar o enigma do seu contorno quando outra figura estranha começou a sacudir as folhas dos arbustos pela mesma trilha. Parecia o corpo de um homem que avançava em direção ao animal caído, mas seus movimentos eram descompassados e pecava-lhe o equilíbrio. A cada progressão, interrompia seu trajeto para se amparar na firmeza dos troncos. Era como se estivesse saltando, em vez de caminhar.

Finalmente, o animal se reergueu e abandonou o refúgio dos arbustos para invadir a relva que se estendia até o casebre, revelando sua forma.

Jonas mal podia acreditar nos próprios olhos. Seu coração disparou ao vislumbrar a criatura tenebrosa, capaz de estremecer as pernas do mais aguerrido dos homens. Era uma mula que pisava sobre as ervas rasteiras a cobrirem o terreno. Mas não era uma mula qualquer. Sobre seu tronco não havia uma cabeça. Aquele era o animal que fora usado pelo escravo na tentativa de fuga. Seu pescoço degolado apresentava grotescamente a carne descoberta em um corpo sem rosto, do jeito que havia sido deixada para apodrecer na floresta.

O animal mutilado parecia vagar sem rumo, como um espírito errante preso ao limbo da sua morte. No entanto, o motivo do trajeto torto era apenas por estar privado da visão. Seu destino era a casa. Após alguns passos desconjuntados no terreno desmatado, voltou a cair ao tropeçar em um ninho de cupim traiçoeiro que brotava da grama.

Enquanto a mula se agitava novamente no chão, a outra figura oculta entre a ramada resolvera se revelar. Com um salto para a frente, abandonou o resguardo da mata fechada e cruzou a fileira de árvores para exibir sua identidade. Era um negro, com a perna direita amputada, que tentava se equilibrar da maneira como podia sobre o único apoio que lhe restava. O saco cobrindo sua face, como um gorro avermelhado que deixava apenas a boca escancarada à mostra, e a bermuda maculada de sangue ressecado eram a confirmação do improvável. Sabola voltara dos mortos.

Assim que Jonas reconheceu o escravo assassinado por Antônio no pelourinho, duvidou da própria sanidade. Sem proferir nenhuma palavra, afastou-se da janela, buscando explicações para aquela visão perturbadora enquanto voltava a se sentar na poltrona.

Sua palidez chamou a atenção dos companheiros, que abandonaram por um momento o caixilho envidraçado para tentar compreender a razão do olhar estatelado alarmando o rosto do homem.

— O que foi, Jonas? Parece que viu assombração — gracejou Irineu.

Por mais que aguardassem uma resposta de Jonas à ironia, a voz não lhe saiu da boca. Estava mudo, perdido em um estado de demência, nem sequer escutara o deboche.

Espantados com a expressão turbada que não largava as feições do colega, os peões mais próximos à janela viraram-se à paisagem noturna e seus ombros se digladiaram pelo melhor lugar na moldura.

Fagundes era ruim no carteado, mas no jogo de corpo venceu Alvarenga com facilidade. Por detrás do vidro, seus olhos apontaram para o cenário escuro, esforçando-se para descobrir o que ocasionara tamanho assombro, mas nada viram. A figura tétrica de Sabola não ocupava mais aquele quadro sombrio; no entanto, ao notar algo que se remexia sobre a grama, pôde contemplar por inteiro o corpo decapitado da mula terminando de se levantar.

Tomado pela mesma descrença que Jonas, o peão olhou para a garrafa de pinga quase vazia em suas mãos, buscando nela a elucidação para o que vira.

— Dá espaço, Fagundes! — Alvarenga empurrou-o, roubando o lugar.

Mal colocou o rosto na janela e encarou o cadáver sem cabeça do animal que vagueava morto.

— Minha Nossa Senhora! — gritou amedrontado, afastando-se e fazendo o sinal da cruz.

— Que foi, Alvarenga? — inquiriu Irineu, acovardado com as reações dos companheiros.

Os homens ficaram calados se entreolhando, receosos em admitir a presença do sobrenatural à sua porta. Suas expressões haviam sido contagiadas pelo mesmo olhar assustado que Jonas carregava no rosto.

— Alguém fala alguma coisa, meu Deus do céu! — suplicou o peão, nervoso com o silêncio.

— Tem... tem uma mula sem a cabeça.... do lado de fora — confessou Alvarenga com a voz trêmula.

— Nunca viu bicho morto, não?

— Andando, Irineu! O Alvarenga está falando que tem uma mula sem cabeça *andando* do lado de fora! — completou Fagundes.

Crédulo em histórias de fantasmas, o único que ainda não avistara a assombração era justamente o mais medroso entre os homens. Irineu se impressionava facilmente com fábulas sobre almas penadas e criaturas folclóricas, que o obrigavam a passar noites em claro aguardando a chama devorar por completo a cera de uma vela.

— Ah! Vocês estão é mamados na pinga! — retrucou, acompanhado de uma risada nervosa.

— Te juro! Por tudo que é sagrado, Irineu!

O formigamento nas pernas do peão era sintoma do seu pavor. Não havia como negar que Alvarenga parecia sincero nas palavras, apesar de Irineu não querer acreditar.

— Brinca com essas coisas não, que você sabe que eu não gosto!

— E eu estou com cara de quem está brincando?!

— Bota essa tua cabeça na janela e vê! — sugeriu Fagundes para encerrar a discussão.

— Até parece! Acha que eu não sei que vocês estão é querendo ficar caçoando de mim à toa só porque tenho medo de assombração?

— Olha pela janela! — insistiu Fagundes, impaciente.

— Vai logo, Irineu! — entrou no coro Alvarenga, querendo mais um para confirmar a aparição.

Receoso, o peão até cogitou obedecer aos companheiros; no entanto, mesmo crendo que tudo não passava de uma piada de extremo mau-gosto, seu medo irreprimível o impedia de tirar a prova.

— Deus me livre de botar a minha cabeça nessa janela! — recusou-se, apavorado.

Um bate-boca fervoroso, repleto de argumentações descabidas, os impediu de perceber a estranha fumaça esbranquiçada começando a invadir o casebre pelo buraco da fechadura. A bizarra emanação percorria timidamente uma trilha pelo ar, preenchendo os espaços vazios da sala e aproximando-se dos peões.

Jonas, mais próximo da porta, jazia abancado nas almofadas rasgadas como um enfermo vegetativo de olhar pasmado. Um estranho odor irritou suas narinas quando a fumaça invadiu seus pulmões, fazendo-o tossir de forma ruidosa.

— Você também está nessa brincadeira, Jonas? — indagou o peão acovardado, crente de que o colega desmentiria o conto de terror.

— É verdade, Irineu — confirmou Jonas em meio à irritação na garganta, antes de agravar o relato. — E essa mula não está sozinha — completou, virando o rosto para cima e encarando o peão para que tivesse certeza de que suas palavras não eram mentirosas.

Os homens foram pegos de surpresa. Fagundes e Alvarenga tinham avistado somente o animal com o pescoço em carne viva e já estavam demasiadamente impressionados.

Irineu apavorou-se ainda mais ao reparar em algo estranho no rosto de Jonas:

— Os… os… seus olhos… — gaguejou, apontando-os em pânico.

— O que têm meus olhos?

Os demais peões se aproximaram e também puderem ver o que alarmara Irineu. As pupilas de Jonas estavam abusivamente dilatadas, como se suas córneas estivessem inteiramente negras, invadindo o branco dos olhos.

— Tem alguma coisa estranha neles, Jonas — comprovou Fagundes, igualmente confuso.

Ao ser avisado da condição, Jonas reparou que também havia algo de errado no semblante dos homens. Não era apenas ele quem tivera a membrana externa do globo ocular corrompida. O vapor misterioso maculara as vias respiratórias de todos eles sem que percebessem.

De súbito, o casebre ficou mais escuro. Sob o olhar terrificado dos peões, a madeira das paredes anegrejava, como se de brusco apodrecesse. Uma densa névoa ocupara a sala, acompanhada de um insuportável odor de carniça, deixando o ambiente ainda mais macabro. Os homens pareciam fazer parte de um pesadelo tenebroso, onde jaziam em um mausoléu abandonado que serviria de morada para seus próprios defuntos.

Jonas levantou-se da cadeira na tentativa de interpretar aquele cenário fúnebre, e Irineu, de lábios tremulantes e choro prestes a derramar no rosto, caminhou para trás sem acreditar em como seus piores medos projetavam-se de maneira tão real. Fagundes e Alvarenga estavam atônitos cobrindo o nariz, hirtos sobre pernas entorpecidas que não ousavam sair de seus lugares.

O agudo arrepiante do assobio voltou a perturbá-los. Mais alto, o som agourento parecia estar por todos os cantos da casa, ecoando nas paredes para exasperar a tensão.

Um clarão trepidante, tal qual o de labaredas flamejando, veio do lado de fora da janela e devorou repentinamente as sombras impregnadas nas paredes. Irineu, mais próximo à moldura de madeira, virou-se assustado e pôde ver o animal maldito a poucos metros de si. Mas a mula não se exibia no arquétipo desajeitado. Estava diferente aos olhos assombrados do peão. Assemelhava-se mais a um corcel de batalha, forte e bem treinado, com flamas saindo pelo pescoço no lugar da cabeça.

— A casa vai pegar fogo! — berrou em desespero ao vê-lo aproximar-se dos muros de madeira que sustentavam a construção.

Descontrolado, Irineu obedeceu o instinto de sobrevivência corrompido pela angústia e correu até a saída, na esperança de evitar que morresse incinerado. Ao abrir a porta de supetão, o cheiro de carne podre invadiu a casa por completo e a visão mais tétrica do horror quase fez seu coração parar de bater.

O defunto do escravo estava de pé sob a ombreira e, como a mula, também ostentava um físico mais agressivo. Antes baixo e malnutrido, o negro agora era corpulento e ameaçador, como uma criatura que acabara de abandonar os tormentos do inferno. Mas era no rosto que o terror despachava sua epístola. Mesmo coberto com o pano encarnado pelo próprio sangue que vertera até a morte, a boca estava livre para expor os afiados dentes amarelados. E entre os buracos da trama de algodão, podia-se notar a intenção de carnificina nos olhos opacos cavados no interior do crânio.

Antes que Irineu conseguisse fechar a porta, Sabola a atravancou com o braço e forçou a entrada, derrubando o peão, que engatinhou de costas, sem tirar os olhos do monstro. O facão que ele carregava na cintura chamara a atenção do escravo, que saltou para dentro do casebre, avançando sobre o homem caído.

Fagundes e Alvarenga, aterrorizados, não conseguiam esboçar reação. Entretanto, Jonas, tendo assimilado o improvável como real, recuperou a sanidade e resolveu agir de alguma forma. Não sabia como afugentar o morto-vivo, mas a gravidade da situação demandava um revide truculento. O chefe dos peões correu para alcançar a espingarda apoiada na poltrona, mas seu processo lento de preparo permitiu que o cadáver do escravo conquistasse espaço dentro da casa.

No chão, Irineu fora encurralado na parede. Sabola se aproximava com seus pulos medonhos, balançando o resto da perna amputada que lhe caía à cintura e estendendo o braço para alcançar a peixeira do peão, que fechou os olhos, à espera do pior.

O chumbo enrolado num pedaço de pano rasgado da própria camisa fora colocado rapidamente no cano sobre a pólvora e Jonas apontou a carabina em direção à assombração.

Com a pele dos dedos já com aspecto ceroso, o morto quase encostava as unhas empalidecidas no cabo do facão de Irineu quando o disparo retumbou.

Atingido no ombro esquerdo, o corpo de Sabola perdeu o pouco equilíbrio que lhe restava sobre a única perna e quase desabou ao ser empurrado pela bala. Antes que tombasse, porém, a aparição se transformou num enorme redemoinho de vento e rapidamente abandonou a cabana pela porta, que trombou com violência no batente, fechando-se.

Aos poucos o ambiente retornava à sua aparência cotidiana e os homens recuperavam a cadência natural dos batimentos cardíacos. As paredes perdiam o tom enegrecido e o lampejo das chamas que saíam do pescoço da mula se extinguira. A névoa finalmente se dissipara e a carniça não mais incomodava os olfatos. Tudo estava de volta ao normal.

Confusos, os peões não abandonavam seus lugares, pasmados com o que haviam acabado de enfrentar. Parecia-lhes impossível crer que um cadáver fosse capaz de abandonar a própria cova para invadir uma residência na clara intenção de vingança por sua morte.

Irineu, ainda no chão, ofegava, com os nervos estremecidos. Em seu olhar estava estampado o pior dos horrores que um homem com medo de fantasmas poderia vivenciar.

Ninguém conseguiu repousar aquela noite.

BASTOU O PRIMEIRO RAIO DA MANHÃ DESPONTAR PARA que os peões marcassem presença na casa-grande. Estavam vestidos com as mesmas roupas da noite anterior, sem sequer terem lavado os corpos para afastar o cheiro de suor.

Batista, sentado na costumeira poltrona da sala principal, embasbacado, tentava imaginar algum sentido para o relato supostamente fantasioso que acabara de ouvir da boca de Jonas.

Acompanhado dos filhos, ele encarava os peões enfileirados lado a lado, de pé à sua frente, nitidamente incomodados com a situação, enquanto Inácio, abancado na poltrona ao lado, separada por uma mesa de centro, que apoiava sobre as pernas cruzadas sua literatura matinal também estava curioso para entender a razão daquele conto de terror.

Antônio, como responsável pelos homens e apreciador do serviço de Jonas, ostentava uma amarga expressão de descrença ao ouvir a história absurda que o seu peão de confiança narrara. Encostado na lareira, acendia um cigarro de palha, aguardando a reação do pai.

— Deixe-me ver se entendi direito... — começou o grão-senhor, olhando para cima. — Uma mula com a cabeça pegando fogo...

— Com fogo no lugar da cabeça, senhor — Jonas o corrigiu.

— Ah, sim. Desculpe-me — disse de maneira jocosa. — Uma mula "com fogo no lugar da cabeça" e um negro perneta que avançou sobre vocês pulando num pé só?

— Não era qualquer negro, senhor.

— É verdade. Havia me esquecido desse detalhe. Foi o negro cuja perna o meu filho Antônio cortou ontem à noite.

A ironia no tom de Batista não poderia ser mais nítida. Apesar de Jonas estar certo sobre o fato, seu perfil respeitoso jamais lhe permitiria discutir com o empregador. Tampouco sua ética o deixaria mentir. Relutou antes de acenar com a cabeça, confirmando o entendimento da sua narrativa.

Embravecido com a insistência em manter a versão, o senhor do engenho levantou-se tempestuosamente da cadeira, elevando o tom da voz, e foi ao encontro dos peões.

— Isso é absurdo, Jonas! Vocês não têm vergonha de aparecer na minha frente com uma história dessas? Ainda mais fedendo a pinga!

O peão permaneceu calado. Seus olhos não inventaram o que haviam enxergado, mas, se ele mesmo não estivesse presente durante o ocorrido, também ergueria alto a bandeira do desmerecimento.

— Você não viu a terra sendo jogada em cima do defunto? — continuou Batista.

— Vi, meu senhor.

— E agora está querendo me falar que ele deu uma de Jesus de Nazaré e levantou do túmulo pra atacar vocês com uma mula sem cabeça?!

— Sei que isso parece…

— Chega, Jonas! — interrompeu Batista, irritado, encarando o homem que não ousava rebater o olhar. — Se é aumento de ordenado que vocês estão querendo, então, seja homem e me peça direito! Só não fique aí abusando da minha boa vontade, inventando história boba de assombração!

De nada serviria continuar contestando seu empregador. O ataque que presenciaram na madrugada era extremamente insólito e de acolhida impraticável aos distantes na situação. Restava-lhe apenas abaixar a crista e fixar o olhar no infinito, aguardando obedientemente a deliberação do senhor.

— Antônio! — chamou o filho para que se aproximasse. — Negocia com esse bando de ingratos o que eles acham que é de direito deles pra não me dar dor de cabeça. E não quero mais ouvir falar nesse assunto! — avisou a todos os peões de maneira agressiva, fitando Jonas nos olhos antes de abandonar a sala aos resmungos. — Onde já se viu…

Mesmo decepcionado com o líder dos peões, Batista sabia que um homem de confiança e bom no batente como ele era artigo raro. Assim, não arriscaria perdê-lo após tantos anos de prestação de serviço na Fazenda Capela sem haver um único histórico de mau-comportamento até o presente episódio.

A porta foi fechada com violência pelo patriarca ao sair. Como se não bastassem as preocupações com o declínio da produção e a escassez de mão de obra escrava, agora precisava se preocupar também com historietas mentirosas de seus trabalhadores assalariados.

Antônio aproximou-se de Jonas e ficou por um tempo ao seu lado, em silêncio, tragando calmamente o punhado de fumo enrolado na palha de milho.

Por conhecer bem o temperamento do rapaz, o chefe dos peões aguardava com frieza por seus comentários arrogantes.

— Vocês exageraram, Jonas — começou, libertando a fumaça dos pulmões no rosto do homem.

— Eu também não ia acreditar se não tivesse visto com os meus olhos — insistiu com o olhar reto.

Apesar de ter gosto pela soberba no tratamento de funcionário atrevido, o capataz não estava disposto a ficar repisando o mesmo tema. Ainda mais com Jonas, que o iniciara nos passos de feitor.

— Não quero mais saber de vocês se encachaçando na madrugada — determinou, preferindo acreditar que o homem havia mergulhado na ebriedade durante a noite com os companheiros.

— Não botei uma gota de pinga na boca, patrão! — protestou Jonas, virando-se para encará-lo com extrema seriedade, como se implorasse por sua confiança.

Antônio buscava fendas no olhar do peão, esquadrinhando resquícios de insegurança em seu rosto na perspectiva de quebrar a barreira da calúnia, mas era afrontado pela fidúcia de um homem sincero nas palavras.

A obstinação de Jonas em não derrubar sua máscara, teimando com a versão sobrenatural para os fatos, igualmente desapontou o filho de Batista. Chateado por aquela postura resistente, optou por dar o assunto como encerrado para tratar de outras urgências.

— Leve os peões pra lavragem que já passou da hora de negrinho pegar na enxada.

— Patrão...

— Vai, Jonas! — aumentou a voz, lançando-lhe um olhar cavado de ódio, parecido com o que portava quando matara o escravo que supostamente os assombrara.

Apesar de ameaçador aos negros que receavam o seu chicote, o peão mais antigo da fazenda não temia Antônio. Ao ser fitado com rancor, sua reação peregrinara distante do terreno onde esteava o medo, vagando pelos domínios da desilusão por reconhecer que, mesmo após suas décadas de lealdade à família, não lhe era retribuída a devida confiança. Desiludido por sua voz não ter respaldo, acenou aos seus homens para que abandonassem a sala.

Irineu, ainda apavorado, não descansava os olhos esgazeados como os de um louco. Não acreditava que os empregadores nada fariam. Imóvel, precisou que Jonas o puxasse para ausentá-lo da frente dos senhores.

Largado sozinho na presença incômoda do irmão mais novo, Antônio ignorou por um instante a rusga familiar para desabafar alto, implorando secretamente por um parecer que lhe fizesse sentido:

— Está vendo como é, Inácio? É só mostrar um pouco de consideração pro peão que o bendito já começa a inventar história.

Surpreso com a postura do primogênito em dirigir-lhe a palavra sem a intenção de agredi-lo, o caçula resolveu não voltar à sua leitura para poder conversar de maneira civilizada com Antônio:

— O Jonas é de tua confiança?

— Até hoje não tinha dado motivo pra deixar de ser.

— Poderias, então, averiguar um pouco essa história.

O homem estranhou a sugestão. Seu irmão, que adorava se exibir como um europeu de inteligência apurada e ternos elegantes, não parecia o tipo que dava credibilidade a folclore e a contos de terror.

— Vai me dizer que acredita nessa bobagem de assombração, Inácio?

— Lógico que não, Antônio.

— Então, pra quê?

— Se teu homem de confiança precisa inventar histórias sobre fantasmas para tratar de um acordo financeiro é porque tua credibilidade como

118

patrão pode não estar das melhores. Imagina tu o que os outros empregados devem estar a pensar de ti.

A indireta de uma provável gestão inadequada por parte do irmão era acusação constante nos discursos de Inácio, mas desta vez não fora exposta como ofensa, e sim como assunto a ser considerado por Antônio.

— Não... — retrucou-lhe após um momento de ponderação, incrédulo de que seu peão teria tal comportamento. — O Jonas estava é mamado na cana como os outros e acabou vendo coisa demais.

— Pode ser. Mas qualquer que tenha sido o motivo, não revoga o fato de que uma inverdade foi confessada aos nossos ouvidos. Por isso, digo que podes apurar essa historieta. Não seria muito difícil desmascarar a mentira do teu peão.

Como Inácio era um jovem adepto do bom raciocínio, já havia concebido uma maneira de buscar comprovação pelo relato absurdo:

— Como? — indagou-lhe o primogênito, curioso.

— Não é um tanto óbvio, Antônio?

Uma boa solução, quando concebida de próprio juízo, torna maior o mérito da ideia. Foi por acreditar nessa premissa que Inácio não revelou abertamente a ação que planeara. Seu irmão valorizaria melhor a alternativa caso acreditasse que ele mesmo a imaginara.

Antônio não possuía a melhor das finuras de raciocínio, mas ao refletir sobre os possíveis atos a serem adotados se quisesse desmentir o peão, a solução lógica lhe surgiu. Satisfeito consigo mesmo pelo pensamento que articulara, tragou mais uma vez o seu cigarro antes de tomar as devidas providências.

Ainda pela manhã, o terreno supostamente abençoado da pequena necrópole atrás da capela foi violado pela chapa enferrujada da pá usada por Oré. Em frente à cova de Sabola, o feitor aguardava que fosse removida a terra do sepulcro para expor a carcaça do escravo.

Justamente Irineu fora designado pra acompanhar a transgressão do campo-santo, enquanto os demais peões cuidavam do restante dos negros no canavial. Ele olhava a tudo temeroso, confinado a suas crendices.

— Patrão — chamou-o com a voz trêmula —, o senhor não acha que é uma má ideia violar a tumba do defunto?

— Vocês não disseram que foi o escravo enterrado nessa cova que atacou vocês?

— Foi, mas...

— Se o corpo dele tem andado por aí, quer dizer que não vai estar apodrecendo nessa vala. Não estou certo, Irineu?

O peão tornou a mirar o buraco que ficava cada vez mais fundo, temendo reencontrar a imagem do monstro sem uma das pernas.

— Morto não gosta de ser incomodado, não, patrão — disse, rogando para que Antônio criasse juízo.

Nenhuma atenção foi desperdiçada com a súplica do covarde. O capataz se importava apenas em ver o cadáver ser desenterrado para apreciar os vermes devorando sua carne e proclamar a vitória da razão.

Oré sempre executara o trabalho no cemitério sem descaso, mas profanar uma sepultura trazia-lhe amargura pela natureza desonrosa do ofício que estava sendo obrigado a cumprir. Seus braços perdiam o vigor a cada porção de terra jogada para o lado, pesaroso em notar que nem na morte os escravos teriam seu merecido descanso.

— Parece que esse preto está desenterrando a mãe — irritou-se Antônio. — Pega uma pá, Irineu!

O coração do homem quase parou ao ouvir a ordem:

— Q... quê?! — gaguejou, empalidecido.

— Pega uma pá e mostra pra esse negro como é que se cava.

— Patrão, eu... eu preferia que...

— Eu não estou fazendo um pedido! — ordenou Antônio de maneira imperiosa, lançando-lhe um olhar intimidante.

Irineu engoliu em seco o protesto inútil. Nervosamente olhou para os lados e avistou a ferramenta descansando sobre o chão entre as cruzes de madeira. Buscou-a e entrou, receoso, na vala aberta por Oré para fazer o mesmo trabalho que o escravo.

A quatro mãos, o solo era aberto com mais rapidez. Agora eram dois os homens consternados na cova, desdourando a paz de um morto, enquanto o feitor, de postura autoritária, fincava os pés no terreno, aguardando de cima que a imagem funérea de um corpo em decomposição lhe agradasse as vistas.

Uma última pancada de Irineu com a pá atingiu a terra dura. A cova estava vazia. A ausência de um cadáver desmerecia os argumentos de Antônio e acentuava a perturbação mental do peão, que de pronto afrontou o olhar igualmente confuso do patrão.

No rosto do capataz, a expressão estupefata evidenciava sua descrença no fato. Não havia mais para onde cavar e o corpo sem vida do escravo não jazia na morada perpétua onde deveria aguardar os fluidos gotejarem de seus orifícios e o inchaço grotesco rasgar a pele até sobrar-lhe apenas os ossos.

Mesmo confrontado com a evidência, Antônio refugiou-se no seu lado cético e buscou explicações racionais para o ocorrido em um episódio do passado que o incomodava:

— Manda o Jonas reunir os escravos no pátio agora! — ordenou ao sair enfurecido, com um claro propósito em mente.

Antes de cumprir a ordem, Irineu permaneceu atônito ao lado de Oré, encarando o chão do túmulo vazio na esperança de ver algo que não se apresentara. Para ele, o fato de um morto caminhar entre os vivos com anseios vingativos era uma ameaça real. Sua maior preocupação era tomar providências para sobreviver.

Na senzala, a porta foi aberta aos pontapés por Fagundes, assustando Akili, o único no local:

— Hoje você vai ver a luz do sol, Fortunato!

O homem avançou sobre o velho no chão e o pegou pelas pernas, arrastando suas costas nos pedregulhos até o lado de fora.

Aguardando impacientemente no pátio, Antônio parecia um animal enjaulado buscando saída entre as grades. Com seu chicote já em punho, caminhava de um lado para o outro em volta do pelourinho onde se encontravam os demais escravos reunidos.

Damiana e Jussara varriam a varanda quando perceberam a estranha movimentação em torno do tronco ainda manchado com o sangue de

Sabola. De imediato, interromperam o trabalho para observar à distância do que se tratava. Ao repararem no escravo mais idoso, que nunca haviam visto antes, sendo puxado de forma truculenta por Fagundes e deixado com as costas para cima aos pés de Antônio, logo entenderam que estavam presenciando uma nova sentença de execução.

Ainda emocionalmente abalada pela violência do assassinato anterior, Damiana começou a lacrimejar pela triste certeza de que, se ninguém interrompesse o carrasco, outro membro decepado começaria a apodrecer ao lado da perna pendurada sob o portal.

Com o peito no chão e o rosto sujo pela terra, Akili levantou a cabeça em direção à casa-grande e reparou nos olhos marejados da criada, que oferecia seu sofrimento no terraço. Apesar de distantes, trocaram um breve olhar de condolência. E, mesmo em sua desfavorável condição, o velho não pôde deixar de hipnotizar-se com a beleza irretocável da jovem crioula.

Sem aviso, o bico de ferro da botina do feitor acertou impetuosamente a mandíbula do homem, condenando sua cabeça ao solo.

— É melhor o negro começar a abrir a boca pra falar quem está aprontando na minha fazenda! — Antônio berrou para os presentes, antes de agredir novamente o escravo com um chute na lateral do estômago.

O capataz aguardou manifestações da plateia, mas os coagidos a prestigiar sua nova demonstração de brutalidade permaneceram quietos em seus lugares, sem proferir sequer uma única palavra. Não pareciam saber a que o filho do grão-senhor se referia.

— Ninguém? — insistiu Antônio, sem reposta.

O sorriso acintoso que lhe arqueou de leve os lábios revelou aquela ser a reação que almejava. Aceitando sem contestar o silêncio dos escravos como réplica, voltou-se para Akili e apoiou grosseiramente o joelho direito sobre sua espinha. Ajoelhado de maneira dolorosa sobre a coluna do velho, passou o cabo da chibata por debaixo de seu pescoço e ergueu rispidamente sua cabeça pelo queixo para confidenciar-lhe em voz baixa o seu real propósito:

— Estou querendo te enterrar faz tempo, Fortunato. Não estava mais aguentando — confessou-lhe ao pé do ouvido. — Achou que eu não ia desconfiar de que deve ter sido você quem ensinou o negrinho lá a se desprender das correntes? Hum?! — Puxou seu pescoço com mais gana. — Você era o único preto que tinha conseguido até o maldito aparecer.

Akili estava com dificuldades para respirar. O cabo apertando-lhe a garganta o impedia de puxar a quantidade suficiente de ar e ele quase perdia o sopro.

— Não sei se tem dedo seu no sumiço do defunto lá da vala, mas te asseguro que o carinho do meu açoite aqui vai te fazer falar até o que não fez. Você vai confessar a culpa nem que eu precise deixar em carne viva todo esse couro escuro das suas costas!

O escravo foi livrado para recuperar o fôlego. Apesar da respiração ainda ruidosa, o feitor não perdoou e a ponta do açoite desenhou sua primeira estria de sangue no lombo do homem prostrado.

O primeiro grito de Akili retumbou em seu auge, para agrado do executor.

— Vai! Põe o grito no mundo que eu quero ouvir! — zombou, prosseguindo o cumprimento do flagelo.

A cada nova chibatada que lhe ardia no dorso sem piedade, o alento dos berros começava a renunciar ao eco. Quase não havia forças em Akili para continuar a emitir o ruído de sua dor.

A algazarra promovida por Antônio incomodou Inácio, que buscara tranquilidade para se debruçar nos estudos. Ao procurar o berço dos brados dolorosos rasgando o silêncio necessário para se concentrar, chegou ao telheiro e viu a tortura que o irmão covardemente atribuía a um idoso.

Jussara, tendo notado o jovem senhor cruzar a porta, imediatamente abaixou o rosto e abandonou o local para retomar seus afazeres. Mas Damiana permaneceu parada, sem perceber a presença do rapaz, observando com pesar o castigo.

Inácio abominava o tratamento que sua família dava aos escravos. E ver a garota despejar suas lágrimas cobrindo a boca para que o choro não fosse escutado comovia-lhe ainda mais o coração. Queria confortar a criada, mas suas últimas discussões não lhe permitiam encostar em seu ombro para apartar a amargura. Ficou perdido entre o querer e o fazer.

No chão do pátio, o velho usava o que restava de suas forças para se arrastar. Virou o tronco com dificuldade na direção contrária ao terraço, pois não queria ser visto daquele jeito pela jovem. Era como se estivesse envergonhado de passar por aquilo sob o fitar consternado de seus lindos olhos.

— Está indo pra onde, Fortunato? — provocou-o Antônio com um sorriso largo ao ver o esforço que fazia para se afastar. — Querendo voltar pros seus trapos lá na senzala? Ficar sossegado fumando seu cachimbo?

As mãos de Akili agarravam a terra com força à medida que se puxava para distanciar-se da chibata.

— Adianta não, que hoje a gente termina aquela nossa prosa! — concluiu e rasgou-lhe novamente as costas.

Mesmo com batidas impiedosas do chicote sobre as chagas abertas no seu couro, o escravo persistia em abandonar o centro do palco. Tentava resistir ao flagelo o máximo que podia, mas seu corpo dava sinais de desistência. A avidez do látego sedento arruinava o vigor que lhe restara. Após muito sangrar, seu tronco desabou na terra.

Tendo o velho desacordado no chão, o capataz virou-se para os demais escravos que acompanhavam a punição severa:

— O negro que sumiu com o corpo do falecido e está assustando meus homens de madrugada é melhor aparecer agora! Se eu tiver que passar mais tempo debaixo desse sol, pior vai ser pra esse preto velho.

A clara ameaça à vida do escravo não foi suficiente para fazer qualquer um dos presentes se prontificar. E mesmo que houvesse algum envolvido entre os servos de Capela, dificilmente ele apareceria de bom grado para dividir a mesma desgraça que o pobre coitado inconsciente no terreno. Quando a dor física recai sobre um terceiro, a alma do culpado pode até chorar, mas seu corpo agradece.

Da varanda, Inácio, inquieto, observava o homem ser castigado sem nada poder fazer. Sabia que o correto era impedir o irmão de continuar com o trucidamento, mas tinha medo de afrontar Antônio sem a proteção do pai. Se saísse para procurá-lo nos aposentos da casa-grande para tentar esclarecer a necessidade da sentença, correria o risco de não fazê-lo a tempo de salvar a vida do escravo. Além de poder acabar ouvindo que a punição era de direito e que fora ordenada por ele, o que anularia por completo quaisquer chances de intervenção.

Inconformada, Damiana não continha o pranto. Ao virar o rosto para escapar da vista cruel, enfim percebeu Inácio sobre o mesmo piso.

Seu olhar imerso em consternação, semelhante ao que exibira na noite em que Sabola fora morto, foi a faísca necessária para acender a chama da revolta no rapaz.

Para surpresa da criada, ele abandonou a frente da mansão em direção ao pátio do pelourinho. Seu objetivo não era somente obstruir o sadismo do irmão, mas também reconquistar a confiança da Damiana, mostrando-se fiel aos seus princípios.

Antônio já mandara buscar Akili na senzala com um propósito nefasto. Seu discurso carregado de desprezo nada mais era que teatro para corroborar suas razões em matá-lo. Ele sequer deu tempo para que algum possível culpado confessasse.

— Acorde o desgraçado, Fagundes.

O peão não se atrasou em agachar-se na frente do velho para que seus punhos também pudessem roçar um pouco do sangue escorrido.

— Acorda, Fortunato! — gritou, dando tapas alentados em seu rosto apoiado na terra.

Fagundes adorava cumprir as ordens que recebia durante as punições. Suas ações grosseiras encontravam respaldo no sorriso do patrão. Notando que o escravo não esboçava movimento algum, agarrou-o pelos cabelos e levantou sua cabeça de forma desumana.

— Vai adiantar, não — constatou ao vê-lo com os olhos virados para cima e a boca aberta. — Esse apagou de vez — disse antes de soltá-lo para que caísse de boca na terra.

A baixa resistência do homem em suportar o açoite frustara as expectativas de Antônio em aplicar-lhe um castigo mais longo:

— O velho ficou fraco. Perdeu o costume — reclamou, enquanto voltava a enrolar as tranças do chicote no punho. — Se o negro não vai mais me dar o agrado de ficar berrando que nem moça, não tem por que eu ficar aqui suando.

Com o instrumento devidamente guardado na cinta, o capataz olhou sua plateia para ter certeza de estarem prestando bastante atenção a tudo que fazia.

— Já que nenhum escravo vai se manifestar de própria vontade pra salvar a vida do coitado, vamos acabar logo com essa festa — proclamou antes de desembainhar o facão de trás da cintura. — Quero só ver negrinho ter peito pra aprontar de novo depois do sorriso que a minha peixeira vai desenhar no pescoço desse preto.

Fagundes adorou a ideia e observou, com mórbida felicidade, o patrão ajoelhar-se de novo sobre as costas do velho e, com a mão esquerda, levantar sua cabeça para escorar a lâmina afiada rente à sua garganta.

— Quer ver espirrar ou escorrer, Fagundes? — perguntou-lhe com um sorriso sádico no rosto.

Antes que o peão pudesse responder sua preferência, Inácio apressou-se para evitar o pior.

— Chega, Antônio! — interrompeu-o antes que perpetrasse a maldade.

O primogênito espantou-se com a ousadia do caçula, que chegara latindo.

— Como é que é, Inácio?!

— O escravo já recebeu o castigo.

Antônio deixou a cabeça de Akili cair na terra e levantou-se para afrontar o irmão de maneira intimidante.

— E quem foi que te elegeu juiz?

O rapaz temia o comportamento do irmão. Seu olhar virulento transbordava intentos odiosos, mas não podia desistir de confrontá-lo.

— Já provaste teu ponto. É o suficiente — argumentou, fazendo o possível para esconder o temor da voz.

— Eu é que decido quando é suficiente! Você não se meta em assunto dos outros.

Apesar de ser um mestre da retórica, Inácio não estava em um embate ideológico contra um catedrático erudito numa sala de universidade. Seu adversário era um homem inconsequente e de arma branca na mão. Por um momento, calou-se ao perceber a ameaça que aquilo representava.

Antônio reparou no receio do irmão e virou-lhe as costas para retomar a execução.

— Um homem está prestes a morrer! — interrompeu novamente antes que fosse tarde. — Como médico, isto é, sim, assunto meu.

— E desde quando escravo recebe visita de doutor?! — esbravejou o mais velho, berrando em seu ouvido. — O que é que você tem na cabeça, Inácio?!

Os dois ficaram mudos, se encarando. Ao ter certeza de que a conversa não enveredaria para uma solução, muito menos pacífica, o rapaz destinou suas palavras a outros ouvidos:

— Jonas, por favor, leve o escravo à senzala, pois quero dar uma olhada em suas feridas.

— Você não ouse arredar o pé daí! — ameaçou-o Antônio, apontando-lhe o dedo, antes que esboçasse qualquer reação em cumprir a ordem.

Num sentimento de profundo rancor, voltou a arrostar a impertinência do irmão mais novo e aproximou-se com passos vagarosos, tomado pela gana de provar seu comando.

— Querendo cuidar de escravo e agora dando ordem pros meus homens?!

— Antônio...

— Cale a sua boca, Inácio! — berrou, cuspindo-lhe o desprezo. — Você não manda em nada aqui! Essas suas ideias vão desmoralizar a fazenda! Não bastasse nossa mãe, agora vem você depois desse tempo todo também com a mesma ladainha?! É melhor pensar direito antes de falar essas bobagens, senão vai acabar tendo o mesmo destino que ela.

O passado familiar não era tema recorrente nas discussões, mas a simpatia que Maria de Lourdes tinha pelos escravos era algo que Antônio bem lembrava da adolescência e que via refletida na conduta inaceitável de Inácio.

— Foi só viver longe daqui por um tempo que eu entendi por que nossa mãe foi embora, Antônio — respondeu-lhe sem se abalar com a argumentação. — Não posso culpá-la por ter nos deixado. Eu também não suportaria essa vida que tu e nosso pai tanto prezam.

— Até hoje você se faz de bobo com essa história, Inácio?

O caçula cerrou as sobrancelhas, incerto quanto a que seu irmão se referia ao dar a indireta obscura. Emudeceu na busca por uma tradução imediata ao enigma, mas lhe faltava um elo com o passado para uma interpretação coerente. Confabulando maneiras de buscá-lo, falhou em reparar que o irmão mais velho já se virara para o negro desmaiado e empunhava novamente a peixeira para o sacrifício.

— Volta pra dentro, irmãzinho. Vai ler seus livros, vai — sugeriu-lhe com descaso.

— Não vou permitir que mate esse escravo, Antônio! — insistiu, segurando-o pelo ombro.

Ao sentir seu corpo puxado, o feitor virou-se de imediato e agrediu com força o rosto de Inácio com o cabo do terçado. O jovem caiu de costas no chão, com um corte profundo na testa.

— Não vai permitir?! — vociferou impacientemente, chutando-lhe o estômago repetidas vezes de forma descontrolada. — Com quem você acha que está falando?!

Damiana ficou alarmada ao ver Inácio ser espancado pelo próprio irmão. Queria gritar por ajuda, mas suas mãos cobriram-lhe a boca para impedi-la de revelar os sentimentos que deveriam permanecer em segredo.

— Fica aí querendo cantar de galo no meu terreno?! — continuou Antônio, acertando-lhe a barriga uma última vez com a ponta da bota. — Vou te ensinar a não me afrontar na frente dos outros aqui na minha fazenda!

A chibata desenrolou-se do seu punho.

Inácio tentou se proteger com as mãos na frente do rosto ao ver o irmão erguer com agilidade o braço para dar a ele o mesmo tratamento que conferia aos escravos atrevidos.

— Patrão! — advertiu-o Jonas, antes que fizesse uma besteira.

O capataz reparou em seu homem de confiança encarando-o firme e empacou com o chicote no ar, pronto para descê-lo em Inácio.

Jonas acenou discretamente um movimento de reprovação com a cabeça, sugerindo-lhe em silêncio que não cometesse aquele erro, pois se arrependeria quando a notícia caísse nos ouvidos de seu pai.

O alerta sensato do peão fez Antônio pensar melhor nas consequências do ato que estava prestes a cometer. Para seu bem, o temperamento impulsivo foi vencido pela prudência de seu mentor. Contrariado em não poder resolver o problema à sua maneira, bradou enfurecido para desafogar a tensão e abandonou o pátio.

Uma tigela de metal com água morna recebia o sangue sorvido pelo pano úmido que Damiana carinhosamente apertava sobre o corte na testa de Inácio. Sentados na cama, a portas fechadas, o rapaz enfim a tinha novamente em seu quarto.

— Ai! — reclamou ele assim que o tecido encostou em sua pele riscada.

— Fique parado.

— Sim, doutora — brincou, arrancando o primeiro sorriso da criada.

Apesar de concentrada na limpeza da ferida, Damiana pensava em uma maneira de voltar a dialogar amigavelmente com o jovem depois das horríveis palavras que lhe dissera em revolta no outro dia. Além de estar cuidando de sua lesão, queria confortá-lo nos braços e ter a reciprocidade de seu abraço. Ajuizou que bastaria a sinceridade de um verso simples para esquecerem o desentendimento:

— Obrigada, Inácio.

— Pelo quê?

— Pelo que fez lá no pátio. Você salvou a vida do homem.

— Não foi por ti, Damiana. Fiz o que achei certo.

A moça voltou a enxaguar o pano e torcê-lo no pequeno vaso, turvando a água com seu sangue. Ela lançou-lhe um olhar irônico, duvidosa quanto à exclusividade da sua razão.

— Bom... talvez tenha sido um pouco por ti também — confessou o rapaz, conseguindo outro sorriso da bela jovem.

Damiana prosseguiu com os cuidados, enquanto Inácio parecia ter esquecido o incômodo de estar com a testa dolorida para atentar-se a uma questão que o inquietara desde que debruçara as vistas sobre o velho no pátio.

— Conheces aquele escravo? — perguntou com o olhar distante, rememorando uma situação antiga.

— Não. As mulheres não podem ir até a senzala. A gente só consegue ver os homens da varanda. Por quê?

— Lembro-me bem de uma noite, quando eu ainda era menino, que Antônio chegou em casa todo orgulhoso por ter quebrado as pernas de um homem. Na época eu gostava de ouvi-lo gabar-se de suas histórias de valentia. Tanto que queria crescer logo para poder acompanhá-lo

— revelou, deixando escapar uma risada incrédula. — Passou-se um tempo e ouvi meu pai repreendê-lo, porque parecia que o escravo não mais voltaria a andar.

A crueldade de Antônio era notória e ter seu nome associado a morte, esquartejamentos ou membros despedaçados não soaria estranho a ninguém. O acontecido não impressionou Damiana, apesar de entristecê-la.

— Era justamente o mesmo homem que estava no pátio — concluiu Inácio para, finalmente, repudiar a nostalgia perturbadora. — Estou surpreso que ele ainda esteja vivo depois de todos esses anos.

Mesmo dedicada ao estancamento do sangue que enfim parava de jorrar, a mucama prestara atenção ao relato.

— Talvez ele tenha algo pelo que lutar — romantizou a criada.

— Talvez. E, para suportar uma vida inteira nessa situação, deve ser algo importantíssimo. Fico a imaginar o que seja.

De supetão, a porta do aposento foi aberta por Batista, que adentrou tempestuoso, seguido de Antônio.

— Saia, Damiana! — ordenou à mucama, para ter uma conversa séria com o seu caçula.

A moça de pronto se levantou, pegou os pertences trazidos para cuidar de Inácio e abandonou o quarto de cabeça baixa, deixando o pano úmido com o rapaz para que o mantivesse pressionado na testa.

— O que você pensa que está fazendo, Inácio?! — Batista questionou, irritado, após a saída da criada.

— O certo, meu pai.

— O certo?! O certo?! — repetiu por não acreditar no que ouvira. — Você perdeu o juízo, meu filho? Ficar oferecendo cuidados pra esse bando de selvagens como se fossem gente?!

— Jurei dedicar minha vida a serviço da humanidade. Não posso permitir que conceitos religiosos, sociais ou raciais intervenham no meu dever como médico.

— São escravos, Inácio! Escravos! A vida deles perde a importância quando começam a não dar mais conta de fazer um serviço. Não gastei um punhado de réis pra ficar criando negro como se fosse filho meu. Comprei negro pra trabalhar na terra!

— Desculpe, meu pai, mas discordo do conceito de que um homem possa ser proprietário de outro. Antes do atual reinado já se falava em abolir a escravatura em Portugal. Dom José I até permitiu que o marquês de Pombal desse o exemplo na metrópole e na Índia portuguesa. Infelizmente, apenas as más ações da Coroa são seguidas por aqui.

— Lá em Portugal as coisas podem funcionar de outro jeito.

— Não é só em Portugal — rebateu prontamente. — Até a justiça britânica já declarou que a lei inglesa não apoia esse negócio de escravidão.

Inácio vivera por anos num país onde a agitação sobre a abolição do sistema escravocrata permeava a política europeia. A Inglaterra, com sua obstinação de firmar o novo modelo econômico mascarado de exemplo humanitário, erguera a bandeira da liberdade racial como marca de sua política externa, alimentando o discurso fervoroso dos mais engajados.

— Você não está mais na Europa, Inácio! — revoltou-se o pai com a postura anárquica do filho. — Aqui a gente trata de escravo com chicote e ferro quente!

Levar a discussão para o lado filantrópico era como recitar poemas sobre os sentimentos mais nobres a um surdo. Para arrazoar com seu pai era necessário discorrer de outra maneira.

— Se a questão humanitária não comove o senhor, ao menos o fator econômico deveria preocupá-lo — disse Inácio, afastando o pano do seu corte para verificar se ainda sangrava. — Aqui na fazenda há homens sem vontade alguma para trabalhar. Tenho certeza de que um único trabalhador assalariado poderia fazer a mesma quantidade de serviço que dez desses seus escravos.

Batista estava pasmo. A cada novo argumento de Inácio, ficava mais desorientado. Ergueu as mãos para os céus, como se rogasse para que a razão se apoderasse do caçula, e as bateu nas pernas para aliviar os nervos, voltando-se ao filho mais velho, que escutava a tudo ancorado na entrada do aposento.

— Você está ouvindo isso, Antônio? O Inácio quer trabalhador assalariado na lavoura. Você acredita?

— Falei pro senhor que ele não está batendo bem da cabeça.

— Não posso acreditar que sangue do meu sangue seja um simpatizante de escravos! — dramatizou. — O que foi que eu fiz, meu Deus, o que, pra ter tamanho desgosto?! — protestava em voz alta.

— Não é só questão de ideologia. É questão de sobrevivência — continuou o rapaz com seu discurso agitador. — Países fortes enxergam que o trabalho forçado é um sistema fadado ao fracasso. E não é só na Europa. A República de Vermont, antes de virar um estado norte-americano, ratificou a proibição da escravatura, que também foi declarada ilegal no estado de Massachusetts. Infelizmente, o senhor não olha para a frente, meu pai. Apenas para trás.

— Pois saiba que foi por causa do jeito que *eu* enxergo as coisas que você pôde fazer faculdade fora! — esbravejou, furioso. — Acha que é barato ficar mandando filho estudar em Portugal? Que é qualquer um que faz isso? Não bastasse a ingratidão da sua mãe Maria de Lourdes, agora me vem você fazer a mesma coisa?!

Apesar de seus ideais nobres, Inácio pecava ao não conhecer a fundo as amarras comerciais de um produtor rural com a Coroa portuguesa. Batista não se interessava em atualizar-se sobre tendências políticas de regiões distantes. A realidade do Brasil Colônia era diferente da utopia pregada por seu filho e era dentro das normas do pacto colonial que um senhor de engenho precisava produzir.

Mesmo discordando do sistema escravocrata praticado na fazenda, o rapaz jamais poderia negar a generosidade de seu pai. As discussões fervorosas eram apenas uma questão de embate cultural e ideológico que os tornava passionais ao defender seus pontos de interesse.

— Desculpe pelo modo como me expressei, meu pai. Não poderia ser mais grato pela oportunidade que o senhor me proporcionou — manifestou-se pacificamente pela reconciliação. — Mas gostaria que entendesse que a natureza da minha escolha profissional é reflexo da minha preocupação com a vida e que tenho por ela o mais alto respeito.

Batista respirou fundo.

— Posso até entender, Inácio, mas concordar… não — falou serenamente o pai, com os ânimos menos exaltados. — Só peço que não se intrometa quando um negro estiver sendo açoitado. É importante não demonstrar fraqueza nenhuma na hora de punir um escravo. Se você não aguenta, é melhor que fique dentro da casa quando o Antônio desenrolar o chicote.

Inácio quase voltou a discutir, mas preferiu ficar calado e concordar de maneira obediente, porém contrariada.

Aquela expressão de desagrado que molestava o rosto do jovem sempre atingia seu pai no ponto fraco. Apesar dos muitos defeitos de Batista, alguns gravíssimos, sua preocupação em não magoar os filhos era honesta. E com o caçula, que desde cedo demandara uma atenção dedicada para tentar adequá-lo ao comportamento dos Cunha Vasconcelos, o mimo era maior.

— Se, por acaso, você quiser tratar do ferimento de um negro depois — balbuciou, como se envergonhado do que estava prestes a sugerir —, venha até mim que mando um dos peões te acompanhar na senzala.

Quem ficou perplexo com a proposta foi Antônio, que arregalou os olhos e se intrometeu na conversa, abandonando a postura confortável que o escorava no limiar da porta:

— Pai, eu não acho que o Inácio deva...

— O Inácio poderá ir até a senzala ver o ferimento dos escravos! — atravessou o protesto engrossando a voz. — Desde que prometa que não vai mais interferir durante um castigo — voltou-se ao mais novo.

Ele não deu a resposta de imediato. Meditou sobre as possíveis questões de caráter que enfrentaria na escuridão do quarto quando colocasse a cabeça sobre o travesseiro. Estava sendo-lhe pedido para compactuar com o tratamento desumano e pôr fim aos seus protestos, essa cláusula de silêncio o aborrecia. No entanto, caso concordasse com a visita escoltada ao alojamento, além de poder agradar seu pai por acatar sua sugestão, teria a oportunidade preciosa de abrandar o sofrimento de um homem moribundo.

— Não me peça mais do que isso, meu filho — implorou-lhe.

Inácio reconhecia a extrema dificuldade de seu pai em fazer-lhe aquela proposta. Aceitando-a, mesmo divergindo dos termos, suas reclamações estariam se calando em favor de um bem maior.

— Nada mais justo, meu pai — concordou com um sorriso obrigatório, e encarou o irmão, que torcia por sua recusa. — Do jeito que o Antônio trata os escravos, vou me aperfeiçoar muito no tratamento de feridas. Desde que ele aprenda a controlar sua gana por matança.

O relacionamento entre os irmãos era irreconciliável. Palavras de paz jamais eram proferidas por ambos os lábios orgulhosos, que, sempre quando oportuno, ofendiam-se mutuamente. Como pai, Batista via-se na obrigação de apaziguar as rusgas, direcionando-as à sua pessoa para mais tarde administrá-las com uma conversa.

— Se você quer achar alguém pra culpar, que seja eu, Inácio. Dei permissão a Antônio para que matasse aquele escravo. Não abrirei mão de sentenciar nenhum negro que tente fugir da fazenda, e essa é a condenação.

— Pois não vejo como um senhor de idade, que nem consegue ficar de pé, poderia escapar daqui.

O patriarca estranhou o revide. Referia-se a Sabola ao mencionar sua permissão para o castigo.

Antônio, percebendo que o pai esquadrinhava ideias que não gostaria que descobrisse, repreendeu de imediato seu irmão:

— Cale a boca, Inácio! O pai não acabou de falar que não é pra você ficar se metendo?

Batista ergueu a mão para que o mais velho se calasse e buscou esclarecimento, prosseguindo o diálogo:

— A quem você está se referindo?

— Ao escravo que o Antônio estava a castigar no pátio. O homem nem pode andar. Não há motivo algum, além de pura crueldade, em querer dilacerar a garganta de um idoso com o fio de um terçado.

Na clareza de uma interpretação precisa, as coisas agora faziam mais sentido ao patriarca, que voltou-se ao primogênito:

— O negro que você estava açoitando era o Fortunato? — afrontou-o com olhar ferino.

O anseio de Antônio em encontrar o responsável pelo desaparecimento do cadáver no cemitério o fez escolher um culpado baseado apenas em melindres particulares, ignorando as diretrizes de seu pai.

— Não... não falei para o senhor? — fez-se de desentendido.

Enfurecido, Batista avançou em direção ao filho, que recuou acobardado até que suas costas encontrassem a parede.

— Nós já não conversamos sobre esse assunto, Antônio?! Não te falei que não era pra encostar no Fortunato sem ter motivo?!

— Ele que ajudou o negrinho a escapar da corrente, pai. Eu tenho certeza.

— Certeza?! — vociferou contra a convicção incoerente. — Agora também vai me dizer que foi ele quem deu sumiço no defunto? Que o homem levantou, esqueceu que era aleijado e saiu andando pela fazenda de madrugada? É baseado nesse tipo de certeza que você ia cortar o pescoço de um velho na frente de todos os outros escravos, Antônio? Responda!

— Não, pai. Mas eu vou descobrir quem foi que ajudou o Fortunato a...

Um tapa inesperado na lateral de sua face o fez se calar. Humilhado no cárcere da vergonha, esquivou-se dos olhos críticos do pai, encontrando refúgio para as vistas no assoalho do quarto. O golpe não o machucou, mas foi suficiente para arruinar seu orgulho.

— Escuta, Antônio. Se eu souber que você botou um dedo no Fortunato outra vez sem a minha autorização, chamo outro capataz pra cuidar da fazenda!

— Não entendo por que o senhor fica protegendo esse negro — retrucou de maneira acuada, indignado pela ameaça de perder seu posto de direito como herdeiro de Capela.

— Não estou protegendo negro nenhum! — reclamou Batista, alvoroçado, com o filho que não compreendia suas razões. — Estou protegendo a fazenda! Quantas vezes preciso te falar que, se você matar o Fortunato por capricho, só vai dar motivos pra começar uma revolta? Você não entende isso, Antônio?!

Inácio, vendo a oportunidade de entrar na discussão para tentar ajudar o pai a esclarecer razões que também lhe pareciam claras, resolveu se intrometer:

— Se a morte de um escravo que tentou fugir já trouxe toda essa agitação, o que imaginas que pode acontecer se matas um idoso que fica apenas sentado na senzala, Antônio?

— Isso, Inácio! — o pai agradeceu a intervenção. — Tenta explicar pro seu irmão, porque eu já não tenho mais paciência.

— Os escravos sabem que a morte é a punição para quem tenta escapar — continuou o mais novo, buscando uma maneira didática para ilustrar as possíveis consequências. — É justamente esse medo de perder a

135

vida que os impede de arriscar a fuga com mais frequência. Se tu começas a matar sem critério, como tentaste hoje com um homem de mais idade que não apresentava ameaça alguma a esta fazenda, os outros começarão a imaginar que podem perder a vida a qualquer momento também.

— Não vou ficar acariciando cabeça de negro pra depois a cana ficar jogada no sol! — retrucou Antônio, falando grosso. — Escravo precisa trabalhar com medo pra fazer direito as coisas que eu mando.

— Penso diferente, Antônio. Mas nessa tua lógica, talvez pelo medo de receber um castigo com o chicote... sim, fariam o possível para não errar e escapar de um açoite. Mas me escuta quando digo que ninguém consegue viver muito tempo com o medo constante de perder a vida. Se estiverem ameaçados de perdê-la a qualquer minuto por motivos banais que não poderiam antever, podes ter a certeza de que não ficarão quietos. Logo começarão a se unir para uma revolta geral ou poderão surgir mais e mais casos de rebeldia, como esse que já está a acontecer.

Uma lógica bem arrazoada é difícil de contestar. Mesmo parecendo-lhe errada, o mais velho não tinha como contra-argumentar.

— Viu só, Antônio? — completou Batista. — Até seu irmão, que não vive o dia a dia da fazenda, enxerga o erro que você está insistindo em cometer.

Aquele elogio do pai ao caçula o atingiu com mais severidade do que o tapa recebido no rosto. Por um costume cego de sucessão hereditária, o primogênito precisava ser tratado com mais firmeza. A tradição do filho mais velho em seguir adiante com as responsabilidades de um sobrenome é tão antiga quanto a monarquia.

— O Inácio fala bonito pra impressionar o senhor.

— Falo apenas o que me parece óbvio, Antônio.

O grão-senhor reconhecia a incapacidade do mais velho em rebater as contestações do seu filho acadêmico. Antônio era bom em resolver impasses na ponta da faca, e não com argumentos elucidativos na ponta da língua. Percebendo que agora era ele quem estava magoado, o pai resolveu assoprar-lhe a ferida, botando as mãos em seus ombros num gesto de confiança:

— Filho, por favor, tire isso da cabeça — pediu-lhe, amaciando a voz.

— Não queremos mais essa preocupação aqui na fazenda. Deixe o velho lá morrer de qualquer outra coisa e se preocupe em achar o verdadeiro culpado de ter assustado os peões. Esse negro, sim, eu deixo que mate, corte a perna, o pescoço... o que você quiser pra te deixar feliz. Mas pegar o Fortunato pra cristo não faz sentido. Estamos entendidos? — perguntou por fim, fitando-o amigavelmente.

O filho, ainda contrariado, discordava de tudo que ouvira, mas obedeceria a ordem. Assim, acenou com a cabeça positivamente, em silêncio, conseguindo um sorriso do pai:

— Obrigado, Antônio — agradeceu-lhe, colocando gentilmente a palma da mão em seu rosto.

O som quase inaudível de duas batidas envergonhadas na madeira da porta chamou a atenção dos Cunha Vasconcelos. Era Alvarenga quem chegara e aguardava a permissão do grão-senhor para falar.

— Entre, Alvarenga. Não se acanhe.

— Eu não queria interromper a prosa, senhor Batista, mas é que o Jonas está precisando do seu Antônio lá na cabana.

O filho aguardou o consentimento do pai para que pudesse cumprir com suas obrigações de capataz.

— Pode ir, Antônio. Veja o que o Jonas quer — autorizou, antes de se virar para o caçula: — Eu preciso mesmo ter uma outra conversinha aqui com o Inácio.

Sua entonação, apesar de não soar agressiva, preocupou o rapaz. Ele buscou no irmão mais velho alguma pista sobre qual seria o assunto, mas a expressão enciumada de rancor recebida de volta revelou uma igual falta de conhecimento do que se tratava.

Após Antônio abandonar o aposento com o peão, Batista fez questão de fechar a porta e permaneceu imóvel, como se elegendo os melhores versos para estrear o diálogo. Sorriu de modo retraído para Inácio, sem mostrar-lhe os dentes, e puxou a pequena cadeira estofada que servia de ornamento à cômoda ao lado da entrada. Arrastou-a até a cama onde o jovem aguardava com desconfiança e sentou-se à sua frente:

— Filho... — Uma pausa dramática antecedeu a inquisição. — O que a Damiana estava fazendo no seu quarto?

Inácio foi pego de surpresa. Estava pronto para se defender de críticas à sua conduta abolicionista ou rebater as reclamações quanto ao seu pedido de residência na Inglaterra, mas não havia se preparado para aquela conversa.

— Não viste o que o Antônio fez ao meu rosto? — Apresentou-lhe o pano manchado como álibi para sua mentira. — Ela estava aqui a meu pedido para ajudar a estancar o sangue.

Não houve falhas em sua encenação de indiferença. Mostrou convicção no olhar e firmeza na voz. Entretanto, a boa atuação não foi suficiente para demover a ideia que pairava no íntimo de seu pai.

— A Damiana virou uma crioula vistosa, meu filho. Reparei como você olha pra ela.

— E isso preocupa o senhor? — insistiu na falsa apatia.

— Deveria?

O fitar penetrante de Batista com sua indireta clara quase fez Inácio derrubar a máscara da falsidade. O jovem não era favorável a mentiras, mas aquele assunto abrangia questões do coração que temia revelar. Jamais se calara às proibições de suas vontades, mas aquela era melhor manter em segredo.

— Não. Lógico que não — respondeu-lhe, negando a verdade, mas abraçando o sentimento que hesitaria em abandonar.

— Que bom — Batista quis acreditar na honestidade do filho. — Pois saiba, então, que a Jussara foi comprada pra atender aos desejos de qualquer senhor desta casa. Não é só o Antônio que pode abrir as pernas da escrava. Se você quiser que ela venha ao seu quarto...

— Não precisa, meu pai — cortou-lhe a fala, nitidamente incomodado com a sugestão.

— Por quê? A Jussara não te agrada? — Estranhou sua recusa por uma companhia feminina. — Prefere que eu compre outra negrinha menos escura?

— Não, pai. Não quero nada disso — persistiu o jovem, convicto. — Minha ideologia se estende a todos os tipos de violência. Também não acho certo possuir uma escrava sexual. Quero apenas a mulher que me queira.

Os princípios do rapaz eram românticos e a nobreza desse sentimento era respeitada por seu pai, desde que não direcionada à pessoa errada. No entanto, Batista percebera a maneira como Inácio se portava na presença de Damiana e não haveria desgosto maior que a de vê-lo nos braços da criada.

— Bom... — Açoitou os joelhos com as mãos para afastar suas moléstias. — Só queria ter certeza de termos essa conversa. Não quero filho meu se apaixonando por escrava!

Dado o assunto como encerrado, o patriarca dos Cunha Vasconcelos bateu de leve na perna do caçula e aprontou-se para abandonar o aposento. Antes de ir embora, porém, aguardou Inácio acenar positivamente com a cabeça para ter certeza de que ele havia entendido.

Sob o abrigo das portas fechadas, o jovem viu-se perdido em uma maré de ambiguidades. Flutuando à deriva sobre o mar da suspeita, estava incerto quanto à veracidade dos motivos do pai. Sozinho, pôde refletir exaustivamente em silêncio sobre as mais diversas teorias até encontrar uma que também o incomodou.

Apesar de improvável, a alusão vinda em pensamento o fez preferir nunca ter concebido tal hipótese. Mas agora que ela lhe maculara o imaginário, não poderia tão só esquecê-la na aresta do lamento. Precisava dar um fim à suspeita antes de prantear sobre incertezas tormentosas.

Já era fim de tarde e a claridade resistia antes de se acuar ao avanço da noite que viria assombrar a alma dos temerosos.

Após concluir o encarceramento dos negros, Irineu correu para o casebre e se apressou a juntar seus pertences numa sacola de pano. Queria abandonar aquela terra amaldiçoada antes que o espírito vingativo do escravo tornasse a pisar no solo da fazenda.

Nenhum dos peões conseguira demovê-lo da ideia de ir embora, e agora era Antônio quem tentava convencê-lo a ficar:

— Larga essas roupas, Irineu!

— A fazenda está mal-assombrada, patrão — respondeu-lhe sem interromper a arrumação desarranjada das vestimentas em sua mala de viagem. — Não vou ficar esperando a alma penada vir me pegar.

— Deixa de ser medroso! — desmereceu a crendice do homem. — Vai se afugentar por causa de travessura de negrinho?

— O senhor mesmo viu a cova vazia. O defunto levantou e deve estar só aguardando a lua subir pra aparecer aqui de novo.

— Defunto nenhum vai aparecer, Irineu! Sumiram com o falecido só pra vocês acreditarem nessa bobagem de assombração. Se o preto conseguiu escapar das correntes, deve ter outros por aí fazendo a mesma coisa. Preciso dos meus homens na fazenda pra descobrir quem é que está aprontando essas diabruras.

— Não é só o negro morto, patrão. O senhor não estava aqui. Não viu a mula sem cabeça — lembrou-o da outra criatura que os aterrorizara na madrugada.

— Enfiaram a cabeça do animal num saco preto, Irineu!

— Tinha fogo saindo dela.

— Era negro segurando tocha! Preto some quando está de noite. Vocês não viram nada direito porque estavam mamados na cana!

As explicações improvisadas do feitor não demoveram o empregado de seu intento covarde. Ignorando o pedido, terminou o nó nas pontas do pano para facilitar no transporte, apoiou a alça de sua chumbeira no ombro e colocou um facão largo de gume bem amolado atravessado no cinto.

— Desculpa, patrão. — Virou-se para ele com tudo em mãos. — Preciso ir, senão não chego à cidade hoje.

O homem estava tão atemorizado que esquecera inclusive de pedir o acerto do ordenado. Seus olhos suplicaram para Antônio não atrasá-lo ainda mais no percurso que trilharia, mas o capataz estava receoso em abrir mão de seu peão.

— Não é pouco chão até o centro — ensaiou uma última tentativa. — Sossega esta noite por aqui que amanhã vem uma charrete de lá buscar duas caixas de rapadura. Daí, pensa direito no que vai fazer e, se ainda quiser ir embora, a gente fecha suas contas logo cedo e você pega carona, pra não ter que gastar o solado da botina nessa terra vermelha.

— Não dá pra passar outra noite aqui, não, patrão. — Ele permaneceu irredutível. — Vou pela trilha dos burros mesmo, que é mais curta.

Ao ouvir que Irineu preferia percorrer passagens estreitas na floresta entre animais peçonhentos a dormir no conforto de uma cama por causa de história de aparição, Antônio perdeu a paciência.

— Você devia ter medo é de andar por essas árvores e não ficar se mijando todo por causa de coisa que nem existe! — esbravejou. — A floresta, sim, está cheia de bicho que pode te matar.

O homem não se intimidou e colocou a mão sobre o cabo do enorme terçado na cintura.

— Contra coisa viva estou bem arranjado — rebateu, ajeitando a espingarda e colocando o saco de roupa sobre as costas.

Se contra uma crença cega um discurso lógico já encontra impedimentos para ser escutado, quando ela vem acompanhada de testemunho não há argumento que a derrube. E a de Irineu estava sustentada não somente por seus olhos, mas pelos olhos de mais três homens.

Restava a Antônio aceitar que de nada serviria continuar gastando o verbo. Acenou de modo desgostoso com a cabeça, decepcionado com a escolha de Irineu, e abriu caminho para o peão cruzar a porta da cabana e tomar seu rumo.

Diferentemente de Jonas, que jamais cogitara arredar o pé de suas obrigações, Fagundes e Alvarenga também estavam incertos quanto a permanecer na fazenda. Eles observavam os passos do colega quase como um convite à deserção, mas não tiveram a audácia de acompanhá-lo. Estavam há muitos anos em Capela e acostumados à vida no canavial. Preferiram permanecer em terreno conhecido, munidos de armas, convencendo-se de que a fuga não era a melhor alternativa.

Sob o pórtico de madeira na entrada da estância, a perna pendurada, que exalava sem pudor o mau-cheiro da carne podre, cobria o último raio do sol que terminara de se esconder no horizonte. As sombras tomaram seu lugar e os galhos começavam a brandir suas folhas, embalados pela resfriada brisa noturna.

O odor do membro decepado se estendia pelos limites da fazenda, carregado pelo vento, invadindo as construções para importunar o olfato dos que ainda não haviam adormecido. Na senzala abafada, uma carniça parecia ter se abrigado entre as paredes para completar junto aos escravos sua decomposição fedorenta.

Akili, que permanecia mais tempo que os demais na prisão, já havia se habituado ao cheiro. Seu incômodo era com as dores espalhadas pelo corpo arrebentado após o espancamento. Assim que recobrara a consciência, mal conseguira deitar as costas para descansar, obrigando-se a ficar a maior parte do tempo apoiado sobre os ombros. Buscou algumas ervas em seu esconderijo coberto pelos trapos negros de pano, mas viu que as folhas de ivitinga haviam acabado e sobrara muito pouco da sálvia para tratar as chagas. Aborreceu-se, pois precisava urgentemente de algo para melhorar e não tinha nada a seu alcance.

Apesar de ainda não ser alta madrugada, reparou que era o único desperto. Contrariado com as próprias ideias que surgiam para acudi-lo em sua dor, razoava sobre as prováveis decorrências da ação que decidiria tomar.

Num ambiente menos sórdido, mas carregado por uma preocupação mais aguda, Inácio e Damiana encontravam-se nus no aposento iluminado a candelabros de prata do jovem senhor, deitados sob a fina roupa de cama que os cobria da cintura para baixo. A garota, com a cabeça confortavelmente apoiada no peito do rapaz, entrelaçava seus dedos aos do namorado, sem perceber a expressão que lhe assombrava a face.

— Pensei que não virias hoje — falou Inácio, procurando meios de desvirtuar a conversa para os anseios trazidos pelo encontro com seu pai.

— A Conceição demorou pra cair no sono.

— Ela e a Jussara não sabem que estás aqui?

— Nem podem! A Conceição não quer me ver perto de você. Ela diz que é errado. E se a Jussara souber, vai correndo contar.

Aquela informação atormentou ainda mais o íntimo do jovem. Se houvesse algo de errado em os dois ficarem juntos, com certeza a criada mais velha da casa saberia.

— Não achas estranha essa preocupação? — indagou, perdido em um remorso agonizante que não queria compartilhar com Damiana. — A Jussara sobe ao quarto do Antônio sem precisar se esconder.

— É diferente. Eu nasci aqui. A Conceição cuidou de mim desde pequena como se eu fosse sua filha. É coisa de mãe. Mesmo que de criação. Dá pra entender que fique preocupada, não dá? — buscou apoio para sua teoria sentimental.

— Eu não saberia dizer — respondeu, deixando de lado a reprovação da consciência por um instante para dar espaço ao lamento. — Não tenho lembranças da minha — completou.

— Nenhuma? — apiedou-se ela.

A pergunta de Damiana atraíra uma breve recordação da infância havia tempos esquecida por Inácio. Vestido em seu pijama claro de algodão, ele, ainda um garoto, estava deitado de olhos abertos junto à mãe na cama dos pais. Aquela imagem, que deveria acalmar um espírito carente pelo afago materno, trouxe-lhe ainda mais desalento.

— Lembro-me apenas de deitar ao lado dela uma noite e adormecer em seus braços. Pela manhã ela já havia ido embora — revelou, sem pranto, porém transtornado.

— Não sei como a sinhá teve coragem de abandonar um filho desse jeito — entristeceu-se Damiana pela lembrança melancólica do amado. — Ouvi dizer que ela era muito boa.

O rapaz não queria remoer uma história antiga já superada. Seu pai pouco mencionava Maria de Lourdes na casa justamente para sua memória permanecer distante. As raras vezes em que seu nome ecoava pelos corredores era para criticá-la pela postura carinhosa que desperdiçava com os criados. Costume esse que fora herdado por Inácio e incomodava Batista da mesma forma.

— Chegaste a conhecer a tua mãe de sangue? — O rapaz aproveitou o assunto para retomar a inquirição.

— Não. Ela morreu no parto, logo depois que nasci. Mas conseguiu me pegar uma vez no colo — alegou, acompanhada de um largo sorriso.

— Como sabes disso?

— Foi a Conceição que me puxou pro mundo e me entregou nos braços dela. De vez em quando ela me conta essa história, mas não fala muito. Acho que se sente mal por não ter conseguido fazer nada pela minha mãe. Elas eram bem amigas.

Comparar o passado de abandono a uma experiência de óbito em um primeiro abraço era como mensurar diferentes profundidades de cicatrizes semelhantes. Apesar de uma morte ter seu predicado mórbido mais severo, Damiana, por ser uma recém-nascida quando ocorrera a perda, não sabia como era privar-se de algo querido, pois jamais desfrutara de uma verdadeira presença materna. Os cuidados amorosos de Conceição supriram o vazio ao longo dos anos, mas nunca tomaram o espaço devido de sua mãe no coração.

Já Inácio, mesmo com aquela lembrança quase apagada, amparava-se na nostalgia de quando fora criança. Não havia imagens claras ou momentos precisos aos quais se agarrar, mas o amor que lhe fora atribuído ainda resistia, apesar de soterrado sob o trauma de ter sido abandonado. Não se lembrava exatamente de como era o sentimento, mas lamentava a falta de algo que uma vez tivera em abundância.

Essas experiências emocionais desgastantes na fase pueril com certeza foram o berço de marcas na personalidade adulta de ambos.

— E como se chamava tua mãe? — quis saber o jovem.

— Malô — pronunciou ela, repetindo a expressão radiante do rosto. — Não sei muita coisa dela porque a Conceição evita falar disso pra não me deixar triste. Mas uma coisa que ela sempre diz é que eu tenho os cabelos dela. "Lisos, mas cacheados" — imitou.

Damiana estava imersa em lembranças inventadas de uma infância que gostaria de ter conhecido. Em sua fantasia, vivia as brincadeiras de criança ao lado da mãe, de quem nem reconhecia o semblante. Era apenas um vulto amoroso que a rodopiava no ar e aconchegava em um abraço, encobrindo-a entre os caracóis dos cabelos negros.

— E teu pai? — indagou Inácio ressabiado, absorto em reflexões perturbadoras que gostaria de afastar de vez.

— A Conceição diz que não sabe quem é, mas acho que só não quer me falar — revelou, para desgosto de Inácio. — Ela não gosta que eu toque nesse assunto. Fica nervosa e começa até a suar. Tanto que nem insisto mais.

O rapaz cobriu os olhos com a mão em desespero. Aquele comportamento de Conceição era sinal de que algo grave estava sendo acobertado. Não queria acreditar, mas a suposição de sua relação incestuosa parecia quase certa. Isso explicaria o discurso exagerado de seu pai sob a dissimulada égide da preocupação paternal. Inácio encarava a culpa pela sua falta de juízo ao perpetrar uma relação carnal que deveria ter evitado até conseguir uma resposta para sua desconfiança. Mas ele não resistira a ter a mulata de corpo escultural nua em seu quarto, oferecendo-lhe com desejo o calor entre suas pernas.

— Mas por que esse interesse todo? — perguntou Damiana, ainda reluzente pela fábula na qual embarcara. Sem resposta, virou-se e se espantou com a expressão arruinada do amante. — Que foi, Inácio?

— Nada — mentiu-lhe sem descobrir o rosto. — Só estou preocupado. Não precisas retornar ao aposento das criadas?

A garota não entendeu a súbita mudança de postura. Ergueu o tronco, cobrindo os seios com os lençóis, envergonhada.

— Quer... que eu saia da sua cama?

— Estou apenas sendo cauteloso, Damiana — tentou iludi-la com palavras disfarçadas. — Se a Conceição acordar, perguntará onde estiveste.

O embaraço de Inácio em não conseguir encará-la delatava a falsidade do pretexto.

Decepcionada com o tratamento recebido, a garota esforçou-se para segurar o choro que insistia em arrebentar a barragem do lamento. Seu complexo de rejeição a fez cismar que o jovem senhor acabara de usá-la para satisfação da libido e que agora estava compondo uma desculpa leviana para descartá-la.

Após uma vida de carência afetiva e desrespeito, a chegada de Inácio com seu jeito afável e fala recheada de lisonjas a arrebatara por fazê-la sentir-se apreciada. Mas Damiana não queria demonstrar fraqueza nem evidenciar seu sofrimento. Mesmo com o coração despedaçado, obedeceu a ordem sem contestar. Virou-se de costas para o rapaz, buscou o traje jogado no assoalho ao pé da cama e o vestiu com cuidado para não mostrar nenhum pedaço de sua pele desnuda. Após erguer a alça da manga sobre os ombros, levantou-se e caminhou em silêncio até a porta, sem olhar para trás.

Inácio estava transtornado. Ser julgado pela mulher a quem amava era o que menos desejava, mas era justamente por amor que não partilharia a sua angústia.

— Damiana... — chamou-a antes que abrisse a porta.

A mucama virou-se sem tirar os olhos do chão.

— Faço isso para o nosso bem — completou, sem dar todos os argumentos que gostaria.

— Sim, meu senhor — respondeu ela de maneira servil, adotando a postura obediente de criada e abandonou o aposento.

Largado sozinho no assombro do seu remorso, o rapaz preferiu manter sua suspeita resguardada de Damiana para não fazê-la passar pelo mesmo transtorno emocional que o devastava. Caso estivesse errado, explicaria para ela o motivo da frieza e imploraria seu perdão na esperança de que o aceitasse de volta.

Jogou as mãos sobre a cabeça, torturado pelas terríveis incertezas que o agrediam, planeando as ações que tomaria na manhã seguinte para desvendar de uma vez por todas o enigma dessa parábola angustiante.

NA CHEGADA DA ALVORADA, O RELENTO QUE POUSARA durante a madrugada fria resistia no contorno fino das gotículas sobre as folhas das árvores na floresta enquanto passos desbravadores, calçados em botas grossas e perneiras de couro, avançavam, cautelosamente entre a ramagem seca caída na terra.

Oliveira, proprietário da estância vizinha, que dividia a flora silvestre com os incontáveis alqueires de Capela, era afeiçoado à caça noturna. Horas antes de o sol raiar, saía com dois de seus peões para acompanhá-lo, mais alguns escravos para carregar mantimentos e buscar as presas abatidas por sua chumbeira.

Entocado em seu posto habitual de espera sobre um pequeno córrego, não vira nenhum dos mamíferos que gostaria de alvejar cruzando o regato para matar a sede, forçando-o a abandonar prematuramente o ponto mais elevado.

Acompanhado de perto por um de seus homens, com o outro seguindo por último para assegurar que os escravos não fugissem, o fazendeiro percorria com cuidado uma trilha entre as folhagens com a espingarda em punho, atento a qualquer sinal de movimentação na mata.

O súbito estalo de um ramo ressecado em pisadas ferozes sobre folhas secas o fez ordenar que parassem a marcha. Conhecedor da fauna local, Oliveira apurou os ouvidos e reconheceu ser o som de um animal de grande porte que se alimentava vorazmente. Ao analisar sua localização, mudou um pouco o rumo e saiu do atalho para caminhar entre os arbustos fechados. O homem emudeceu os lábios, imaginando ser um cateto para saborear a carne ou uma onça pintada para arrancar a pele e exibir como troféu no chão de sua sala.

Ao se aproximar da origem, afastou as folhas que cobriam suas vistas e contemplou a uma certa distância um felídeo belíssimo de pele quase avermelhada devorando com avidez os interiores de uma carcaça irreconhecível. Aguardou seus homens prepararem as carabinas, caso não matasse a suçuarana com um único disparo, e mirou com precisão.

Um tiro certeiro na cabeça da onça-parda a fez tombar e, antes mesmo que Oliveira abaixasse a carabina, um de seus escravos avançou sobre a presa como havia sido treinado para fazer. Além de carregarem o peso, os negros eram os primeiros a se aproximar de um animal abatido para verificar se estava, de fato, morto.

Antes de o rapaz arrastar o felino, olhou para a refeição dilacerada que o animal mastigava e ficou petrificado, abismado com o que via. Ele não avançava nem retornava do seu posto, hirto na expressão de pavor.

Impaciente com a lentidão do escravo em lhe trazer a caça, o fazendeiro acenou para que alguém fosse logo verificar a razão para a demora. O peão ao seu lado, presumindo que o negro tivesse se deparado com uma cobra venenosa, tirou o facão da cintura e se adiantou, mas, ao pisar sobre o mesmo mato, logo viu o que o assombrara.

O cadáver destroçado que servira de alimento à onça era de um homem. Sua barriga aberta pelas garras pesadas do animal e os intestinos triturados eram uma imagem alarmante dos perigos de se embrenhar no matagal. Entretanto, o que mais os espantou foi um outro ato de brutalidade: faltava a perna direita do defunto, que fora arrancada violentamente na altura do joelho.

Na frente da casa-grande estava Batista, acompanhado de seu primogênito e de Jonas. Aguardavam impacientes, sobre a relva rasteira que beirava a varanda, a charrete da estância vizinha que se aproximava na marcha lenta de uma mula de carga.

Oliveira mandara um dos seus peões se adiantar para avisar os proprietárias da Fazenda Capela a respeito do corpo encontrado na divisa das terras e, agora, acompanhava o carro que transportava os restos do defunto coberto por um lençol mortuário.

Logo que estacionou, Antônio antecipou-se a retirar a coberta manchada de sangue que ocultava o estado nauseante da carcaça para ter certeza quanto a de quem se tratava o cadáver.

Ao descobrir o rosto, viu que era Irineu. Morto, com a fisionomia congelada numa expressão de medo aterradora.

— É peão seu? — inquiriu Oliveira, descendo da charrete.

— Era — retrucou, tornando a cobrir o corpo e limpando as mãos.

— E o resto?

— A perna não deu pra achar. Algum bicho do mato deve ter levado.

— Estou falando de uma chumbeira e do facão que devia estar no cinto.

— O que meus homens encontraram está aí — afirmou sem dar espaço para mais indagações. — Vai querer que deixe o defunto em algum lugar ou... — Estando entregues os restos mortais encontrados durante a caçada, o fazendeiro não queria perder mais tempo alongando a visita.

— Obrigado por se preocupar em trazer o corpo, Oliveira. — Batista achegou-se para agradecer. — Todo cristão precisa ser devidamente enterrado.

— Jonas! — clamou Antônio por seu peão. — Tira o corpo do Irineu da charrete pro nosso amigo poder voltar pra fazenda e leva pra um local onde não pegue sol.

De pronto, o homem requisitou as rédeas do animal para guiá-lo ao armazém menos ocupado.

— Depois, suba em um cavalo e vá até a cidade — interrompeu Batista. — Diga ao padre Silva que não precisa vir hoje à catequese dos negros e peça-lhe que tenha a bondade de incluir o nome do Irineu em seu sermão — completou.

Jonas acenou de acordo e seguiu para cumprir as funções demandadas.

O grão-senhor de Capela voltou-se ao fazendeiro vizinho:

— Entra e bebe um gole da nossa pinga enquanto o peão prepara a charrete?

— Muito agradecido, Batista. Mas vou acompanhar o seu homem, que de lá já tomo o meu rumo.

— Eu é que agradeço novamente a preocupação, Oliveira. — estendeu a mão para cumprimentá-lo ao mesmo tempo que se despedia.

A caravana que viera com o homem seguiu com ele o rastro de Jonas, deixando os Cunha Vasconcelos desolados no martírio da evidência. Antônio foi o primeiro a se pronunciar, dando voz ao pensamento amordaçado de seu pai:

— É a mesma perna. — ele fazia referência ao membro direito de Irineu, que fora amputado.

— Eu sei! — retrucou o pai, atormentado.

Batista estava perdido. Mirou com um frio na espinha a perna apodrentada de Sabola balançando no pórtico, jogando-lhe uma sombra carregada de incertezas, mas não sucumbiria aos devaneios sobrenaturais antes de cercar todas as possibilidades que prendiam sua razão ao solo.

— Me chama o Inácio — ordenou.

Ainda era cedo, mas Conceição aproveitava a ausência dos senhores na sala principal da mansão para varrer as cinzas que descansavam no piso próximo à lareira antes que Batista voltasse a aproveitar o aconchego da sua poltrona pela manhã.

Atenta aos cuidados da faxina, a criada não reparou em Inácio estacionado na porta. Ele relutava em entrar no cômodo pela delicadeza do assunto do qual precisava tratar, mas, não tendo escapatória do seu compromisso com a verdade, por pior que ela fosse, se achegou:

— Conceição.

— Ô, filho. Não te percebi aí — disse carinhosamente, sem interromper o trabalho. — Deseja alguma coisa?

— Posso perguntar-lhe algo?

— Lógico, nhonhô Inácio.

Qualquer que fosse a abordagem, não havia como se ausentar do desconforto. Mesmo que hesitante ao despejar a dúvida, o jovem foi direto:

— Meu pai teve alguma amante no passado de quem não me recordo?

— O senhor Batista? — surpreendeu-se com a pergunta. — Não que eu saiba, filho. Seu pai sempre foi reservado com essas coisas.

— Não havia uma escrava chamada Malô cá na fazenda?

As palhas da vassoura interromperam seu varrer. A mulher virou-se para o rapaz:

— Escrava Malô? — espantou-se ao ouvir aquele nome. — Não, senhor — respondeu com a voz embargada.

— Estás a mentir para mim, Conceição — retrucou o jovem, aproximando-se ao perceber-lhe o nervosismo.

— Nunca, nhonhô Inácio.

— Mas negas que conheceste uma escrava com esse nome? — ele foi incisivo. Não desviou suas vistas da criada, que o encarava de volta com o olhar estatelado. — Sei que foram próximas, Conceição. Preciso saber se essa mulher alguma vez se deitou com meu pai.

O excesso de receio em responder certificava que algo estava errado. Conceição claramente sabia do fato, mas parecia coibida de revelar-lhe.

— Deixa isso de lado, filho. Não vai ser bom pra ninguém ficar desenterrando um assunto velho desses.

— Apenas me conta se isso aconteceu — insistiu, ansioso para ter sua dúvida sanada.

— Por favor, seu Inácio... É melhor o senhor... — a mulher atravancou a fala, incerta se deveria continuar, mas sua vontade de vê-lo longe de problemas a obrigou a dar-lhe um conselho: — É melhor o senhor esquecer a Damiana.

Inácio inquietou ainda mais o semblante:

— Estás... estás a confirmar que ela é filha de meu pai? — A voz tremulou.

— Seu Inácio, a Damiana...

Antônio, que procurava o irmão, encontrou os dois na sala e atravessou rispidamente a conversa:

— Inácio! — berrou ao pé da porta, assustando a criada. — O pai está te chamando lá fora.

— Diga que vou em um minuto.

— É pra ir agora! — esbravejou sem fineza no trato. — Aproveita e pega suas coisas de doutor que você tem um defunto fresco.

Questões de extrema relevância permitiriam que o rapaz deixasse o pai aguardando por alguns minutos, mas seu dever profissional e a curiosidade pelo comunicado inesperado do irmão o convenceram a deixar a conversa com Conceição para outra hora.

Ele a encarou uma última vez, fazendo-a entender que não desistiria de continuar o diálogo em outra oportunidade, e correu ao quarto para buscar seus instrumentos.

Após o caçula ter passado por ele, Antônio se adornou com a carranca da bravata e rangeu o assoalho com a bota em direção à mucama, que ficava mais apreensiva a cada passo do monstro:

— O que você ia falar pro Inácio?

— Nada, meu senhor — respondeu, temerosa, abraçada à sua vassoura.

— Nada?

A mulher assegurou a veracidade com um aceno de cabeça. Quanto menos palavras proferisse, menores seriam os motivos para ser castigada.

Arrostado pelo silêncio submisso, o herdeiro de Capela lentamente retirou da cintura o seu terçado e parou bem próximo de Conceição para apreciar sua lâmina talhadora.

— Preciso te alembrar o que vai acontecer se abrir essa boca? — intimidou-a, sem tirar os olhos da chapa delgada de corte bem afiado.

— Não, meu senhor. — Acuou-se.

— Então, é melhor eu não te ver mais de prosa com o Inácio!

Novamente a criada acenou compreensão sem o uso de palavras. Desta vez, por estar sufocada pelo medo da ameaça.

Satisfeito com a obediência impetrada sob a chancela do terror, Antônio guardou de volta o facão no cinto, certo de que a mulher seria um túmulo para as indagações do irmão.

— E varre esse chão direito! — zombou antes de abandonar a sala.

Conceição só conseguiu se mexer após o homem ter saído por completo de suas vistas. Respirou fundo para aliviar um pouco da tensão e retomou aos poucos a faxina, sem ter espantando por completo a vertigem.

O corpo de Irineu jazia sobre uma mesa larga de madeira onde os escravos costumavam embalar as rapaduras. O armazém não oferecia as melhores condições sanitárias para uma necropsia e a ausência de uma fonte luminosa dificultava o exame no cadáver.

As mãos nuas de Inácio conferiam o corte no que restara da perna do peão, observadas pelos olhos curiosos de seu pai, que se abancara em um caixote enquanto Antônio aguardava de pé logo atrás.

Terminada a observação minuciosa com os utensílios clínicos trazidos em sua mala, Inácio deu o veredicto como se relatasse a observação para uma enfermeira assistente, mas mantendo-a em termos leigos:

— Não há nenhum outro ferimento no corpo além da amputação. A morte foi em decorrência da perda de parte do membro inferior direito. O homem sangrou até morrer.

— O quê?! — espantou-se Batista.

— Perdeu a perna ainda vivo, meu pai — esclareceu, lavando as mãos na bacia de metal.

O grão-senhor levou a mão à boca, preocupado:

— Não pode ter sido um animal?

— A região estaria mais afetada e com a marca dos dentes — explicou, secando os dedos no avental para limpar o que restara do sangue entre as unhas. — A separação foi feita por uma lâmina. Um facão, pelo desenho do corte.

Era inegável que as características da morte se assemelhavam muito às do jovem negro torturado e mutilado dias antes no pelourinho. O fato intrigava Batista, que buscava explicações.

— Antônio... — pediu ao filho que se aproximasse. — Certeza que não tem escravo faltando? Contou direito?

— Duas vezes.

— Sinal de que o desgraçado está ficando abusado — praguejou. — Começou desenterrando defunto pra botar medo nos peões e agora me aparece essa miséria?! — apontou a carcaça de Irineu sujando a mesa.

— Negro desaforado se fazendo de obediente na lavragem pra aprontar bem debaixo do nosso nariz quando escurece. Você precisa resolver isso de uma vez, Antônio!

— Vou botar dois homens pra velar a senzala.

— Não! O safado não irá aparecer se desconfiar que está sendo vigiado — contrariou o pai, por ter planeado outra estratégia. — Você vai esperar anoitecer e ficar de tocaia com o Alvarenga na floresta pra caçar esse preto, caso ele resolva fugir. E vai fazer isso todas as noites se for preciso! — exaltou-se.

Seu olhar estava perdido. Em todos os anos como senhor de engenho, nunca tivera problemas em resolver os impasses da fazenda com pulso firme e truculência. Mas a suposição de que o assassinato de um dos seus homens fora cometido por um escravo era uma ocorrência inédita em Capela.

— Volta pro canavial, Antônio. Se desconfiar de negro olhando torto, você tem minha autorização pra descer a chibata. Depois que guardar os escravos, manda o Jonas e o Fagundes lá pra casa. Avisa que eles vão pernoitar lá.

A ordem do pai foi prontamente atendida e o primogênito abandonou o armazém para tratar de suas responsabilidades na lavoura.

Inácio, que observara a tudo sem emitir opinião, continuava a higienizar suas ferramentas de autópsia para guardá-las. Ele levantou os olhos sem parar de esfregar a ponta do alicate e não conseguiu lembrar a última vez que vira tamanho desnorteamento dominar a expressão do pai.

— O senhor está preocupado que isto seja uma retaliação pela morte daquele escravo — interpretou corretamente a apreensão, iniciando um diálogo.

— Já matamos escravo antes por tentar fugir. Mais de uma vez! — Batista minimizou a atitude com uma justificativa saturada de crueldade. — O problema é que o teu irmão não aprende! Quer fazer mais do que precisa e abusa. Negro não deve ter ficado alegre de ver outro tendo a perna cortada daquele jeito.

— As ações do Antônio apenas aceleram uma consequência óbvia — sentenciou o jovem.

— Isso não é hora de discutir ideologia, Inácio! — Irritou-se com a provocação. — Tem negro assombrando meus homens, cortando perna de empregado... eu tenho que me preocupar agora é em proteger a fazenda!

O filho optou por não contra-argumentar. Para ele, o cadáver era decorrência evidente de um sistema condenável, mas não queria tempestuar ainda mais os ânimos do pai. Depositou seus instrumentos de forma organizada e bem espaçada sobre uma peça branca de linho e a dobrou cuidadosamente, separando os materiais entre o pano e devolvendo-os ao estojo.

— Estou a ir para a casa. — colocou a maleta debaixo do braço. — Quer que eu avise para arrumarem o quarto de hóspedes? — referia-se aos peões que pernoitariam.

Batista, vidrado no vazio, não respondeu de imediato por vislumbrar uma madrugada angustiante:

— Ninguém vai dormir esta noite, Inácio — enunciou como um profeta da desgraça.

O entardecer alaranjado guerreava para não ceder seu espaço ao anil-escuro, mas, quando derrotado, o terreno celeste foi tomado sem clemência pela noite mais negra.

Enquanto Antônio e Alvarenga rumavam à floresta, o convite de Batista para que Jonas e Fagundes pernoitassem na mansão tornava-se cada vez mais claro que não era para gozarem de roupas de cama limpas sobre o conforto de um leito. De arma carregada nas mãos, foram chamados para zelar pela segurança dos Cunha Vasconcelos durante a madrugada, caso o escravo misterioso resolvesse atacar a casa-grande em vez de fugir.

As horas pareciam marchar no trote manco de um cavalo moribundo. Os candelabros acesos clareavam a sala principal, onde Batista caminhava de um lado para o outro, impaciente, sob o olhar atento dos peões. Sua garrucha de cano curto e cabo largo em madeira descansava ao lado da garrafa de aguardente sobre o móvel da lareira, devidamente municiada com pólvora e uma bala de chumbo. Já havia muitos anos que o patriarca não a utilizava, mas adorava alardear em festas as histórias de quando ela berrava para tirar a vida de um escravo implorando misericórdia.

Jonas ficava em sua distância de segurança do senhor da fazenda, mas próximo, para o caso de algo o ameaçar diretamente; Fagundes vigiava a enorme janela que dava para a varanda. Ao lado da porta de entrada do aposento, Jussara mais parecia uma estátua de pátina negra adornando o ambiente. Jazia imóvel, aguardando ordens para cumprir.

Inácio aparentava estar calmo. Sentado com as pernas cruzadas em uma da poltronas, aproveitava o excesso de velas para embarcar na sua rotina noturna de leitura sem enfastiar os olhos. Mas os passos irrequietos do pai tiravam-lhe a atenção:

— Sente-se, meu pai. O senhor está a nos deixar todos nervosos.

— Só vou sossegar depois que o Antônio chegar! — vociferou sem interromper a marcha.

— Se estás preocupado com a segurança do Antônio, não deverias tê-lo enviado a esta hora para se arriscar na floresta.

— Não estou preocupado com o Antônio — rebateu, confiante nas capacidades do primogênito. — Caçar escravo nessa mata é algo de que ele gosta até demais.

— Então, acalma-te e aguarda cá perto da lareira que ele te traga o homem que mandaste buscar.

— Não pedi pra *buscar* homem nenhum! — contradisse, enraivecido. — O que eu quero é vê-lo cruzar essa porta empunhando a cabeça do negro pelos cabelos!

Contrário a ações truculentas, Inácio repudiou o comentário e retornou ao livro para não continuar a conversa que enveredara por outro caminho.

Jonas, sempre acautelado pela égide de sua frieza, interpelou, mas de maneira sóbria, por concordar com o aconselhamento:

— Seu filho tem razão, senhor Batista. É melhor sentar, senão vai gastar todo o solado da bota. O escravo pode estar bem entocado.

— Fico de pé até amanhecer se for preciso — impingiu sua vontade.

— Jussara! — berrou, e a criada deu dois passos à frente. — Vá preparar um café para os homens.

A mucama abandonou seu posto em direção à cozinha, para cumprir imediatamente a ordem do seu senhor.

— Quero todo o mundo bem atento! — decretou Batista, enclausurado no anseio de sua expectativa.

Sob as poucas estrelas que se escondiam na noite nublada, Antônio e Alvarenga andavam com cautela entre as folhagens para cobrir as principais saídas da mata. Marchavam à procura de qualquer movimento, atentos para não emitirem nenhum som que pudesse alertar o escravo de suas presenças.

O feitor ia na frente com a carabina mirando na direção de seu trajeto alinhado, com o peão seguindo logo atrás, apontando a arma para as laterais, dando cobertura ao patrão.

A floresta não estava em silêncio. A serenata dos animais notívagos naquele cenário sombrio os lembrava dos perigos de toparem com um predador noturno. No entanto, a obstinação em matar o negro que assombrava a fazenda com suas brincadeiras encharcava Antônio de coragem.

Após alguns passos, o som de um graveto sendo quebrado irritou os ouvidos vigilantes do caçador, fazendo-o parar de imediato para atentar-se ao barulho, mas ele não era mais ouvido. Retomou seu caminhar, redobrando o cuidado, e de novo o som de um estalo entre as folhagens irrompeu.

— Para, Alvarenga! — sussurrou sem se virar para ele.

— Parar o quê, patrão?

— De ficar pisando em graveto!

O peão olhou para baixo, procurando restos de galhos secos que poderia ter esmagado com sua sola.

— Desculpa, patrão. Acho que não vi — assumiu a culpa, mesmo sem a certeza de ter sido ele.

Com o propósito de evitar uma nova repreensão, Alvarenga olhava para a terra antes de cada nova pisada. Seu receio de irritar o capataz foi em vão, pois mais uma vez o barulho de um graveto sendo partido chegou aos ouvidos de Antônio.

— Alvareeeenga! — repetiu o murmúrio impaciente sem interromper sua trajetória.

— Juro que não sou eu, patrão. Estou prestando atenção.

Antônio não queria perder o foco da vigia, mas o som de folhagem sendo amassada e galhos se esmigalhando ficava cada vez maior e mais frequente, tirando-o completamente do sério.

— Que diacho, Alvarenga! — Não se conteve e virou-se para o peão para reclamar. — Se quer que o negro fuja, por que não atira logo pra cima?!

O remexer de um arbusto não tão distante por trás do empregado o fez encerrar a descompostura de súbito. Era de lá que o ruído vinha, mas Antônio não conseguia identificar o que era por estar bem abrigado sob o manto escuro da noite entre a vegetação carregada.

Alvarenga alarmou-se com o semblante inquiridor do patrão, que parecia não mais enxergá-lo à sua frente. Já estava temeroso quando, de repente, os olhos de Antônio se estatelaram e sobre eles impregnou-se a dúvida de um homem confrontado com o impossível. O peão se acovardou com aquela expressão. Era a mesma que o assombrara dias antes no casebre. Não queria olhar para trás e encarar novamente o horror das criaturas fantasmagóricas, mas o barulho de algo corpulento desabando na folhagem, impossível de ignorar, o fez virar-se, apreensivo.

Era a mula sem cabeça que se debatia com dificuldade para se reerguer. Os homens, pasmos, observavam-na fincar os cascos no solo para se levantar. Assim que tornou a ficar sobre as patas, o corpo decapitado com a pelagem cheia de buracos e a carne apodrentada, retomou o trote tortuoso, esbarrando nas árvores em seu caminho.

Antônio parecia mais surpreso do que assustado. Não podia negar a figura grotesca que caminhava em sua direção, mas não concebia maneiras de como o cadáver sem rumo de um animal mutilado poderia atacá-los. Reparando na alma penada da mula, que parecia vagar a esmo, tornou-se evidente um trajeto definido por sua insistência em buscar uma linha reta a percorrer.

Obrigado a aceitar a história dos peões como verdadeira, o feitor imaginou que o bicho do além poderia guiá-los ao fantasma de Sabola. Então, permaneceu atento para estudar sua trilha.

Alvarenga, entretanto, não conseguia se conter. Suas pernas bambeavam mais a cada passo da mula e seus olhos marejavam de medo por estar próximo da aparição. Desesperado, o peão mirou a chumbeira e atirou.

— Não! — berrou Antônio, que viu a mula se virar assustada para o lado e enfiar-se entre as árvores.

Para que não a perdesse de vista, o homem se apressou e tomou a frente do peão:

— Vem, Alvarenga! — ordenou antes de ingressar nos arbustos fechados para perseguir o animal degolado.

O empregado ficou parado, sem reação. O pavor o impedira de acompanhar o patrão na busca pela floresta e ele permaneceu ali, tremendo, em estado de choque, sem saber o que fazer.

Antônio não se deu conta de que estava sozinho no encalço do animal. Sua atenção era apenas na criatura sobrenatural, que, mesmo tropeçando em raízes rebentadas da terra e esbarrando nos troncos e galhos, era mais veloz e o deixava para trás. Em sua debandada labiríntica, a mula foi tornando-se um vulto cada vez mais distante, mas o homem não desistia. Foi adentrando a mata sem se preocupar em decorar o caminho de volta, na certeza de que seu peão o seguia logo atrás.

Desnorteado, Alvarenga quase não saíra de onde estava. Caminhou timidamente de costas, em passadas lentas e miúdas, sem nem sequer piscar. Suas mãos trêmulas buscaram a pólvora na cintura para descer no gargalo da espingarda, mas ela caía mais no chão do que dentro do cano.

De súbito, ressoou na floresta um som que reconhecia. Era o assobio de dois tons que antecedera o ataque do defunto na cabana. O homem olhou para cima, apavorado, buscando algum pássaro trazendo o presságio maldito, mas foi em vão. O eco do sibilo era longínquo e sua origem, indefinida. O peão andava para trás, receoso e atento à copa das árvores em meio a um bambuzal alto e fechado, quando seu calcanhar tropeçou em algo e tirou-lhe o equilíbrio, fazendo-o desabar.

Ao olhar o que o fizera cair, horrorizou-se em ver entre as pernas a cabeça decomposta da mula, com os olhos devorados e repleta de larvas necrofágicas alimentando-se de sua carne putrefata. Alvarenga quase gritou, mas controlou-se para não alardear a covardia. Ofegante, afastou-se rápido e virou o corpo para levantar-se e correr, mas deu de cara com algo que lhe chamou a atenção. À sua frente estava um espaço largo de terra revirada, como se um buraco tivesse sido escavado e recentemente recoberto. No entanto, o mais estranho não era o terreno revolvido, mas sim os vários pedaços cortados de bambu esparramados pelo solo.

Um quebra-cabeça de caules ocos partidos indicava duas palavras escritas na terra, contudo, elas pareciam incompletas. A maior parte das lascas encontrava-se espalhada pelos lados, mas as duas sílabas iniciais de cada um dos vocábulos permaneciam bem incrustadas no chão em letras maiúsculas que diziam "SA" e "CI". Alvarenga se arrepiou, mesmo sem ter ideia do que aquilo significava.

O assobio perturbador voltou a retumbar. O primeiro tom, menos agudo, fez as pedras sobre a terra remexida rebolarem como se algo dentro daquela cratera encoberta se retorcesse. O peão acovardado arregalou os olhos e seu coração quis lhe rasgar o peito.

Com o final do zumbido, o piso parou de estremecer. Alvarenga estava longe de reaver a serenidade, mas voltava aos poucos a conseguir respirar.

Foi quando retiniu na mata o segundo tom do sibilo.

Da enorme fenda no chão irrompeu, impetuosamente, o defunto de Sabola, com o gorro manchado de sangue ressecado cobrindo-lhe a face, brandindo um facão largo e bem amolado que atravessou sem clemência o estômago de Alvarenga.

Seu urro, doloroso de tão alto, foi ouvido por Antônio, afastado, nas entranhas da floresta. Espantado, ele parou de perseguir a mula por um instante para só então perceber que o peão não o acompanhara. Viu que o animal se distanciava com rapidez e precisava decidir se continuaria a persegui-lo ou se recuava. Contrariado, resolveu voltar para dar assistência a Alvarenga.

O capataz correu pelo caminho de volta, sem se preocupar com os galhos finos que lhe riscavam a face, escolhendo as trilhas prováveis de ter percorrido. No labirinto da natureza todos os atalhos pareciam iguais e Antônio não sabia mais onde estava. Para onde olhava, a vegetação o impedia de saber sua exata localização. Em meio à ramagem folhosa de arbustos e troncos lenhosos, viu-se perdido na vastidão da mata.

— Alvarengaaaa! — berrou aos ventos, implorando por algo que lhe desse a direção.

Na casa-grande, enquanto a lenha estalava no fogão da cozinha para ferver a chaleira de ferro, Jussara havia moído os grãos de café e agora coava-os com um pedaço de linho.

Os ponteiros do enorme relógio em torre no canto da sala principal indicavam a aproximação da hora maldita. O instrumento jamais falhara em contar o passar do tempo, mas Batista, ansioso, puxou a corrente de seu relógio de bolso para ter certeza de que era quase meia-noite.

Nele imperava uma apreensão contagiosa que proibia aos demais presentes relaxar. Inácio era quem mais se afastava do embargo, deixando sua mente viajar na leitura. Jonas, sempre alerta, permanecia de pé com sua pose aguerrida, e Fagundes bocejava recostado na parede, sem abandonar o posto ao lado da janela.

A porta foi aberta por Jussara para que Damiana entrasse carregando uma bandeja de madeira com um bule de prata e várias xícaras de porcelana. Desde o acontecido no quarto de Inácio a criada o evitava. Aquela era a primeira vez que se viam novamente em um mesmo ambiente.

Damiana tentava mascarar sua dor na postura servil. Mas as razões de seu olhar cabisbaixo eram conhecidas por Inácio, que a observava de canto de olho com a fisionomia culposa.

O grão-senhor apontou às escravas que servissem primeiro seus homens, para eles ficarem atentos. Jussara virou o bule sobre a xícara de Fagundes enquanto Damiana apenas segurava a bandeja. O peão, abusado e desprovido de bons modos, olhava descaradamente os decotes com um sorriso buliçoso no rosto e admirou com atrevimento as curvas das negras ao se afastarem.

Ríspido no trato, Jonas não esperou ser servido. Assim que o café esquentou a cerâmica, pegou a xícara de forma rude. Não queria se distrair com os mesmos pensamentos do colega, apesar de ser complicado reprimir os desejos masculinos. Eram poucas as mulheres em Capela, e elas cediam apenas às vontades dos senhores. Os peões só satisfaziam sua libido após as entregas na cidade, quando gastavam o ordenado nos bordéis mais baratos do centro.

As criadas se encaminharam a Batista, mas ele as interrompeu antes que o servissem:

— Vejam se o Inácio quer.

Jussara foi até o jovem senhor, mas Damiana permaneceu parada. Estava envergonhada e não queria se aproximar do rapaz.

— Aceita, senhor Inácio? — Jussara perguntou-lhe.

O jovem reparou que Damiana ficara à distância, recatada em sua tristeza, escapando as vistas do chão de vez em quando para vê-lo às escondidas.

— Não, Jussara. Obrigado — recusou por não querer forçar a moça a encará-lo.

A mucama acenou com a cabeça e juntou-se à amiga a fim de ajudá-la a abrir a porta para que levasse os utensílios de cozinha. Porém, antes de a cruzarem, ouviram um estranho som invadindo a sala. Parecia o pipilar de um pássaro, mas era baixo e difícil de identificar. Os homens estranharam, achando que talvez uma pobre ave estivesse presa entre as telhas de barro, mas, quando o som ficou mais claro, Jonas e Fagundes se entreolharam, por saberem do que se tratava.

— É o assobio do defunto! — desesperou-se Fagundes, preparando a espingarda.

O alarde do peão assustou as mulheres, que permaneceram imóveis. Inácio levantou-se surpreso da poltrona, relutante quanto a acreditar na ameaça, e mirou Damiana, que, finalmente, o encarou temerosa.

Todas as atenções se voltaram para a porta de entrada do aposento. Jonas tomou a frente do grão-senhor para protegê-lo e segurou firme a carabina.

Um silêncio sepulcral assolou o ambiente saturado de nervosismo. Como na morada de um defunto, calaram-se as vozes e os movimentos enrijeceram. Tudo se debruçava sobre a espera taciturna. Os ouvidos atentos poderiam escutar o bater das asas de um inseto, tamanha era a apreensão diante do desconhecido.

Batista sentiu um estranho odor que o acometia de uma suave letargia. Buscou no ar o relevo do perfume, mas nada nele o envolvia em lembranças que ajudassem a descobrir o berço do aroma.

— De onde vem esse cheiro? — aspirou profundamente.

As narinas de Jonas também foram atingidas e ele reconheceu o bálsamo maldito. Olhou em volta, procurando entre fendas e rachas nas paredes a confirmação para sua suspeita, e a encontrou na fresta da janela próxima a Fagundes, de onde adentrava timidamente um barbante tremulante de fumaça.

— Tente não respirar, senhor Batista — alertou em vão, ao deparar-se com os olhos do patrão totalmente dilatados e enegrecidos.

Não demorou para que o olhar de todos anegrejasse e o recinto, adornado pelas alfombras, pelos vasos e pelas tapeçarias luxuosas, fosse tomado por uma névoa densa e sombria, que afogava a dúvida dos incrédulos e fragilizava a bravura de homens corajosos com a atmosfera soturna de um mausoléu tenebroso.

As doze badaladas que tocaram no bater da meia-noite soaram como sinos de uma imponente torre gótica mal-assombrada para torturar ainda mais a sanidade arruinada. O timbre assustador do metal ecoando na sala entre as paredes escorridas de sangue completava o clima macabro com sua sonoridade tétrica.

Na floresta, após muito palmilhar junto aos bichos que vagueiam na escuridão, Antônio finalmente encontrara o ponto de onde partira. Ao aproximar-se do bambuzal fechado que encobria o terreno, encontrou o cadáver ensanguentado de Alvarenga deitado de bruços sobre um buraco de terra, semelhante a uma cova rasa clandestina, acompanhado da cabeça decepada da mula.

O rasgo que atravessara as costas do peão era largo e o sangue escorrido do corte aberto encharcara a terra, pintando a folhagem ao seu redor. Antônio se prostrou para virar o corpo do empregado para cima e notou sua derradeira expressão. O pavor que parecia esculpido em seu rosto, descorado como mármore branco, era muito semelhante ao de quando removera o sudário de sobre o defunto de Irineu.

Desgostoso com a perda de mais um homem da fazenda, respirou fundo na busca de um sentido para a coleção de acontecimentos agourentos e observou o corte aberto no abdômen, que falhava ao tentar segurar as entranhas para dentro. A imagem carniceira o fez remoer uma dor nas próprias tripas, mas que logo cessou quando reparou nas iniciais de bambu acomodadas na terra. Como Alvarenga, ele também estranhou as letras estarem ali dispostas de forma tão clara e organizada.

— "Sa... Ci..." — leu-as sem entender o sentido.

Movido por reflexo, Antônio virou-se rapidamente para os lados com a mão no terçado, imaginando que aquela fosse a assinatura do homicida e que ele ainda poderia estar à espreita. Mas não. A mata estava calma. Não era ali que residia o perigo e ele foi se acalmando ao ter certeza de estar sozinho. Entretanto, após ponderar alguns segundos sobre a ameaça, o homem empalideceu. Se ela não jazia na floresta, não era ali que precisava estar. Antônio levantou-se com presteza e correu como nunca entre as árvores para chegar o mais rápido que podia à mansão.

A badalada assustadora retumbando incessantemente soava cada vez mais alta e grave. A chama da lareira lançava sombras desiguais sobre as muralhas do cárcere infernal. Quando o relógio libertou os ouvidos de sua eufonia agoniante, o sibilo infausto que vinha em dois tons tomou o seu lugar para assombrar o imaginário com devaneios pesarosos de morte.

O assobio vinha de todos os espaços, confundindo a razão. Desnorteada na densa névoa espectral, Jussara buscou acolhimento em Damiana, que não largara a bandeja. Ela a abraçou como se agarrasse um tronco encravado em solo sagrado em meio à pior das tempestades.

Inácio permaneceu fitando as trevas, ao lado da lareira de chama azulada, hirto e perdido num pesadelo que jamais ousara sonhar. Os umbrais da sala principal eram velados por Fagundes e Jonas, que, além de precisarem ignorar o delírio para se manterem atentos à invasão do morto-vivo, eram a égide em que Batista se resguardava.

Com as espingardas a prumo, os peões miravam o portal de entrada. Fagundes tremia, dominado pelo medo, quando, sem aviso, veio um silêncio repentino. O assobio do defunto não mais soprava e o que se ouvia era apenas o palpitar dos corações desesperados. O homem se afastou vagarosamente, de costas, em direção à vidraça, sem abaixar por nenhum momento sua carabina apontada para a porta.

Damiana foi a única a observá-lo retornar ao posto inicial de sentinela. Ele engoliu a saliva e, calmamente, desceu a arma para respirar e secar o suor que escorria da testa, prejudicando-lhe as vistas.

Da penumbra que imperava do lado de fora, através da janela, a jovem percebeu um vulto manco se aproximar da varanda entre as sombras. Quando o breu que o encobria foi devorado pelas flamas das velas queimando nos candelabros da sala, o escravo morto pôde ser enxergado por ela em sua forma mais aterradora, empunhando o enorme facão sujo com o sangue de Alvarenga.

Damiana deixou a bandeja cair, estilhaçando a porcelana, e teve tempo apenas de gritar o mais alto que conseguia antes de a vidraça ser arrebentada pela aparição enfurecida. Fagundes foi esfaqueado violentamente nas costas e a peixeira rasgou-lhe o peito. Jonas virou-se para a janela e apertou o gatilho, mas, quando a fumaça do disparo dissipou-se entre a neblina fantasmagórica, o peão já havia sido arrastado para fora.

Do quarto das criadas, na extensão da cozinha, Conceição, liberada da função de ter que servir os senhores na madrugada, cessou imediatamente a vibração alta de seu ronco ao acordar de supetão com o estrondo. Mesmo trajando a veste noturna, correu à porta a fim de saber o que acontecia, mas, ao descer a mão sobre a maçaneta, algo parecia tê-la travado. Por mais que insistisse, o puxador não podia ser abaixado. No corredor, um móvel de meia altura encostado no batente impedia o remate de metal de abrir o fecho.

Na sala em que recaíra a maldição, as atenções se voltaram para a vidraça estilhaçada que se exibia como um portal para o inferno. A treva fitava os receosos e ateava no aposento negro a brisa da noite mais escura. Jonas afastava seu temor debruçado na promessa de proteger o senhor do engenho. Assim que terminou de recarregar a chumbeira, ergueu os braços destemidos para mirar a boca do tormento e, devagar, caminhou na direção da janela.

Batista desprendeu-se do homem para se pôr ao lado de Inácio, próximo à lareira, e de lá observaram com ansiedade a ação do impávido peão. Jussara e Damiana também o olhavam apreensivas, amparando-se uma à outra no centro da sala.

No compasso lento das pisadas, o assoalho rangia sob os pés de Jonas, que arrostava o assombro da noite infinda. O cano da espingarda cruzou a moldura livre da vidraça e seus olhos vasculharam a penumbra sombria em busca do cadáver assassino. O pouco que a noite lhe permitia vislumbrar expôs a ausência da ameaça. Insatisfeito, ousou colocar timidamente a cabeça para fora, atento para que o zunido de um facão não lhe cortasse o pescoço, e viu nada mais que a escuridão.

Na ilusão da segurança, deu as costas à janela para manifestar o pressuposto:

— A assombração deve ter ido embora.

Mal terminou a frase e algo o acertou em cheio na parte de trás da cabeça, fazendo-o desmoronar inconsciente.

A porta de entrada da sala escancarou-se com uma ventania inesperada e Sabola, em sua forma monstruosa, pôde ser enxergado por todos no umbral. Sua carcaça estava mais apodrecida. O saco avermelhado na cabeça escondia a decomposição do rosto, mas os fluidos gotejados dos orifícios corporais escorriam por seu torso apodrecido, ungindo o couro negro que começava a se rasgar pela pressão das bolhas debaixo da pele. O braço direito, inchado de maneira grotesca, brandiu o facão no alto e o defunto invadiu o cômodo amaldiçoado. Quando adentrou, outra imagem repugnante foi vislumbrada: no lugar do membro amputado do escravo, estava costurada grosseiramente uma perna branca — a de Irineu.

O morto caminhava sem desenvoltura, mas era rápido em seu passo coxo. Ele avançou em direção às criadas no centro da sala, empunhando seu terçado sangrento. As mulheres, próximas à porta, gritaram ao vê-lo mais perto.

A figura tétrica do cadáver vivo era aterradora, mas a coragem de Batista eclodiu em uma reação alucinada. Ele alcançou com mãos trêmulas a garrucha sobre a lareira, apontou de qualquer jeito no rumo da assombração e atirou. A imprecisão do seu disparo alvejou Jussara no rosto, que caiu morta no chão, enquanto o monstro continuou de pé em sua empreitada maldita.

Damiana, ao ver sua amiga com a cabeça rebentada, ficou em estado de choque. Ela nem sequer teve tempo para amargar o luto, pois Sabola logo ergueu o braço para que seus dedos cerosos com unhas trincadas e sujas agarrassem-lhe os cabelos para puxá-los com força, derrubando a garota.

Batista recarregava desesperadamente a pistola, mas parou ao perceber o fantasma arrastando a criada para fora.

— Damiana! — berrou Inácio, indo em sua direção no intento de salvá-la.

— Deixe, Inácio! — O pai segurou-o com firmeza para não permitir que perpetrasse a loucura de enfrentar a assombração sem armas.

O filho guerreava para se livrar do abraço que o prendia. A escrava caída, sendo puxada para fora pelos cabelos, implorava para que a salvassem, mas Inácio não conseguia se desvencilhar do pai.

Assim que o invasor macabro foi cruzar a porta com Damiana, Antônio Segundo surgiu na entrada, ofegante e encharcado de suor, com a espingarda apontada para a assombração. Por não ter inalado a fumaça demoníaca, ele não estava acometido pelo mesmo delírio. A sala jazia com seus ornamentos e tapeçaria originais e o negro não lhe parecia ameaçador pelo porte corporal, mas asqueroso pelo seu estado pútrido.

Quando notou, horrorizado, que a perna costurada de Irineu sustentava em pé o defunto vivo, mirou no membro branco e o alvejou. O joelho foi destroçado com o impacto da bala e as costuras se arrebentaram, arrancando a perna do lugar.

Sabola perdeu o equilíbrio, mas, antes que seu corpo tombasse, transformou-se em um redemoinho de vento e passou por Antônio para cruzar os umbrais da casa-grande e desaparecer nas trevas.

Sob os olhares dos alucinados, a névoa se dissipou e as labaredas azuladas da lareira retomaram sua verdadeira cor, apagando as sombras espectrais que tomavam as paredes. O único sangue escorrendo na sala era o da cabeça aberta de Jussara sobre a alfombra.

Batista finalmente libertou Inácio, que, sem reação, via Damiana chorar pela morte da colega e pelo susto de quase ter sido levada. Antônio, respirando fundo, olhou espantado para seu pai, que retribuiu a expressão. Não havia palavras para explicar o que acontecera naquela noite nefasta.

Enquanto os Cunha Vasconcelos ficaram na sala para planear ações de combate, Damiana se enclausurara no quarto das criadas para buscar alívio para seu martírio no colo reconfortante de Conceição, que lhe acariciava com meiguice os cabelos.

— Por que a assombração queria me levar? — perguntou em voz baixa, aos soluços, na esperança de que sua mãe de criação tivesse uma resposta para acalmá-la.

— Tente descansar, minha filha. — a mulher limitou-se ao discurso padrão de consolo, por não saber o que dizer.

— Ele veio pra cima de mim. Passou direto pela Jussara que... que... — Damiana destampou-se novamente a chorar ao lembrar a imagem grosseira da amiga sem vida no chão.

— Shhh... Calma. Não pensa nisso agora. — Conceição afagou-lhe os cabelos com a voz adocicada, esforçando-se para tranquilizá-la.

Com as mãos impedindo o ranho de correr-lhe pelas narinas, a jovem tentou mais uma vez controlar o choro e respirou fundo, secando as lágrimas:

— Conceição...

— Oi, minha filha.

— Fala um pouco da minha mãe?

Sem Inácio para confortá-la, Damiana precisava de algo para não sucumbir totalmente ao trauma. Queria se agarrar em algo e nada serenava uma alma entristecida como as lembranças do amor materno, mesmo quando inventadas.

Conceição abriu um leve sorriso saudosista, sem interromper o afago carinhoso.

— Cansei de pentear aqueles fios cacheados. Sempre que passo a mão no seu cabelo eu me lembro dela. Seus cachos são iguaizinhos aos de sua mãe; começam lisos e vão ondulando. — Percorreu com os dedos os fios até emaranhá-los nos caracóis. — Quando você nasceu e eu te coloquei no colo da Malô ela começou a chorar. Não conseguiu segurar o pranto quando viu aquela criança linda, cheia de saúde.

Damiana esboçou uma tímida reação de alegria àquelas palavras, que, mesmo repetidas à exaustão, eram capazes de apaziguar seu coração atormentado sempre quando escutadas.

— Ela ficou bastante tempo comigo nos braços?

— O suficiente pra saber como você era importante pra ela. Sua mãe te deu um beijo gostoso e me fez prometer que não deixaria nada de ruim te acontecer. Que era pra eu te criar como se fosse filha minha.

— Vocês se conheciam antes de virem pra cá? — aventurou-se Damiana em outros afluentes daquela história, visto que Conceição parecia mais receptiva em conversar sobre o assunto.

— Ih, minha filha, eu estou servindo nesta casa faz, ó... tanto tempo que nem me lembro como é ter uma vida diferente dessa. Vim pra cá menina. Sua mãe, não. Era moça quando o senhor Batista trouxe ela. No começo achei que a gente ia se estranhar, mas a Malô era uma pessoa muito boa. Tenho saudades da sua mãe.

Mais uma vez, a fisionomia de um padecente alvejado com a flecha do luto retirou o brilho dos olhos de Damiana:

— Se não fosse por mim, ela ainda poderia estar aqui com você — remoeu, entristecida.

— Não fale essas coisas, Damiana. Você foi o maior presente que sua mãe me deu.

— Por que meu pai não fez nada? — indignou-se.

— É complicado, minha filha. Seu pai não acompanhou o parto. Nem poderia.

Conceição respirou fundo. Mesmo concordando em revelar um passado menos conhecido de sua mãe, na tentativa de afastá-la dos pensamentos infaustos daquela noite, esse era um assunto que velejava em mares mais turbulentos.

— Você fala pouco dele.

A afirmação soou quase como uma súplica desesperada para que Conceição abrisse sua urna do sigilo e revelasse tudo que sabia. Após o medo de achar que fosse morrer nas mãos do cadáver vingativo, a moça não queria partir com tantas dúvidas sobre sua origem.

— A Malô não conversava comigo disso. Era um segredo que ela guardava pra si porque sabia que estava fazendo coisa que não devia. — Trinchou-lhe a expectativa, no entanto, acobertando-se em explicações verdadeiras. — Eu desconfiava. Mas só soube mesmo depois que te tirei de dentro da sua mãe.

A mulher não encerrara a ternura da sua carícia, mas seu pensamento se desviara, por um momento, a uma época agourenta na Fazenda Capela que ela não gostava de recordar.

— O problema foi que ela se apaixonou — continuou, repelindo forçosamente aquela memória. — E como é que se fala pro coração que ele está errado? Pra esquecer alguém? Fugir de quem ele escolhe pra amar, minha filha, não é fácil.

Aqueles versos tão oportunos pesaram na consciência de Damiana. Sua mente voltou-se a Inácio e aos momentos íntimos de amor sincero que tiveram na alcova do jovem Cunha Vasconcelos. Uma lágrima escorreu de seu rosto ao imaginar-se uma vez mais acalentada nos braços amorosos do rapaz.

Ainda na madrugada, mal Jonas readquirira os sentidos e já lhe fora ordenado que buscasse alguns escravos na senzala para localizarem o corpo de Fagundes, taparem a vidraça quebrada com placas de madeira marteladas ao batente e livrarem a sala dos restos mortais de Jussara.

O corpo perfurado do peão fora encontrado não tão longe do telheiro, com a caixa torácica aberta exibindo os pulmões, enquanto a mucama morta, de feição irreconhecível, jazia inerte no mesmo ponto em que fora alvejada no rosto pela garrucha de Batista.

Sem perder a vigília sobre os negros que levantavam a carcaça da pobre criada para encaminhá-la ao cemitério atrás da capela, Jonas não tirava a mão da nuca, procurando alguma maneira de aliviar a dor da contusão que o desacordara.

O senhor da fazenda raspava suas unhas na barba curta e cerrada, matutando em silêncio sobre o relato que ouvira do filho mais velho:

— Saci?

— É o que estava escrito no chão onde é a cova do defunto — repetiu Antônio.

Batista, sem ter nenhuma base lógica para começar a formular alguma explanação que fizesse sentido para o insólito ocorrido, voltou-se ao caçula:

— Como você explica isso, Inácio?

Sem resposta. O médico formado com louros em Coimbra, abancado na poltrona com o queixo sobre o punho, não encontrava coerência que pudesse arrazoar.

— Inácio! — O pai aumentou o tom da voz, conseguindo sua atenção. — Você tem algum tipo de explicação para esse... fenômeno?

— Não. Clinicamente comprovada, não. Mas pode ter sido alucinação.

— Alucinação?!

— Uma percepção sensorial de algo que não está materialmente presente — respondeu, exibindo sua coleção de vocábulos.

— Eu sei o que alucinação significa, Inácio! — irritou-se Batista com o excesso pedante no palavreado. — Mas todo mundo viu a mesma coisa!

— Em raras situações de exaltação emotiva, pode acontecer um delírio coletivo induzido pelo poder da sugestão — insistiu o filho. — O Jonas nos contou que uma assombração os havia atacado na outra noite. Isso pode nos ter influenciado a criar mentalmente a imagem assustadora que vimos.

Antônio discordava da hipótese do irmão e foi o primeiro a desprestigiar sua teoria apressada:

— O negro virou um redemoinho de vento, Inácio! E a mula sem cabeça que eu vi andando aos tropeços na floresta?

— Estou a buscar uma explicação lógica, Antônio! — exasperou-se o jovem por saber que estava perdido. — Se queres crer que é algo sobrenatural, não serei eu a dar-te essa resposta.

Involuntariamente, a rebeldia do caçula em se recusar a acreditar no que seus olhos enxergaram acendera em Batista uma luz que iluminou um possível caminho a ser aventurado:

— Antônio! — Virou-se com ânimo para o mais velho. — Você sabe onde está exatamente essa cova do Saci?

— Sei, meu pai.

O mais novo repudiou o plano antes mesmo de escutá-lo:

— O senhor não quer que o Antônio volte à mata! — protestou.

— Não, Inácio. Mas você me deu uma ideia de quem pode resolver isso. — Revigorou-se, debruçado na esperança de que o intento imaginado daria certo.

Na senzala, após Jonas ter escancarado a porta aos brados para recolher os primeiros escravos que visse na frente, os enjaulados todos despertaram e não conseguiram mais retornar ao repouso.

Influenciado pelas mazelas da urgência, o peão falhou em nomear os melhores homens para o serviço, esquecendo de selecionar Oré, que exercia a função de coveiro com presteza incomparável. O jovem, como os demais, estava curioso para saber o motivo que fizera os brancos invadirem o alojamento na madrugada.

Entre o tintinar ruidoso dos tornozelos acorrentados, os homens trocavam presunções absurdas, mas nenhuma chegava aos pés da quimera que invadira a realidade. Quando a chave tornou a girar a tranca da prisão, os negros se aquietaram. Jonas conduzira de volta aos seus lugares os escravos imundos de terra da necrópole e os prendera devidamente nas correntes antes de retornar à casa-grande.

Os recém-chegados estavam com as mãos manchadas de sangue e nem precisaram ser interrogados para relatar o que viram. Os sudaneses de dialeto iorubá arregalavam os olhos com a história sendo contada, enquanto os negros da região central africana, de cultura banto, como Akili, estavam perdidos.

O velho reparou no jovem Oré, algumas correntes à sua frente, de semblante abismado, ouvindo com extrema atenção a narrativa dos homens. Ele não piscava e seus lábios grossos não se encostavam, tamanho o espanto com que escutava.

— Oré! — Akili o chamou, conseguindo fazê-lo virar o rosto sem que seus ouvidos perdessem a atenção nas palavras sendo ditas.

Uma simples expressão de dúvida do velho foi suficiente para que o rapaz começasse a traduzir o iorubá para o português.

— Um escravo invadiu a casa-grande... — começou, vertendo os trechos mais importantes da conversa conforme ele ia acompanhando. — Vidro quebrado pelo chão, sangue nas paredes...

Naquele momento não havia quem não estivesse totalmente envolvido pela história. Akili observou que todos os homens da senzala estavam atentos ao ocorrido.

— Ele matou um branco... — disse Oré com um frio na espinha, e aguardou o nome para transmitir aos demais escravos, que estavam tão ansiosos quanto ele. — O Fagundes!

Urros de celebração na senzala. O ambiente desonroso que os oprimia com a lembrança de uma vida de suor e estrias de sangue nas costas foi tomado por sorrisos de alforria. Alguns dos escravos que sofreram nas mãos sádicas do peão mais truculento da fazenda se abraçaram e até chegaram a verter algumas lágrimas inesperadas pelo sentimento inédito de esperança.

— Os brancos chamaram o escravo de Saci — continuou Oré.

— Saci? — estranhou Akili, interagindo pela primeira vez na conversa.

— "É um guerreiro que vem da mata..." — Oré traduzia os sudaneses. — "Ele veio pra acabar com essa nossa vida de escravidão"... "Não precisamos mais aguentar a opressão dos brancos"...

O discurso de rebeldia aumentava seu tom e encontrava respaldo em brados aguerridos. O anseio da insurreição era dividido por todos os que ouviram com ânimo exaltado a história do corajoso Saci e sua luta contra os senhores de Capela.

Oré virou o rosto para Akili e o encarou com espanto, revelando a evidente conclusão ao sermão revoltoso:

— Eles estão querendo fugir!

Nenhuma surpresa modificou a fisionomia do velho. Entretanto, o sorriso acintoso que curvou os seus lábios e lhe rugou mais a pele indicava que era aquilo que esperava ouvir. Em suas mãos, os instrumentos utilizados por Sabola para desprender-se das correntes corriam-lhe entre os dedos.

10.

NA FATÍDICA MANHÃ QUE SUCEDEU A INVASÃO DO morto-vivo, nenhum homem marchou até a senzala para perpetrar o sofrimento da labuta braçal aos escravos. O sol já aquecia o canavial com seus raios impiedosos, mas não havia movimentação na área externa da estância. A roda do moinho não girava para extrair a garapa e o zunido das foices talhando incessantemente os gomos da cana não ousava se confundir ao canto silvestre dos pássaros.

Uma sensação de completo abandono parecia tomar conta da fazenda. Naquele dia, nem as rapaduras ou cumbucas de canjica foram entregues aos negros. Os Cunha Vasconcelos, juntos ao único peão sobrevivente da fazenda, passaram a noite em claro apurando providências que poderiam garantir sua sobrevivência.

Os vermes das varejeiras em seu terceiro estágio larval enterravam-se na perna de Sabola, pendurada sob o portal no começo da tarde. Jonas, em uma charrete puxada pelo cavalo mais veloz, cruzou apressado o membro amputado em direção ao centro sem nem sequer notar o odor que exalava da carne deteriorada exposta ao calor. Ele corria com a função de ir até a cidade pela estrada de terra em busca de alguns homens armados para participarem do plano arquitetado pelo senhor do engenho.

Encontrar pistoleiros e convencê-los a fazer parte de uma ofensiva na floresta foi mais difícil do que imaginara. A quantia de moedas que Batista dispusera para trazê-los era generosa, mas muitos negavam, alegando pretextos claramente mentirosos. O peão de confiança dos Cunha Vasconcelos precisou se aventurar no antro de bandidos e alcoólatras para convencer um número reduzido de voluntários que não tinham nada a perder.

Assim que retornou ao final da tarde com os homens na pequena carruagem e os enfileirou lado a lado no terreno em frente à casa-grande, chamou Antônio para avaliá-los antes de partirem na odisseia.

A decepção nos olhos do feitor era visível ao examinar, de cima a baixo, os jagunços contratados. Os homens de postura desleixada e quase debilitados de tão magros não pareciam preparados para um combate. Antônio chamou Jonas de lado e o repreendeu sem que os pistoleiros ouvissem:

— Pedi pra me trazer o melhor capitão do mato e você me traz três mortos de fome?!

— Tem um boato na cidade de que a floresta aqui da fazenda está assombrada. Os empregados do Oliveira fizeram o favor de espalhar como encontraram o Irineu. Pouca gente tem coragem de se arriscar na mata agora. Esses três só vieram porque não chegou aos ouvidos deles a morte do Alvarenga e do Fagundes.

Sem alternativa, Antônio os analisou novamente com exigências menos criteriosas e olhou descontente as carabinas enferrujadas que portavam nas bandoleiras.

— Então eles vão ter que servir — validou a escolha por falta de opção e voltou-se para Jonas. — Entendeu onde que é?

— Seguir pela esquerda depois da porteira e entrar na trilha dos burros até chegar ao bambuzal — repetiu o trajeto indicado para chegar ao local da cova clandestina.

— É pra ficar lá só o tempo suficiente pra fazer a reza. Não quero você se arriscando! Já perdi peão demais.

— Vou apressar o homem no que ele tiver que fazer, patrão.

O ruído de um veículo rústico trepidando ao se aproximar pelo terreno irregular de acesso à estância acusou a chegada do padre Silva. Enquanto Antônio se posicionava para recebê-lo, Jonas se adiantou a ajudá-lo com as rédeas do cavalo, parando sua charrete para que o pároco pudesse descer.

— Deus te abençoe, meu filho.

— Deus te abençoe, padre...

— O rebanho de ovelhas negras já está na capela? — ironizou ao sair totalmente do carro e desamassar a batina com as mãos.

— Hoje não vai ter missa.

— Não vai ter missa? — estranhou.

A porta do casarão se escancarou de repente e Batista apareceu sorrindo, de braços abertos, cruzando a varanda em direção ao sacerdote.

— Padre Silva! Deus o abençoe — cumprimentou-o festivamente.

— Deus te abençoe, Antônio Batista. Seu filho me diz que não faremos a celebração, é verdade?

— Sim, padre. Hoje os escravos nem saíram da senzala. Mas não pedi ao Jonas que avisasse o senhor porque sua visita não seria perdida. Tenho um favor que gostaria de pedir ao reverendo.

— E qual seria?

O homem passou o braço sobre os ombros do religioso e caminhou amigavelmente com ele em direção ao terraço, murmurando em seus ouvidos:

— Estamos com uma questão muito delicada em nossa casa e acredito que o senhor possa nos ajudar.

— Pois diga — prontificou-se o padre na melhor das intenções. — Jamais negaria qualquer auxílio a um membro de minha congregação.

Batista desvencilhou-se do pároco e caminhou alguns passos solitários à sua frente, inseguro quanto a como deveria abordar o assunto por saber que era um tanto inverossímil.

— O reverendo sabe do infortúnio que acometeu o meu empregado Irineu — proferiu de costas para o homem.

— E que Deus o tenha. Aguardarei o senhor e seus filhos lá na matriz para a missa de sétimo dia do pobre rapaz.

— Pois então, padre. — Batista se virou para ele, mas ainda receoso. — Estão acontecendo umas... *estranhezas* aqui na fazenda e acho que o senhor poderia resolver o assunto.

— Se estiver dentro da minha capacidade permitida pelo Nosso Senhor...

Um sorriso fingido cobriu o rosto do patriarca dos Cunha Vasconcelos, que ficou um tempo em silêncio, olhando a grama por baixo de seus pés. Acabrunhado pelo que estava prestes a revelar, não sabia como fazer o pedido sem parecer absurdo. Falhando em encarar o sacerdote, aproximou-se em uma marcha pachorrenta com uma das mãos atrás do corpo e o dedo indicador da outra batendo nos lábios. Abandonou o trejeito involuntário quando ficou a poucos passos do visitante e levantou o rosto com o semblante seríssimo.

— Padre Silva... eu sei que não é fácil acreditar no que eu vou lhe falar. Mas o reverendo sabe que não sou homem de falsidade.

— Logicamente que sei. E nem há necessidade de o amigo me lembrar disso.

— Garanto que só vou confidenciar isso ao reverendo porque vi com meus próprios olhos! — clamou perdão antes do crime.

— Muito do que nos parece estranho encontra sentido no Evangelho. Diga-me o que o aflige.

Batista não se convencia com frases religiosas prontas que serviam apenas para apaziguar receios ingênuos de um rebanho fervoroso. Contudo, precisava apresentar motivos para fazer o pedido e, após muito rodear, foi ao cerne da questão:

— A fazenda está sendo assombrada.

O padre não teve certeza de haver escutado direito. Sem esboçar uma reação imediata, virou o rosto e fechou de leve os olhos para tentar aguçar a audição:

— Assombrada? — repetiu.

— É, padre. O diabo se apossou do cadáver de um escravo e ele está se levantando de madrugada pra atacar a fazenda.

O clérigo nem sabia por onde começar a demonstrar sua descrença naquela história:

— Antônio Batista...

— Eu sei, padre, eu sei! — interrompeu-o antes que começasse uma falação sobre a inexistência de fantasmas. — Já passei por tudo isso que o senhor está passando, mas juro pelo que houver de mais sagrado em minha vida que não estou lhe mentindo!

— Jamais insinuaria isso de um fiel em busca de auxílio. Acredito que possa ter visto algo. Questiono apenas... — procurou a melhor palavra para não soar injurioso. — ... o *estado* em que o amigo se encontrava quando viu a tal aparição.

Apesar do cuidado com o vocábulo escolhido, a indireta foi bastante clara e Batista prontificou-se a rebatê-la com propriedade:

— Se está insinuando que eu estava de fogo, o reverendo se engana.
— expôs no tom de voz seu incômodo com a sugestão.

— Mas então asseguro que deve haver qualquer outra explicação
— argumentou o padre sem abandonar a compostura sóbria de um
homem de Deus. — Não são assim tão raros os fiéis que me procuram
para benzer suas casas depois que veem um objeto se movendo na prateleira, para então descobrirem que foi apenas uma corrente de vento que
entrou pela janela.

— Não estou falando de livro caindo de estante, padre Silva! Estou
falando de assombração com o rosto ensanguentado, os dentes todos
babados e uma peixeira enferrujada de meio metro na mão! — alterou-se
por não gostar de ser tratado como uma criança inventando mentiras.

O sacerdote cristão via a seriedade nos olhos de Batista, mas não concebia a ideia de uma alma amaldiçoada caminhando entre os vivos para
assombrá-los com visões do inferno.

— Acho que o amigo está precisando ganhar alguns netinhos para
contar histórias — sugeriu de modo amistoso, muitíssimo preocupado
com o estado mental do homem.

— É verdade, padre. — Aproximou-se o filho mais velho de Batista
para confirmar a história. — Não foi só o pai que viu. Eu cheguei a atirar
no desgraçado a menos pegadas que estou aqui do senhor. O Jonas pode
mostrar onde foi acertado na nuca com um pedaço de pau. Chegou até a
desfalecer no meio da sala.

Confrontado por duas vozes, o religioso ainda não acreditava no
acontecido, mas atentou ao triste fato de que a insanidade pudesse ser um
mal de família. Ao dobrar o tronco para o lado, a fim de conferir o peão
que segurava seu cavalo, pôde notar a forte contusão arroxeada na lateral
de seu pescoço.

— Se é de prova que o reverendo precisa — prosseguiu Batista —, eu
tenho o corpo de um homem para lhe mostrar.

— Um… um corpo? — apavorou-se o padre.

— As costas do meu empregado Fagundes foram atravessadas pela
peixeira da assombração, e ele ainda foi puxado da janela. — apontou-lhe
a vidraça estilhaçada, coberta com tábuas velhas pregadas ao batente.
— Isso na frente de todo o mundo. Encontramos o coitado arrastado a uns

dez metros da varanda, com o peito todo aberto. Se o reverendo se interessar em ver...

— Não... não será necessário — negou de maneira nervosa. A carcaça destroçada de um homem não era uma imagem que suportaria ficar encarando. A estátua de Cristo crucificado, com sua coroa de espinhos sangrando a testa, era a figura mais cruenta que aguentava admirar.

— A fazenda está parada. Não tenho homens suficientes pra cuidar dos escravos e não posso ficar esperando essa assombração matar meus empregados. Foi por isso que mandei chamar o reverendo. Só um homem como o senhor pra acabar com essa maldição.

— Um... um homem como eu? — O padre se amedrontou ao imaginar qual seria o seu papel após o relato truculento.

— Ora! Se tem um espírito do demo assombrando minha fazenda, quem melhor do que um ministro de Deus pra tratar do assunto?

O padre Silva ficou apreensivo. Era inegável que a história se acobertava em minúcias que certificavam o acontecimento como algo realmente estranho. Na tentativa de evitar o favor que lhe seria pedido, adiantou-se numa sugestão que o isentasse de outros empenhos:

— Claro. O amigo fez bem em me procurar. Colocarei o sobrenome da sua família na minha oração desta noite e tenho certeza de que Deus escutará meu pedido de proteção. — Sorriu com a prepotência de um homem crente em ser um canal direto com o divino. — E posso benzer a casa do amigo, se também quiser.

— Apenas se não incomodar o padre — agradeceu Batista com um ar jocoso de falsa satisfação.

— Lógico que não. Não será problema nenhum.

— Agradeço muito a prontidão do reverendo.

— Tudo para proteger os membros de minha paróquia — disse enquanto revirava os bolsos da batina em busca de uma pequena garrafa de vidro com água-benta.

Batista, percebendo o nervosismo do eclesiástico, resolveu libertá-lo da procura desnecessária:

— Acontece que eu pensei numa ação mais... "vigorosa". Sabe, padre?

As mãos do sacerdote pararam de sacudir os bolsos e ele olhou surpreso para o homem:

— "V...vigorosa"?

— Pois é. Cismei com essa ideia e quero que o padre faça a gentileza.

— E qual... qual seria essa... "gentileza"? — temeu perguntar.

— O senhor vai entrar na mata e esconjurar a alma penada daqui!

O religioso já havia percebido que proferir algumas poucas palavras e esborrifar o líquido bendito nas paredes não seria suficiente para poder ir embora. Ainda assim, aventurar-se entre as árvores num ambiente selvagem não estava na sua lista de esforços.

— Na... na mata? — Arregalou os olhos.

— É o único jeito, padre. O Antônio encontrou a cova do morto e os homens vão levar o senhor até lá.

Uma sensação agoniante tomou conta de seu corpo, estremecendo-lhe as pernas. Não estava preparado para enfrentar uma epopeia que o apavorava com perigos de morte. Ainda mais para salvar a fazenda de um devoto com uma história mirabolante de assombração.

— É melhor irem andando pra não correr o risco de anoitecer — concluiu Batista, e virou-se para voltar a casa.

O padre, temendo por sua vida, correu na frente do fazendeiro e interrompeu-lhe o caminho:

— Com licença, Antônio Batista, mas eu prefiro retornar à cidade primeiro para... para... me preparar devidamente.

— Besteira, padre. O senhor tem tudo aí nos bolsos. Vai lá e solta uma reza braba que depois a charrete leva o senhor pro centro. — Sorriu e retomou o caminho, desviando-se do homem, mas foi de novo obstruído antes de alcançar os degraus do telheiro.

— Senhor Batista... a verdade é que eu não me sinto... "à vontade"... caminhando por essa mata.

— Quanto a isso, o reverendo fique tranquilo. Pedi ao meu filho que arranjasse os melhores homens da cidade pra zelar pela sua segurança. Não é, Antônio?

— Os melhores, padre — confirmou com as mãos escondidas nos bolsos, acompanhado de uma certeza questionável no rosto.

O pároco acobardado espiou os homens enfileirados no terreno e viu que um deles cutucava o nariz enquanto outro parecia ter saído recentemente de uma embriaguez. Engoliu saliva, extremamente descrente de suas qualidades.

— Além do que — lembrou-lhe Batista —, o senhor já está bem protegido com a Graça Divina. A fé que o senhor carrega deve ser proteção mais do que suficiente.

— O amigo me perdoe, mas... mas o senhor quer que eu faça um... um exorcismo! — Forçou-se a encontrar algo que pudesse abraçar para não ser arrastado na obrigação da tarefa. — Eu não posso conduzir uma ação como a que está me pedindo sem a permissão expressa de um bispo. Mesmo que seja num defunto, a possessão demoníaca precisa ser confirmada antes de levar esse assunto ao clero. — Debruçou-se na burocracia cristã, confiante de ser livrado do pedido.

— Nesse caso, não encare como sendo isso que o senhor falou — o grão-senhor rebateu, tirando-lhe o alento da esperança. — Em vez de rezar uma missa aqui na capela, reza ela lá na frente da cova do defunto e coloca uns "vai embora, em Nome de Deus!" — zombou.

— Desculpe, senhor Batista, mas posso ser expulso da Ordem se descobrirem que invoquei o nome de Jesus Cristo e de todos os anjos para enfrentar uma possessão.

— Ninguém vai contar, padre.

— Eu jamais poderia ferir o oitavo Mandamento Sagrado!

— Ninguém está pedindo isso pro senhor. Nem dá pra matar um defunto!

— Esse é o quinto! — Irritou-se com a confusão dos preceitos revelados por Moisés. — Estou falando que não levantarei falso testemunho!

Apesar do discurso fervoroso, estava claro que não era a moral que o impedia de auxiliar um membro da sua paróquia, mas, sim, o medo. E o medo é uma manifestação inquietante capaz de barrar qualquer intento.

Batista ficou em silêncio. Se a proteção de homens armados e a fé no Todo-Poderoso não eram suficientes para o homem se sentir amparado, teria de abordar um ângulo mais atrativo.

— Da última vez que fui a uma missa do senhor lá na cidade, reparei que o templo estava com as telhas quebradas... — pensou em voz alta, aproximando-se do padre.

— De fato estão — confirmou, sem entender o propósito da observação.

— Imagino que não as tenham consertado.

— Ainda estamos arrecadando doações para a reforma.

— Pois faça este pequeno favor para mim que dou um novo telhado para a igreja. — Batista sorriu, oferecendo uma ajuda generosa como suborno.

A troca de favores pareceu atraente ao homem de Deus, que, arrostado pelo pecado da avareza, sucumbiu aos encantos do capeta quando percebeu que poderia negociar a propina.

— Eu gostaria muito de ajudar o amigo, mas não posso arriscar perder a batina por um telhado enquanto a sacristia continua com os armários apodrecendo.

— Novos armários para a sacristia serão uma doação minha à igreja. — Batista aceitou os termos e ainda ampliou a oferta: — E mando passar uma mão de tinta nas paredes.

— Acho que vai precisar de duas — barganhou o padre.

Seguido de um breve silêncio, o fazendeiro abriu um sorriso e levantou a mão para selarem o acordo, recebendo o cumprimento desconfiado do sacerdote:

— Ficarei aguardando o reverendo voltar para acertarmos os detalhes. Se não puder expulsar o diabo, prenda ele de alguma maneira pra que não levante mais do chão. — Largou o cumprimento e tomou o rumo da mansão. — Antônio!

Acompanhado do filho mais velho, Batista já entrava na casa quando o padre Silva resolveu indagar sua nova apreensão:

— O Antônio não vai?

— Não vou, padre — respondeu o próprio, sob a ombreira. — Os homens vão guiar o senhor. Mas não fique preocupado. Eu coloco seu nome na minha oração — zombou, imitando sua inútil tentativa de escapar da tarefa.

Antônio fechou a porta às suas costas e deixou, sem cerimônia, o padre com Jonas e os jagunços.

No corredor da entrada que ligava os ambientes da mansão, Inácio aguardava ao pé da enorme escada de madeira para conversar com o pai, que se dirigia rapidamente à sala de estar.

— Preciso falar com o senhor, meu pai.

— Achou alguma coisa nos seus livros que explique como pode um defunto estar caminhando? — inquiriu, arrogante, sem diminuir o passo, esperando que o caçula o acompanhasse.

— Ser for algo diferente da explicação que já te dei, a medicina ainda não encontrou. O assunto é outro.

— Então diga logo, porque preciso ver quanto vou ter que levantar pra pagar ao padre Silva — respondeu injuriado, abrindo a porta do cômodo onde havia acontecido o massacre.

— Queria perguntar ao senhor sobre Damiana.

Ao pisar no tapete com respingos secos do sangue de Jussara, Batista virou-se para o filho e aguardou com impaciência.

— Em particular — determinou Inácio ao notar o irmão já apoiado sobre a bancada da lareira, servindo-se de uma dose de cachaça.

Com um movimento de cabeça imperativo, Batista ordenou que o filho mais velho os deixasse a sós.

Apesar de contrariado, Antônio fechou a garrafa sem degustar da bebida e passou pelo caçula acenando negativamente o rosto numa expressão de desdém, como se quisesse provocá-lo.

Inácio percebeu a clara intenção do mais velho em demonstrar que sabia de algo fora do seu conhecimento. Porém o jovem estava certo de ter descoberto o segredo da família e chegara o momento de conseguir tal confirmação.

Com o olhar, ele acompanhou em silêncio os passos do irmão até a saída e aguardou que estivesse devidamente encarcerado com o pai num ambiente sem ouvidos intrometidos.

— Aquele dia no meu quarto — iniciou com as pistas que o guiavam à interpretação —, disseste que tua preocupação era que nenhum filho teu se apaixonasse por alguma escrava.

— Sim, meu filho. E repito tudo que eu disse!

— Mesmo assim, me ofereceste a Jussara sem se importar que talvez eu pudesse ser enfeitiçado por seus encantos.

— Conhecia bem os agrados da criada. Ela não ia se prestar a nada mais que abrir as pernas do jeito que você mandasse.

— Mas quem poderia garantir ao senhor que também não seria assim com Damiana? Sua maior apreensão era que eu me deitasse com ela. Eu gostaria de saber o motivo.

Batista respirou fundo e tentou fugir da indagação do filho, mostrando-se nervoso ao dar-lhe as costas para buscar o seu caderno de anotações.

— Isso não é hora, Inácio! A fazenda está sem produzir, não temos homem nenhum pra vigiar os escravos e você fica aí preocupado com rapariga?!

— Podíamos ter morrido na noite passada, meu pai. — Inácio conservou-se sereno, mas ávido pela verdade. — Não quero arrastar para o túmulo a dúvida que tenho.

Cansado de discutir, o patriarca suspirou e tornou a se virar de frente para Inácio:

— O que quer saber, meu filho?! Pergunte logo, porque não tenho tempo pra ficar de adivinhação.

O jovem não queria se desentender com o pai, mas, para chegar ao ponto central da inquisição, julgava necessário expor os afluentes que navegara para dar a ele uma chance de prever aonde a conversa desaguaria, caso preferisse se manifestar sem ter de ouvir detalhes que soariam embaraçosos.

— Eu sei sobre a tua escrava — Inácio revelou, endireitando o corpo e arrumando o traje, acanhado de tratar daquele tipo de assunto com o pai.

— Que escrava? — indagou Batista.

— A que cumpria uma função que deveria ser apenas de minha mãe.

Batista parecia realmente em dúvida quanto a qual criada o filho se referia, revelando-se um bom intérprete na arte da mentira ou um abusador de negras, dado que sempre se gabara de ser um homem dotado de larga memória.

— Do que você está falando, Inácio?!

O aparente cinismo do pai excedera o limite, e a placidez do rapaz foi esmagada pelo peso de uma exaltação furiosa.

— O senhor a culpa por ter abandonado esta família, mas se a Damiana é fruto dos votos matrimoniais que quebraste, deste razão para que ela fosse embora!

Batista precisou de um tempo para digerir a acusação:

— Você... você está achando que a Damiana é minha filha?! — indagou, abismado, tendo como reposta um silêncio confirmatório de Inácio.

— Cometi erros gravíssimos com a sua mãe, mas nada, NADA tão... tão... *baixo* quanto ter uma filha crioula!

— O motivo pelo qual não queres que eu me deite com a Damiana não é por ela também ser sangue teu?

— Não, Inácio! — esbravejou a plenos pulmões. — Pouco me importa essa escrava! Só permiti que a Conceição a criasse aqui na fazenda pra eu usá-la como mucama assim que tivesse idade pra segurar uma vassoura! De jeito nenhum que vou querer essa escrava se engraçando com um Cunha Vasconcelos!

Palavras ásperas de um homem que não dava valor à vida alheia saíram da boca do pai, mas trouxeram alegria à alma atormentada de Inácio. Seus receios de incesto esvaeceram na fantasia de que poderia ter Damiana em seus braços novamente.

Ao ver o caçula com o olhar distante, imerso em devaneios particulares que não conseguia decifrar, Batista se aproximou do rapaz, incerto de se ele havia recebido aquelas letras como verdadeiras. O patriarca segurou-lhe o rosto com as mãos, encarando-o no fundo dos olhos para ter sua total atenção e confiança nas palavras que diria:

— Eu me preocupo é com você, meu filho! — declarou com a franqueza de um pai protetor. — Esse seu desejo pela Damiana vai passar, mas o sofrimento que pode vir depois, caso faça algo de que se arrependa, talvez nunca vá embora. Confie no seu pai. Você era muito novo pra lembrar de certas coisas que aconteceram nesta casa e... desenterrar o passado não te trará bem nenhum. É melhor deixar as coisas do jeito que estão. Hum? — concluiu amigavelmente, colocando as mãos sobre os ombros de Inácio, aguardando seu consenso.

Mesmo tendo conseguido a reposta que buscava, ainda havia questões incomodando o jovem herdeiro. Remoer histórias antigas da fazenda nunca foi uma obsessão, mas desde que Antônio o provocara por sua incapacidade de lembrar os primórdios da infância, no dia em que fora espancado tentando salvar a vida de Akili, algo pareceu remexer na caixa de Pandora dos Cunha Vasconcelos. A tentativa de mantê-la fechada havia sido feita por Conceição, quando ele a confrontara sobre a linhagem de Damiana e, agora, seu pai aparentava demonstrar um esforço semelhante para não permitir que um mal irreversível fosse libertado.

Inácio poderia tentar escavar tudo aquilo que o intrigava, mas nem mesmo o próprio rapaz sabia aonde queria chegar e, sem uma teoria contrária, não tinha como fazer as perguntas certas. Assim, aceitou a explicação do pai, pois, naquele momento, o que mais lhe importava era correr à amada e implorar seu perdão.

Desconfiado da aceitação hesitante do filho, Batista sorriu com uma tristeza amarga, incapaz de esconder seu desengano:

— Vejo em você muito da teimosia da sua mãe, Inácio. Não posso dizer que isso me deixa alegre. — Acresceu uma crítica ao sermão e voltou a procurar seu conjunto de folhas onde guardava os registros financeiros.

Por mais aguda que seja uma inquietação, ela fraqueja na urgência de um coração alvejado pela flecha envenenada de um cupido. Inácio controlou a afobação em abandonar a sala para não evidenciar seu destino, mas, logo que fechou a porta da sala, correu em busca de Damiana.

A garota, ainda abatida com os acontecimentos funestos ocorridos na madrugada, terminava de limpar o aposento das criadas quando Inácio abriu a porta de supetão, com o rosto coberto em arrependimento.

Ele ficou parado na entrada, inseguro e sem palavras que pudessem expressar o seu remorso. Mas Damiana não queria explicações nem revidar a dor do repúdio. Ansiava apenas pelo conforto do seu abraço, e nisso não ficou desamparada.

Ao vê-la sorrir, acompanhada de uma lágrima riscando-lhe a face, o jovem correu para que seus lábios reencontrassem o que haviam perdido. Seus braços a envolveram por inteiro, como se a prendessem num cárcere amoroso, e, naquele beijo apaixonado, prometeu a si mesmo jamais a abandonar.

Inácio deitou sobre ela na estreita cama encostada na parede e acomodou-se entre suas pernas para fruírem o ardor do sentimento carnal.

Sem protestos, Damiana aceitou suas carícias no lugar de um pedido de desculpas e avançou em seu desejo lúbrico ao desabotoar-lhe a camisa para seus corpos nus transpirarem na alcova.

O sol estava tímido quando Jonas e os pistoleiros que escoltavam o padre Silva finalmente se aproximaram do bambuzal descrito por Antônio. Durante todo o trajeto liderado pelo peão, o sacerdote caminhara abraçado a uma Bíblia recostada no peito, rogando proteção aos céus, com os homens armados, sem nenhum tipo de formação organizada, caminhando logo atrás, vigiando as laterais.

Os raios luminosos que ainda atravessavam as folhas das árvores na floresta facilitaram a identificação dos troncos de bambu à distância. Contudo, a comprovação de estarem no local correto veio apenas após se depararem com um cadáver próximo à cabeça apodrecida da mula. O reverendo fez um sinal da cruz ao ver o corpo.

— Deve ser aí, padre. — Jonas apontou-lhe a terra remexida do que parecia ser a cova do escravo.

— Quem... quem é o defunto? — indagou assustado, arrependido de ter concordado em esconjurar o suposto fantasma.

— É o Alvarenga. Ele veio ontem com o Antônio — respondeu o peão com sua afamada frieza, sem manifestar nenhum pesar pelo colega assassinado.

Ele se virou para os jagunços e os viu também espantados com o morto. Naquele momento perceberam o real perigo daquilo em que haviam se metido.

— Abram espaço pro padre! — Jonas ordenou, sem que houvesse uma reação imediata ao comando dos homens atônitos, que precisavam de um estímulo que compreendessem. — Maior o tempo que ficarem aí parados, mais demorado vai ser pra receberem o acertado.

Como seriam pagos apenas no retorno, poderiam desistir, mas a quantia oferecida pelo serviço equivalia a mais de uma semana na labuta. Restou-lhes obedecer para saírem de lá o mais rápido que pudessem.

O mais forte pegou Alvarenga pelos braços e os outros dois agarraram as pernas e afastaram a carcaça da passagem, jogando-a para o lado de maneira desrespeitosa, e retornaram apreensivos para trás do religioso.

Ciente do perigo de ficar naquela floresta assombrada, Jonas apressou o reverendo:

— Vai logo, padre, senão escurece.

Nervoso, o sacerdote não parava de suar sob a obrigatória batina preta de manga longa. Respirou fundo, tentando engolir o medo, e caminhou vagarosamente em direção à tumba amaldiçoada, proferindo uma reza sem se desprender da Bíblia Sagrada bem agarrada ao coração:

— Deus Pai, Todo-Poderoso, Senhor do Universo, me guarde e me proteja. Que os santos, pilares de eterna luz, ceguem meu inimigo para que não me veja e atem suas mãos para que não me alcancem. Que os anjos zelem por mim e derramem sobre mim suas bênçãos.

Ao chegar ao pé da cova, parou e olhou para o lado. O cadáver de Alvarenga, com os globos oculares opacos e vidrados na expressão máxima de horror, o encarava de boca aberta, expondo a língua azulada para fora. O padre respirou fundo, fechou os olhos e buscou um crucifixo de madeira na algibeira amarrada ao cinto do uniforme para iniciar o ritual.

— Em nome do Pai, do Filho e do Espírito Santo. — Completou o sinal da cruz ao ajoelhar-se na terra. — Grande e glorioso príncipe dos exércitos celestes, São Miguel Arcanjo, defendei-nos. Para nós a luta não é contra a carne e o sangue, mas sim contra as potestades, contra os poderes mundanos destas trevas, contra os espíritos da maldade celeste.

A imponência do Evangelho cristão era escutada com curiosidade pelos jagunços, que nada entendiam das palavras, mas agradava-lhes a sonoridade do mantra. Jonas não prestava atenção à prece. Estava preocupado com o cair do sol e vigilante a tudo que pudesse se mover entre os arbustos.

— Vinde em auxílio dos homens que Deus fez à Sua imagem e semelhança — continuava o padre — e resgatou com grande preço da tirania do Demônio. É a Vós que a Santa Igreja venera como seu guardião e patrono, Vós a quem o Senhor confiou as almas resgatadas para as introduzir na felicidade celeste.

Um intervalo de silêncio. Jonas, reparando no beato prostrado sem proferir seus vocábulos doutrinantes, adiantou-se a ir levantá-lo, imaginando que tivesse terminado o exorcismo.

— Suplicai ao Deus da Paz — berrou o padre, compenetrado em sua oração, assustando o peão, pego de surpresa — que esmague Satanás sob os nossos pés a fim de lhe tirar o poder para prejudicar a Igreja. Apresentai ao Altíssimo as nossas orações para que depressa desçam sobre nós as misericórdias do Senhor. E sujeitai a antiga serpente para a lançar acorrentada nos Abismos, de modo que não possa, nunca mais, seduzir as nações.

Suas mãos apoiaram-se na terra para auxiliar os joelhos cansados a levantá-lo diante do sepulcro.

— Terminou? — indagou-lhe Jonas, apreensivo.

— Isso foi só uma oração ao Arcanjo Miguel — o padre explanou o rito, chacinando-lhe a expectativa de irem embora de imediato.

— Então anda logo, padre!

Não bastassem os perigos da floresta para atormentarem o pároco e a falta de um coro beato para repetir suas palavras de esconjuração, a pressão do peão em acelerar um ritual não ajudava. Se estivessem sob um teto cristão, seria mais fácil expulsar o espírito do inferno. Mas era inviável ao sacerdote exigir o resguardo de uma pequena capela. Suas rezas teriam que soar ao ar livre, longe de uma casa onde a presença de Deus impedisse o Diabo de coabitá-la.

Após tomar fôlego, levantou seu crucifixo em direção à cova:

— Em nome de Jesus Cristo, nosso Deus e Senhor, com a intercessão da Imaculada Virgem Maria, Mãe de Deus, de São Miguel Arcanjo, dos Santos Apóstolos Pedro e Paulo e de todos os santos, apoiados na autoridade sagrada da Santa Igreja Católica, nós empreendemos, com confiança, a batalha para afastar os ataques e as emboscadas do Demônio.

O rito de esconjuro começara. Palavras fortes para assustar os demônios ecoavam na mata, amparadas pela voz devota de um ministro de Deus. O padre interpretava com alento o seu papel de expulsor sob a égide divina, entoando o vocábulo sagrado como se pregasse a uma multidão.

— Levante-se o Senhor e sejam dispersos os seus inimigos! Fujam diante d'Ele aqueles que O odeiam! Desvaneçam como se desvanece o fumo. E como se derrete a cera ao fogo, assim pereçam os pecadores diante do rosto de Deus. — continuava de olhos fechados, imerso cada vez mais em sua crença. — Nós te exorcizamos, espírito imundo, potência satânica, invasão do inimigo infernal, legião, reunião ou seita diabólica. Em nome e pela virtude de Nosso Senhor Jesus Cristo, que sejas desarraigado e expulso da Igreja de Deus, das almas criadas à imagem de Deus e resgatadas pelo precioso Sangue do Divino Cordeiro. Desde este momento, não te atrevas mais, pérfida serpente, a enganar o gênero humano, perseguir a Igreja de Deus e sacudir e joeirar como o trigo os eleitos de Deus.

Os jagunços, certos de não serem pessoas imaculadas, foram afetados pelas palavras do padre. Em silêncio, reviravam seus pecados, acompanhando o rito que parecia delatar os demônios da alma humana, e deixaram por alguns momentos a vigília para buscarem o perdão de Deus.

Nem mesmo Jonas resistira à força do Evangelho proferido com tamanho entusiasmo. Perdido por um breve momento em seus arrependimentos particulares, deixou de notar a estranha movimentação que remexia a vegetação.

Foi o barulho de um galho seco estalando que o retirou imediatamente do transe para deixá-lo atento às proximidades. Conferindo os rostos dos homens às suas costas, notou que apenas ele ouvira o ruído. Nada na floresta tremulava, a não ser um estranho arbusto que terminava de balançar.

Qualquer ameaça deveria ser contida para não interromper o exorcismo, mesmo que fosse um animal selvagem em busca de alimento. Jonas voltou a acompanhar a prece, mas sem desviar a atenção dos possíveis perigos que os rondavam.

— O Deus Altíssimo ordena-te, Ele, ao qual, na tua grande soberba, presumes ainda ser semelhante. Ele "que deseja que todos os homens se salvem e conheçam a verdade"... — Nesse instante, o padre retirou do bolso da batina seu frasco de vidro com água-benta. Na rolha de cortiça que tampava a pequena garrafa estava riscado em preto o desenho sacro de uma cruz. Ele destampou o recipiente e, com o indicador pressionando o seu bocal, proferiu com propriedade: — O Deus Pai ordena-te! — Começou a borrifar suas gotas sagradas sobre o túmulo do cadáver possuído. — O Deus Filho ordena-te! O Espírito Santo ordena-te! O Cristo, Verbo

Eterno de Deus feito carne, ordena-te! Ele, que para salvação da nossa progênie perdida por tua inveja se humilhou. Ele, que edificou a Sua Igreja sobre pedra firme e prometeu que as portas do inferno não prevaleceriam jamais contra ela.

O sacerdote ungia o sepulcro maldito inteiramente absorto na função de esconjurar o espírito demoníaco que supostamente animava a carcaça sem vida do escravo. Nada o tirava de sua conexão com o divino.

De súbito, Jonas escutou mais um barulho entre as folhagens ao seu entorno. Seus olhos caíram de imediato sobre o berço do ruído e repararam nas folhas acenando como se tocadas pelo vento, apesar de ser um fim de tarde livre de aragem. Um novo som repercutiu na esquerda e, ao virar o rosto, o peão pôde entrever um vulto negro passando rapidamente entre os troncos das árvores.

Os jagunços também perceberam a estranha movimentação que os circundava e se prepararam para combater a ameaça.

— O sinal sagrado da cruz ordena-te... — gritava o vigário, aspergindo água-benta sem notar o perigo, quando Jonas o agarrou pelo ombro.

— Hora de ir, padre! — Assustou-o, fazendo com que derrubasse o frasco na terra revirada da cova junto à rolha tatuada com o símbolo cristão, desperdiçando o líquido santificado.

— Mas... mas ainda falta esconjurar o dragão amaldiçoado e a legião diabólica para ceder lugar a Cristo — argumentou, temeroso quanto à provável impotência do feito inacabado.

— Se não sairmos agora, os esconjurados daqui seremos nós! — Jonas o puxou violentamente e o acobertou à sua frente, atrás dos pistoleiros com as espingardas apontadas em direção à ameaça que permanecia escondida a seus olhos.

Marchando devagar, os homens tomavam o caminho de volta à fazenda acometidos por um extremo nervosismo. Um dos jagunços contratados foi na frente, seguido pelos outros dois, que velavam cada um a sua lateral mais próxima. Mal haviam tirado os pés do bambuzal e a movimentação na mata aumentou, acompanhando-os de perto em sua retirada covarde.

A floresta parecia assombrada por vários fantasmas. As folhas se remexiam por todos os lugares, acompanhadas de figuras indefiníveis que cortavam velozmente os espaços livres das trilhas folhentas sem mostrarem o rosto.

O rapaz que cobria a esquerda, ao perceber um arbusto mais próximo se agitando, ergueu a carabina e disparou desesperadamente sem ter um alvo em vista.

— Não desperdiça o tiro! — reclamou Jonas ao fundo, logo atrás do padre.

O peão nem sequer tivera tempo de terminar a bronca quando um negro renunciou ao seu refúgio entre os arbustos e pulou, feroz, sobre a espingarda do jagunço mais à direita, gritando para chamar a atenção de todos.

Enquanto os dois lutavam pela posse da chumbeira, o homem mais à frente se virou e colocou o agressor em sua mira. Mas antes que pudesse apertar o gatilho, um outro negro veio correndo em sua direção e o golpeou no meio do rosto com uma enorme pedra pontiaguda, rasgando-lhe a pele da boca e descolando sua mandíbula da face.

Imediatamente, o escravo caiu sobre o homem derrubado e marretou-lhe a cabeça com o pedaço de rocha, arrebentando-lhe o crânio. Ao erguer os dois braços para uma segunda investida furiosa, o disparo certeiro da arma de Jonas em seu peito o fez tombar ao lado do rapaz desfigurado que acabara de matar.

Petrificado pelo medo de perder a vida, restava ao padre apenas rogar pela própria salvação. Ele fechou os olhos para se abstrair da chacina e ergueu a cabeça, rezando em voz baixa uma prece de proteção em meio ao fogo cruzado.

Jonas escondeu-se por trás do pároco e pré-engatilhou a carabina para começar o processo custoso de muni-la. Por mais destro que fosse no recarregamento, carecia respeitar as demandas da arma.

O pistoleiro que desfechara o primeiro chumbo terminava de socar nervosamente a pólvora dentro do cano quando o alvo que ele deixara de acertar afastou-se das sombras na mata pelas suas costas. Sem que percebesse, esse terceiro negro, mais forte e ameaçador, puxou o facão pendurado no cinto de couro do próprio jagunço e o cravou com força no seu lombo, revirando a lâmina afiada no coração perfurado.

Na persistente peleja pelo mando da espingarda, os dedos suados do escravo escorregaram do cabo ao tentar arrancá-la do dono, e ele foi empurrado para longe com um chute na boca do estômago, fazendo-o dobrar os joelhos com a mão na barriga.

Ao conseguir espaço suficiente para apontar a carabina, o homem não se atrasou em alvejar o torso do infeliz com um tiro à curta distância. Logo que se virou para avaliar o estrago nos companheiros, porém, sua garganta foi totalmente destroçada pelo negro com a peixeira roubada e ele desabou quase decapitado pela força do golpe.

O único sobrevivente entre os agressores que fizeram a emboscada olhou em volta. Estava à procura de mais algum branco para talhar com o terçado maculado de sangue. Em suas vistas, ele tinha apenas o vigário acovardado, hirto em sua súplica por misericórdia.

O reverendo, que não abrira os olhos em nenhum momento da matança, estava completamente isento das imagens sanguinolentas que pintaram a vegetação do terreno e, por não representar ameaça alguma, não havia motivo para ser morto.

No entanto, ao olhar atentamente, o negro percebeu as pernas de uma outra pessoa escondidas por trás da larga batina do padre e revestiu-se com sua fúria assassina. Empunhou a peixeira à sua frente na intenção de dilacerar mais um pescoço e avançou impávido na busca do acobertado.

Tendo o sacerdote como escudo, Jonas já havia depositado a pólvora no cano e terminava de calcar a bala de chumbo sobre a seda com a vareta de ferro. Ainda faltava completar o cartucho da fecharia para conseguir fazer o disparo, mas o homem com o facão armado estava bem próximo e sedento por mais sangue.

Acometido pelo mais sadista dos impulsos, o peão, para ganhar o tempo de que precisava, empurrou o padre na direção do negro sem pensar duas vezes.

O pároco, desequilibrado pelo estímulo involuntário, abriu os olhos a tempo apenas de se enxergar caindo com o ventre sobre a chapa afiada que rasgou-lhe os intestinos. A última coisa que viu antes de sangrar até a morte foi a expressão surpresa do suposto agressor, que não tivera intenção de machucá-lo.

Aproveitando-se da própria ação perversa, Jonas abarrotou a fecharia com pólvora de qualquer jeito e, ainda ajoelhado, terminou de engatilhar a chumbeira.

O escravo, a somente dois passos do peão, desvencilhou o defunto de sua lâmina e a ergueu para atacá-lo, determinado a enterrar o terçado no meio da testa do homem no chão.

Mas o dedo de Jonas no gatilho foi mais rápido e, ao faiscar o cartucho, a bala acertou o coitado no queixo à queima-roupa e atravessou o seu crânio, ceifando-lhe a vida.

Com o final do eco do último disparo, a floresta ficou em silêncio. Jonas permanecia cauteloso, na espera de que mais alguém pudesse aparecer para agredi-lo, mas todos estavam mortos.

Vendo-se como o único que ainda respirava entre as sete carcaças regando a terra em vermelho, levantou-se e caminhou ao lado dos corpos inertes, curioso de saber a procedência daqueles homens enfurecidos. Parecia reconhecer algumas feições, mas foi apenas quando se aproximou do primeiro cadáver alvejado que pôde ter certeza de sua suspeita: eram escravos da Fazenda Capela.

O jovem no solo à sua frente, com o peito perfurado de chumbo, era Oré.

Na cama do quarto das criadas, Inácio e Damiana entrelaçavam os dedos de forma apaixonada, desfrutando no cárcere amoroso o ressurgimento de uma intimidade que tanto aguardavam revisitar.

Durante o ato carnal, nada falaram. Suas bocas estavam ocupadas em beijar os lábios umedecidos como se buscassem reparo pelo tempo que ficaram distantes, desviando-se apenas para roçar a pele suada dos ombros e pescoço quando guiadas pelo aroma afrodisíaco.

Aconchegada no peito desnudo de Inácio, mas ainda presa à antigas manhas, Damiana quebrou o silêncio:

— Da última vez que a gente ficou assim você me expulsou da sua cama — lembrou-o, com um sorriso faceto camuflado.

— Agora podes me dar o troco — retrucou ele, percebendo seu tom irônico.

— Não. — A garota sorriu e virou-se para abraçá-lo. — Prefiro assim.

Os dois ficaram um tempo em silêncio, desfrutando o calor dos braços que expressavam sua ternura em um aperto afetuoso. Inácio acariciava os cabelos ondulados de Damiana, que fechara os olhos para velejar sem destino nos mares daquele mimo.

— Damiana...

— Hum? — murmurou para não se afastar do deleite da carícia.

— Como imaginas tua vida daqui a alguns anos?

— Se ela puder continuar assim... — Alargou o sorriso e o abraçou com ainda mais força.

O jovem também estava jubiloso em ter todo o seu amor retribuído, mas o assunto que gostaria de tratar trouxe uma sobriedade à sua voz:

— Não tens pensamentos de liberdade? — indagou com um propósito em mente.

— Eu só conheço a vida aqui. Quem já foi livre é que deve ficar pensando nisso.

— E não te agrada a ideia de poderes andar livremente pelas ruas? — insistiu no tema.

Os olhos de Damiana se abriram. Ela não sabia a resposta. Jamais alguém a fizera arrazoar sobre o próprio destino, traçado desde que nascera a cumprir ordens dos senhores daquela fazenda.

— Acho que eu teria medo — concluiu ao vislumbrar o inimaginável. — Devo ser como pássaro engaiolado. Desses que nunca voaram.

— Mesmo um pássaro que nunca voou foge ao ver a porta da gaiola aberta — rebateu Inácio com sua retórica habilidosa e extremamente oportuna.

Inspirada pela eloquência convidativa do rapaz, a jovem refletiu. Rememorou momentos importantes de sua vida e esquadrinhou diferentes futuros para chegar a um epílogo limitado da própria biografia.

— O que eu queria era só ter alguém pra poder ficar assim, abraçada na cama. O resto não importa. Se a vida não tirar o que já me deu, eu fico mais do que agradecida.

As próximas palavras de Inácio custavam-lhe a atravessar a boca. Sabia que o mais leve tinir de suas cordas vocais sobre o assunto perturbaria Damiana. Mesmo assim, era uma conversa que precisariam travar.

— Mas sabes que não ficarei muito tempo aqui.

Como previsto, a garota transtornou-se com o que escutara e de pronto se afastou dos seus braços para arrostá-lo com olhar suplicante.

— Você... você não veio pra ficar? — A voz embargada expôs sua decepção.

— Cá na fazenda não há nada para mim, Damiana. — Descuidou-se com as palavras e viu um profundo ressentimento arruinar o semblante da amada. — Apenas tu — consertou em tempo, acariciando-lhe o rosto com as costas dos dedos e o olhar apaixonado.

— E pra onde você vai? — temeu perguntar.

— Aguardo uma carta para voltar à Europa e residir em Londres. Não deve se demorar.

Arrasada, a jovem não conseguia encarar Inácio. Fugiu dos seus olhos para não exibir a tristeza amarga que voltara a queimá-la por dentro. Como escrava, o iminente retorno ao porão da insignificância nada mais era do que uma volta à realidade que sempre conhecera. Seria muito esperar por um príncipe que a libertasse de sua masmorra.

Damiana já havia reunido todas as suas forças para camuflar o sofrimento do primeiro abandono. Não sabia se conseguiria juntá-las novamente para esconder esse novo luto.

— Poderias ir comigo — surpreendeu-a Inácio, reconquistando seu olhar. — Ias gostar da Inglaterra. É muito diferente disto aqui. As roupas, o cheiro das ruas...

— O mais longe que eu já fui foi até o centro com a Conceição — retrucou assustada, julgando-se incapaz de alçar voo para fora da gaiola.

— Pois comigo poderás conhecer outros países. Além dos mares.

— Não sei, Inácio...

Impossível negar que o convite, apesar de tentador, era romântico por demais. O lirismo do "além dos mares" confirmava sua expressão poética na incoerência de uma negra velejar em águas internacionais junto a um branco sem estar acorrentada.

— Se fores comigo, não serás mais escrava. — Inácio percebeu seu receio e buscou suprimi-lo: — Tão logo um negro bota os pés na Inglaterra, ele se torna livre. É verdade que ainda há hipocrisia... escravos permanecem em suas colônias... mas os ingleses estão muito à frente do Brasil. Há fortes campanhas para a abolição total da escravatura.

— Inácio, eu... eu não saberia como me comportar num lugar desses.

— Estarei ao teu lado, Damiana. Sempre. — Sentou-se direito na cama e pegou suas mãos para dar-lhe confiança. — Se aceitasses meu convite, tu não viverias como criada. Serias minha companheira.

O rosto delicado da garota abrigou um sorriso resplandecente que reviveu sua esperança padecida. Não conseguia acreditar na proposta inesperada que recebera. Sair daquele antro de sofrimento era algo que jamais imaginara, mas com a gaiola sendo aberta pelas mãos do seu grande amor, mesmo como um pássaro que nunca plainara pelo ar, ousaria alçar o mais alto dos voos.

Encorajada pelos olhos meigos de Inácio implorando-lhe para dizer sim, acenou nervosamente com a cabeça, aceitando o pedido.

Venturoso com o futuro que os aguardava, o jovem deu-lhe um beijo para celebrarem o pacto amoroso.

— Mas e o senhor Batista? — Damiana afastou-se por um instante dos lábios apaixonados do rapaz. — Ele nunca me deixará ir embora com você.

— Com meu pai deixa que me entendo — assumiu o risco, voltando às carícias.

Os amantes ingressaram novamente no clima abrasador com a troca de carinhos mais devassos. Inácio debruçava-se sobre o corpo ardente da mulata sedutora quando o repentino disparo de uma espingarda os assustou.

Ambos olharam à porta em silêncio, temerosos pelo motivo do som ter ecoado tão de perto.

— Inácio...?

Entreolharam-se, na dúvida de a casa-grande ter sido invadida. Ficaram inertes, aguardando algum ruído que os ajudasse a identificar as razões da detonação, mas tudo parecia normal. Passados alguns segundos, um novo disparo retumbou nas paredes da mansão, fazendo com que Inácio se levantasse rápido do leito e vestisse as roupas.

— Aonde você vai? — questionou-o Damiana, apavorada, cobrindo os seios com a manta e ajoelhando-se no colchão.

— Se há disparos, pode haver alguém ferido. — Já calçava os sapatos.

— Não me deixa sozinha, Inácio.

— Preciso saber o que está a acontecer.

— Mas... e se for a assombração? — insistiu Damiana, com os olhos marejados por seu maior temor.

Trajado com toda a sua indumentária europeia bem alinhada, Inácio aproximou-se de Damiana e colocou as mãos em seu rosto, olhando-a firmemente nos olhos para acalmá-la.

— Não te preocupes que meu pai tomou providência quanto a isso. — Beijou-lhe a testa e adiantou-se a destrancar a porta.

Apreensiva, a moça não pôde fazer nada além de observá-lo partir, deixando-a sozinha com seus medos.

Sentado no banco de madeira da varanda com um cigarro de palha repousando na boca, Antônio calmamente terminava de depositar uma nova bala no cano da sua chumbeira. Após assentá-la sobre a pólvora, tomou mira rumo à vastidão do pátio e aguardou, paciente, com a arma engatilhada.

Jonas, que acabara de chegar, tomava fôlego para relatar o que vira na floresta, mas foi logo interrompido pelo estrondo do gatilho sendo novamente apertado.

Inácio atravessou apressado os umbrais da porta de entrada da casa-grande e viu os homens reunidos no telheiro. Estranhou seu irmão municiando a carabina.

— O que acontece, meu pai?

— Os escravos, Inácio! Deram um jeito de se soltar das correntes e estão aproveitando pra fugir, agora que não tem homem pra vigiar.

— E os disparos?

— Seu irmão está treinando a mira, caso resolvam invadir a casa.

O caçula olhou para o pátio e pareceu-lhe tudo quieto. Não via uma rebelião de negros descontrolados destruindo armazéns, ateando fogo ao alambique ou roubando cavalos. Porém, quando seus olhos caíram na estrebaria, percebeu um escravo escondido por trás da enorme parede de madeira do estábulo.

As vistas amedrontadas daquele homem miravam a árvore mais próxima em direção ao pasto de acesso à floresta. Após muito ensaiar, ele arriscou a sorte, mas tombou alvejado na lateral da cabeça com um tiro certeiro de Antônio.

— Outro negro pastando.

O humor sádico do irmão fez Inácio se atentar à área onde o coitado havia sido morto e pôde notar mais três defuntos sangrando espalhados pelo quintal.

— Estás a treinar tua mira em escravos? — arrostou-o, sem acreditar como o pai permitira aquele ato desprezível.

— Se for pra gastar bala, que não seja em vão! — interrompeu Batista, sem paciência para as birras altruístas do filho mais novo.

Antônio vergou os lábios na sevícia de ter sua truculência amparada pelo consentimento do patriarca e voltou a recarregar a arma sem dar atenção aos latidos de Inácio.

— O reverendo concorda com esse tipo de ação? — revoltou-se o caçula, certo de que teria respaldo do religioso. — Ele poderia conversar com os negros convertidos a fim de evitar a violência.

— O padre Silva agora está proseando cara a cara com o Divino! — Antônio revelou, para sua surpresa. — Ele não voltou da mata. Nem ele, nem os homens.

Jonas sentiu-se na obrigação de intervir:

— Não consegui proteger o padre. Três escravos aqui da fazenda apareceram do meio das árvores. Tive sorte de ter voltado vivo.

Um animal aprisionado em correntes, quando livre das amarras, naturalmente busca a fuga. No entanto, a oportunidade de retaliação pelos anos sofridos no cárcere não é desperdiçada quando o mesmo fica de frente ao seu aprisionador. Inácio não era ingênuo a ponto de discordar que os homens que fugiram não aproveitariam sua chance de se vingar.

Batista, indignado com o pouco que já ouvira do seu peão, quis aproveitar o feito dos escravos amotinados para botar juízo na cabeça do filho.

— Você fica com pena desses negros, Inácio, mas se eles têm a chance de te matar, não vão nem pensar duas vezes! O padre Silva era de paz, fazia o favor de ensinar a palavra de Deus pra esse bando de selvagem, e olha o que aconteceu com o homem! — Voltou-se novamente a Jonas: — Mas ele, pelo menos, fez as rezas? Espirrou lá a água benta?

— Até se ajoelhou na frente da cova, senhor Batista. Mas acho que não serviu de nada. Os negros atacaram antes de ele terminar.

Aquelas palavras mergulharam o senhor da fazenda em uma reflexão pessimista do que o fracasso realmente significava. Mesmo optando por não se expressar, seus olhos meditativos traíam o silêncio por não conseguirem esconder o sentimento de derrota.

Sua melancolia foi interrompida pelo estrondo de mais um disparo, que encerrara a vida de outro fugitivo.

— Chega, Antônio. Deixa. Chega desse barulho. — Batista levantou a mão, pedindo que parasse. — Onde está a Conceição?

O filho mais velho não entendeu a reação do pai, mas acatou a ordem sem discutir ao perceber o pesar que lhe abatia o semblante, também notado por Jonas e Inácio:

— Do que o senhor precisa? — prontificou-se o caçula a ampará-lo em sua depressão. — Posso ir buscá-la se quiseres.

— Não. Só peça a ela que já sirva a janta, filho. E lhe diga que não economize na quantidade.

Inácio retornou à casa-grande para atender ao pedido, enquanto Antônio persistia incomodado, tentando decifrar o enigma que pairava no rosto do patriarca:

— O que é isso, pai?

— Isso o quê, meu filho? — rebateu sem ânimo, ainda implicado no seu luto privado.

— Fica aí parecendo que está num velório.

— E não estamos, Antônio? — Virou-se para ele com o olhar impregnado pela falta de esperança, parecendo ter aceitado seu destino.

Aguardar apaticamente o insucesso jamais fora uma tendência à qual Batista se inclinara. O tom derrotista, incomum aos seus discursos, instigara Antônio a não lhe permitir abdicar do orgulho inato de um Cunha Vasconcelos.

Ele repousou a carabina na parede e levantou-se para animar o pai:

— Ainda dá pra gente sair dessa desgraça.

— Como, meu filho?! Atirar nesse tal de Saci não adianta. E nosso apelo pra que Deus nos ajudasse não foi sequer ouvido!

O homem deu as costas para o primogênito e apoiou-se na coluna de madeira do telheiro para contemplar a estância que tanto amava como se fosse a última vez.

— Vamos aproveitar essa noite pra beber e comer bem, porque... porque é só isso que nos resta — dramatizou Batista, e fitou com desengano a perna apodrecida de Sabola balançando levemente no portal, lançando sobre ele uma medonha sombra que o aprisionava em seu temor.

Incapaz de tolerar a desistência do pai com seu discurso moribundo, Antônio se forçava a encontrar algum subterfúgio ainda não imaginado. Tudo parecia turvo. Cada ideia que rompia a mortalha do seu raciocínio limitado era logo trucidada pelas hostes do fracasso. Mas nos derradeiros segundos de vida ainda restantes à esperança quase morta, lembrou-se de um detalhe importantíssimo que poderia ser usado:

— Acho que ainda dá pra tentar mais uma coisa.
— E o que seria? — perguntou-lhe o pai descrente.
— A gente dá pra assombração o que ela quer.

Assim como Jonas, Batista ficou intrigado com a sugestão e tornou a encarar o filho, interessado em saber mais sobre o que ele estava insinuando.

O sorriso acintoso de Antônio reacendeu no pai a chama da arrogância que tanto inflamava os Cunha Vasconcelos.

Enoitecera. A tarde se converteu totalmente ao encanto das trevas, deixando a cargo dos candelabros presentear as vistas com a revelação do que descansava na penumbra.

Uma farta ceia foi servida na sala de jantar. Regada a frutas frescas da melhor qualidade e preparo irretocável de uma peça saborosa de pernil, Batista ainda chupava as cartilagens para aproveitar o máximo da carne perto do osso. O homem parecia jubiloso, diferente de quando estava aporrinhado na varanda com o próprio infortúnio.

Sentados em seus lugares de costume à mesa, Jonas estava à esquerda de Inácio e Antônio, do outro lado, próximo ao pai, como seu braço direito.

O mais refinado dos Cunha Vasconcelos era o único com os talheres juntos sobre o prato, mas, exceto por seu pai, que abocanhava a peça do porco com as mãos ensebadas, estavam todos satisfeitos, apenas aguardando, em silêncio, o patriarca terminar.

— Chega! — Batista jogou o osso no prato e apoiou as costas no encosto da cadeira, estufado de tanto comer.

Prontamente, Conceição abandonou sua posição de sentinela no canto da sala e recolheu a travessa com a carcaça devorada para levar à cozinha, enquanto Damiana retirava os pratos e talheres sujos, depositando-os com cuidado sobre uma enorme bandeja de prata.

Ainda mastigando os últimos pedaços de carne, Batista passava um pano nas mãos para tirar a gordura dos dedos e limpava a lateral da boca quando viu a mucama pegar o prato ainda cheio do peão:

— Não gostou da comida, Jonas?

— Gostei, senhor Batista.

— E deixou tudo no prato por quê?

— É melhor eu comer pouco pra ficar atento — respondeu, seco e nitidamente incomodado.

O senhor do engenho passou a língua entre os dentes para arrancar os fiapos que o importunavam, curioso do que enfadava o humor do homem.

— O plano do Antônio não te agradou? — perguntou, certo de que era aquele o motivo da ranhetice.

O silêncio de Jonas consentiu a correta interpretação de sua discórdia. Entretanto, como empregado respeitoso e ciente dos seus deveres, preferiu ficar calado.

— Pode falar, Jonas! — autorizou Antônio, como se o desafiasse a dar seu julgamento.

Em circunstâncias distintas, o peão jamais daria sua franca opinião; contudo, diante do ataque mais do que provável que viria naquela madrugada, permitiu-se o atrevimento de divergir dos senhores.

— Não acho que a assombração esteja interessada em oferenda — emitiu seu juízo.

— E você teria uma outra sugestão pra tratar do assunto? — indagou Batista, confiante de que a ideia do filho era procedente.

— Abandonar a fazenda — declarou o peão sem hesitar.

— Isso é absurdo! — irritou-se o grão-senhor, esmurrando a mesa. — Prefiro morrer protegendo o que é meu a deixar a terra pra um bando de negro encardido vir e se esparramar pela minha casa! Se essa maldita assombração aparecer esta noite, não vai ter problema pra pegar o que veio buscar! E aí, pronto. Vai embora de uma vez e deixa a gente em paz.

Mais uma vez retraído em seu papel condescendente, Jonas não ousou mais questionar a decisão tomada por seus empregadores. Mas Inácio, alheio ao tema da discussão, percebeu que algo havia sido determinado sem o seu conhecimento e empacou o sorver de sua água para buscar entender sobre o que conversavam:

— Posso perguntar do que estão a falar que ainda não descobri?

— Seu irmão pensou em uma coisa que talvez amanse um pouco esse tal de Saci — respondeu-lhe o pai.

— A tal "oferenda"?

— É, Inácio! — intrometeu-se Antônio. — Desse jeito a gente resolve dois problemas de uma vez só.

Assim que Damiana aproximou-se para recolher seu prato, o filho mais velho olhou para o pai, buscando permissão para iniciar as ações planeadas em segredo.

Logo que Batista fez que sim com a cabeça, Antônio agarrou bruscamente o braço da criada e levantou-se da cadeira para não a deixar escapar.

Assustada, a escrava derrubou a bandeja com os utensílios de mesa, espalhando os restos de comida pelo assoalho de madeira junto aos cacos da cerâmica estilhaçada e começou a se debater. Embora tentasse, não conseguia se desvencilhar da mão áspera do feitor, que lhe machucava a pele com seu aperto violento.

Inácio imediatamente se ergueu para impedir o irmão de fazer o que estava tramando:

— Largue ela, Antônio!

— Se não o que, irmãozinho? Vai sentar e chorar feito uma moça?

O coração do caçula se apertava a cada soluço da amada aprisionada, que começara a prantear:

— Não… não me faças usar da violência contra ti! — O mais novo ameaçou, conseguindo um riso desmerecedor do irmão.

— Até parece que tenho medo de você, Inácio — zombou da tentativa frustrada de intimidá-lo e deu uma ordem silenciosa a Jonas, que havia sido previamente avisado sobre a provável reação do rapaz.

O peão levantou-se serenamente da mesa e imobilizou Inácio por trás sem dificuldade, entrelaçando-lhe os braços e forçando as mãos em sua nuca para deixá-lo imóvel.

— Mas o quê...? Solte-me agora, Jonas! — esbravejou, buscando liberdade como um animal em perigo.

— Sossega, Inácio! — ordenou o pai com rispidez. — Se é a escrava que o diabo quer, vamos deixar que a leve.

— Não! Solte ela agora, Antônio! — continuava a berrar, sem desistir da sua inútil tentativa de livrar-se do enlace.

Ansiosa por saber o motivo da algazarra que ouvira da cozinha, Conceição retornou rapidamente à sala de jantar e foi arrebatada pela visão de Damiana enlaçada de maneira dolorida por Antônio, derramando lágrimas desesperadas.

— Filha! — Alarmada, Conceição avançou contra o homem para tentar livrá-la do malfeitor.

Impaciente com o atrevimento da velha escrava em tentar afastá-lo da jovem com empuxos irritantes, o facínora arremessou Damiana com violência no chão e buscou a peixeira na cintura para cravar friamente o terçado na barriga de Conceição sem nenhuma piedade.

— Não! — desesperou-se a garota em seu pranto mais sofrido ao ver a mulher que a criara arregalando os olhos, certa de que perderia a vida.

A situação estava fora de controle. Inácio ficou petrificado, pasmo com a atitude do irmão e a complacência do pai em aceitar sem protestos as truculências descabidas de Antônio.

O mais perverso dos Cunha Vasconcelos, alimentando-se do sofrimento da mucama esfaqueada, torceu a lâmina em seu estômago com sadismo, rasgando-a por dentro.

Conceição não conseguiu desviar seus olhos do assassino quando as vistas começaram a escurecer. Na iminência de perder o sopro, verteu-lhe uma lágrima na face por não ter mirado Damiana uma última vez.

Antônio retirou a faca de seu ventre e a deixou desmoronar sem vida sobre os restos da ceia que sujavam o piso, maculando o assoalho com o sangue que escorria da chaga hiante.

O amargo choro afônico da jovem criada, embargado pela baba grossa que lhe escorria da boca, era capaz de consternar o mais apático dos malfeitores. Mas Antônio e seu pai estavam blindados pelo desejo irreprimível de encerrarem o problema da aparição funesta. E Jonas, como fiel escudeiro dos Cunha Vasconcelos, refletia esse marasmo desumano.

As vestes do cadáver fresco de Conceição foram usadas como pano de retalhos para o feitor limpar a chapa manchada do seu terçado e devolvê-la à bainha do cinto.

Inácio, atônito e sem reação, compartilhava da tristeza da amada desolada, que mal conseguia respirar, quando Antônio a puxou pelos cabelos para fazê-la se levantar.

— Não! Largue ela, Antônio!

O irmão mais velho não deu ouvidos às manifestações passionais do caçula e abandonou a sala de jantar.

— Damiana! Damiana! — gritava Inácio, sem saber o que fariam com ela.

Antônio arrastou a criada através do corredor escuro que ligava a entrada da mansão aos seus cômodos principais e parou sob o umbral da sala da lareira, onde haviam sido atacados.

— Fique aí! — E arremessou-a violentamente contra o chão.

Damiana virou-se apavorada em direção à porta para implorar que não a deixasse naquele cenário de recordações agourentas, mas não lhe foi dada a oportunidade de pronunciar a súplica.

— Teve sorte de viver tudo isso, crioula — afirmou o homem na pompa de sua civilidade desprezível. — Por mim, você tinha morrido junto com a mãe!

Ele bateu a porta, despedaçando a esperança da jovem em sair daquele calabouço medonho, e a encarcerou para aguardar sua ruína como oferenda ao espírito que os assombrava.

— Não! — Damiana desesperou-se e abandonou o chão para correr até a porta.

Tentou abri-la de todos os jeitos, mas de nada adiantava a maçaneta girar. Antônio tinha dado a volta na fechadura e levado consigo a chave. As investidas violentas com o corpo para arrombá-la apenas machucavam seus ombros magros, incapazes de transpor as folhas de madeira maciça da porta.

Estava presa e nada poderia fazer a não ser aguardar em pranto seu destino.

Na sala de jantar, Inácio, ainda retido nos braços de Jonas, continuava a discutir exasperadamente com o pai, abancado em seu lugar à mesa:

— Aonde o Antônio levou a Damiana?!

— Esquece ela, Inácio! É melhor pra todo mundo desse jeito. Essa negra só vai te trazer sofrimento!

— Me solta! — Debateu-se o mais forte que podia. — Pai, manda o Jonas me largar!

— Pra quê? Pra você ir correndo atrás daquela crioula?! — Batista se indignava com as prioridades do filho. — Não vou permitir uma coisa dessas. Você vai ficar aí até acabar tudo isso de vez.

Os esforços do rapaz para ver-se livre dos braços que o prendiam eram inúteis. Seus esperneios vigorosos não superavam a resistência do peão e não lhe serviam de nada além de enfraquecê-lo a cada tentativa frustrada.

Na falta de recursos, apelou para brados ensurdecedores.

— Damiana! — gritou do alto dos pulmões. — Damiana!

— Chega, Inácio! — O pai esmurrou a mesa. — Para com isso! Você viu na outra noite o Saci indo na direção dela sem nem olhar pros lados! Deixa a Damiana presa lá na sala que a aparição vem, pega ela e vai embora.

— Não vou deixar que façam isso com ela! Damiana! — voltou a berrar.

— Ainda está aí esperneando, Inácio? — Antônio mal cruzara a porta do ambiente e já ridicularizava o caçula, balançando entre os dedos a chave da masmorra.

— Antônio! — Inácio enfureceu-se ao ver o irmão, e voltou a se contorcer. — Solte-me!

O filho mais velho observava com expressão jocosa o dispensável alento do irmão. O rapaz franzino, sem nenhuma aptidão para a violência, não lhe apresentava ameaça nenhuma.

— Largue ele, Jonas — pediu, para surpresa de todos, inclusive do próprio Inácio.

— Antôôônio... — advertiu Batista, não concordando com a ideia.

— Pode deixar, pai.

Apesar de sua norma de submeter-se às ordens do capataz, o peão buscou o consentimento do grão-senhor, pois sabia que o jovem Cunha Vasconcelos não ficaria prostrado no altar da calma e obediência quando fosse libertado.

O patriarca compartilhava do mesmo receio de Jonas. No entanto, mesmo relutante, autorizou que o pedido do filho fosse atendido, e o homem afrouxou seu abraço.

Inácio partiu para cima de Antônio, mas, em vez de agredi-lo, buscava o instrumento que libertaria Damiana de sua prisão.

— Sai, Inácio. O que foi? Quer alguma coisa? — Ele ria da tentativa do irmão em lhe arrancar o objeto que acionava a lingueta da sala, escondendo-o por trás do corpo.

— Dê-me a chave, Antônio!

O mais velho agarrou o caçula de supetão e o imobilizou agressivamente, retorcendo seu braço.

— Serve essa? — zombou, abusando de sua vantagem corpulenta.

Mesmo com o cotovelo atrás das costas, Inácio se recusou a expressar sua derrota em um grito de dor. Preferiu ficar calado e correr o risco de ter o ombro fraturado tentando resistir ao golpe, a ceder à tortura e implorar ao irmão para que o soltasse.

Batista enxergava com profunda tristeza a situação dos filhos. Ele se forçara a acreditar que a discórdia antiga entre ambos era um comportamento infantil passageiro que desapareceria com a chegada da vida adulta. Naquele momento, no entanto, estava claro que a desavença entre os dois seria eterna.

— Deixe ele, filho — pediu a Antônio, percebendo a diversão do primogênito com o sofrimento do caçula.

Antônio arremessou Inácio ao chão, que aceitou o assoalho como cama para sua lamúria por não ter forças para confrontar o irmão. Sua incapacidade de salvar a mulher a quem amava o desolava e, naquela luta desigual, mais fraco e em menor número, não havia como vencer a desventura.

Depois dos episódios reprimíveis daquela noite desastrosa, não havia mais como Batista tentar confortar o abatimento do filho mais novo, como sempre fizera. O pai determinara previamente o que seria feito e não voltaria atrás na decisão egoísta de abandonar Damiana à própria sorte.

Cansado de jazer sentado como espectador de toda a desgraça que abatera aquela ceia, o homem finalmente levantou-se e caminhou até Antônio para, ao seu lado, censurar o outro filho por suas escolhas divergentes.

— Você está querendo botar a nossa família em risco por causa de uma escrava, Inácio? — Agrediu a moral do jovem arruinado no piso. — É essa a importância que você dá ao sobrenome que tem?

Todos os princípios da decência foram quebrados sob o juízo austero de Inácio e ele jamais perdoaria seus familiares pelos limites que ultrapassaram.

— Renego o nome Cunha Vasconcelos, se for disto que preciso para salvar a Damiana! — praguejou, deixando as lágrimas de seu ódio correrem. — Renego!

— Você não sabe do que está falando, meu filho — condoeu-se o patriarca. — A morte da Damiana pode ser a salvação desta família. Fomos presenteados com a oportunidade de expulsar essa assombração daqui e ainda evitar que você se arrependa de algo pro resto de sua vida!

— Meu único arrependimento foi ter me distanciado da Damiana por medo de cometer incesto! — continuava a esbravejar. — Por achar que nas veias dela também corria sangue teu! Nunca me afastaria por esse orgulho sórdido que vós ostentais!

Das palavras gritadas que Inácio despejava, Antônio estranhou o sentido principal do remorso que seu irmão reclamava com tanta repulsa.

— Inácio... — descrente, ele mesmo se deteve por um breve instante para formular melhor o raciocínio. — Por acaso... por acaso você está achando que o pai...

Batista, com o levantar brusco da mão, fez o filho se calar de imediato antes que concluísse a pergunta e, sem tirar os olhos do caçula debruçado no assoalho, deu uma ordem ao peão:

— Jonas, faça-me o favor de buscar a garrucha que esqueci na cômoda do quarto. — A função lhe foi atribuída para que saísse do recinto por alguns minutos.

Tão logo o homem recolheu um dos candelabros que adornavam a mesa e abandonou a sala de jantar para subir as escadas em direção à área íntima da mansão, os Cunha Vasconcelos puderam ficar à vontade para remoer o passado com sua reunião familiar.

Aproveitando a calmaria que pareceu arrebatar o ambiente de súbito, Inácio se levantou, desamassou as roupas bem cortadas no corpo e ergueu a palma da mão bem aberta.

— A chave, Antônio!

— Acalme-se, meu filho — interrompeu Batista com tom sereno. — Sente-se. — Apontou-lhe a cadeira.

— Não, pai. Quero a chave que prende a Damiana. E aviso que, se sobrevivermos a esta noite, irei embora com ela logo que amanheça.

— Vou pedir ao Antônio que a entregue a você — continuou ele com a voz amistosa, não sucumbindo à ameaça do filho por acreditar que, após uma conversa, poderia mudar sua opinião. — Mas antes quero que sente para ouvir uma história. — novamente apontou o assento.

Inácio, ressentido por seu pai ter permitido que fosse agarrado por um lacaio da fazenda e depois surrado pelo irmão, não atendeu às formalidades.

— Estou bem de pé — optou pelo orgulho da teimosia.

Nervoso por não encontrar alternativa distinta à de reviver um assunto desagradável havia tanto não mencionado entre as paredes da casa-grande, Batista viu-se na obrigação de expor memórias esquecidas.

— Meu filho... — passou a mão no rosto de maneira pesarosa, como se secasse um suor que ainda não lhe vertera à pele, antes de abrir um alçapão de segredos soterrados. — Não minto quando digo que a minha preocupação é com você e que não quero que viva em arrependimento. Os alertas que te dei sobre não se deitar com a Damiana vão realmente além do... "orgulho sórdido", como você definiu.

— Não estou a entender.

Embora Inácio fosse versado no dom da interpretação, ele não encontrava sentido na dialética do pai. Seu julgamento estava firmado e, fora as razões de sangue que o impediriam de deitar-se com Damiana, não haveria outro motivo que o fizesse abandoná-la.

Batista articulara as palavras de modo receoso, buscando meios indiretos para dar uma mensagem oculta na expectativa de que ele a entendesse sem precisar falar com todas as letras. Mas não. No rosto do filho pairava o fantasma da dúvida.

Faltando-lhe uma rota de fuga, aproximou-se do caçula, prestes a destampar a caixa de Pandora:

— A Damiana, Inácio... a Damiana é, sim, sua irmã.

O rapaz arregalou os olhos, sem entender:

— Minha... minha irmã? — repetiu, incrédulo com a revelação. — Não é verdade!

— Temo que seja, irmãozinho — intrometeu-se Antônio, venturoso pela amarga surpresa que arruinara o semblante rebelde do irmão.

Querendo creditar aquelas afirmações a mentiras para forçá-lo a se afastar da criada, o mais novo explorou a fisionomia do pai e teve sua confirmação silenciosa.

A lembrança dos momentos íntimos com Damiana agrediu-lhe a ética com a culpa do incesto, mas calou-se sobre o assunto e explodiu em revolta:

— Perguntei ao senhor, em mais de uma ocasião, se ela era filha tua! Como pudeste mentir-me sobre isso?!

— Não menti, Inácio! — O pai interrompeu sua cólera para poder completar a confissão: — É verdade que não corre sangue meu na Damiana. Mas nas veias dela corre... corre o sangue de sua mãe. Ela é filha da Maria de Lourdes.

Inácio empalideceu. Chegou próximo de perder os sentidos quando a tontura repentina prejudicou-lhe as vistas e o choque emocional derrubou sua pressão. Como se não bastasse ter perpetrado atos libidinosos com a irmã, agora sua mãe, que já o presenteara com a síndrome do abandono, revelava-se também como a carrasca de sua felicidade amorosa.

Desolado, a sombra do desânimo pintou-se debaixo dos seus olhos fundos e ele abaixou o rosto para chorar.

Batista, abatido com a tristeza que recaíra sobre o caçula, colocou as mãos em seus ombros na vã tentativa de consolá-lo:

— Percebeu minha preocupação, meu filho? Eu não queria que você vivesse com essa culpa de ter dormido com a própria irmã — explicou-se, sem saber que o ato já havia sido consumado. Repetidas vezes. — A aflição de fazer algo desse tipo deve ser... insustentável — concluiu, definindo bem o que corroía Inácio por dentro.

O rapaz não tinha forças mentais para argumentar. Não havia repertório capaz de aliviar seu sofrimento. Por mais que pudesse encontrar o caminho das palavras no labirinto de sua aparente demência, a verdade era imutável: não poderia ficar com Damiana.

— Por que não me disseste isso antes, meu pai? — remoeu aos prantos sua relação impura.

O homem retirou as mãos do filho e afastou-se num teatro melindroso, exagerado em comoção.

— Você acha que pra mim é fácil admitir que a sua mãe se deitava com um escravo? Que enquanto eu trabalhava para sustentar esta família, a Maria de Lourdes se engraçava com negro por aí? — perguntava sem querer resposta. — Sua mãe, Inácio, não era nenhuma santa. *Ela* me traiu! E, além de me trair, jogou na minha cara aquela crioula! — Apontou o dedo em direção à sala da lareira onde Damiana estava presa. — Pariu uma bastarda dentro de casa! Em cima da cama onde a gente deveria honrar os votos de matrimônio!

As acusações realmente eram severas e não havia como Inácio discordar da indignação do pai.

— Você... você consegue imaginar o meu desgosto, Inácio? O meu... o meu ódio quando entro no quarto depois de ouvir o choro da criança e dou de cara com a sua mãe segurando uma menina preta nos braços?! Consegue, Inácio?!

— Não, meu pai — concordou com a voz embargada, acatando sua revolta como digna.

— Eu fui humilhado! Humilhado, Inácio! Eu não podia permitir que a Maria de Lourdes vivesse mais nesta casa. Não podia! — Deu as costas para o filho, fazendo-se de vítima.

Atento às minúcias, o semblante lacrimoso de Inácio cedeu lugar à expressão hostil de um homem desconfiado.

— Por isso ela foi embora? — Levantou a cabeça, aguardando que fosse arrostado.

— Sim, Inácio. Fui eu que expulsei sua mãe daqui.

— Depois de vê-la segurando a Damiana nos braços? — instigou-o, usando a própria explicação dada pelo pai.

— Mandar sua mãe embora foi o único jeito de esconder essa minha vergonha. — Coube-lhe bem a máscara do cinismo. — Não poderia deixar uma coisa dessas cair em boca de peão. Eu seria desmoralizado!

— A Conceição disse que a mãe da Damiana morreu no parto — revidou, e logo percebeu o nervosismo do pai, que demorou a se manifestar.

— O quê? — virou-se de frente para o rapaz, sem saber como responder.

— Por causa da truculência do Antônio, ela não pôde vir a confirmar essas palavras.

O silêncio constrangedor era prova da mentira carregada durante os anos. O pai buscou nos olhos do primogênito um porto para atracar-se em meio à tormenta, mas Antônio não tinha base para deixá-lo ancorar. A caravela familiar estava prestes a submergir na desgraça de sua própria história.

— O que importa isso agora, Inácio? — Com a atuação de marido amargurado comprometida, Batista nem arriscou acobertar-se no pretexto de não ter uma voz contrária presente que pudesse sustentar a variante jogada na mesa.

— Por que sempre disseste que ela abandonou a fazenda?

— Meu filho... há mais coisas no passado desta família que seria melhor se a gente não...

— Por quê?! — interrompeu-o com um brado desrespeitoso.

A biografia dos Cunha Vasconcelos ainda escondia seu pior capítulo. Eram páginas rasgadas no tempo para jamais serem encontradas, e para elas Inácio exigia remendo.

A resposta para sua indagação impetuosa estava dentro de si, mas ele jamais ousara vasculhar seu íntimo por medo de enfrentar a verdade, soterrada por mentiras que ele mesmo criara para suportar o luto.

— Eu não sei como você consegue negar isso até hoje, meu filho.

— Negar o quê? — Inácio estranhou a insinuação do pai e foi prontamente interrompido por Antônio.

— Você também estava lá, Inácio — lembrou-lhe o irmão.

Vieram à tona suas memórias reprimidas. Crente de que jamais se recordaria dos traços que desenhavam a aparência de sua mãe, o vulto materno estampava-se agora na tela da lembrança.

Maria de Lourdes apareceu-lhe coberta pelo penhoar que costumava vestir sobre o traje noturno, mas seus cabelos esvoaçados, negros e ondulados nas pontas, exibiam a majestosa beleza herdada por Damiana. De costas, e com a pele clara agasalhada, a mãe poderia ser facilmente confundida com a mulata, de estatura semelhante e corpo igualmente esguio, de contornos sedutores.

Em seu rosto acolhedor e delicado, chamava a atenção uma outra parecença. Não com Damiana, mas Inácio. O mesmo olhar prodigioso do rapaz e as linhas da sua face encontravam a mãe num semblante masculino.

Maria de Lourdes era completa em seus dois filhos, que se amavam.

A noite à qual seu pai e irmão se referiam como a culpada por suas recordações abafadas fora dezenove anos atrás. O dia em que Damiana nasceu.

Na ocasião, estava Batista com seus quarenta e um anos de idade bem conservados em um corpo mais magro e cabelos volumosos, porém já entremeado de fios grisalhos. Acompanhado dos filhos, ele aguardava, ansiosamente, notícias sobre o parto da esposa, que acontecia no quarto de casal à sua frente.

O jovem Antônio, desajustado desde a primeira infância, não demonstrava interesse algum no bem-estar da mãe nem da criança prestes a nascer. O adolescente de dezesseis anos não se incomodava com os berros de dor que rompiam as divisas do aposento fechado.

Recostado na parede do corredor, contentava-se em admirar o cabo do terçado, preso à cintura, que já fazia parte da sua indumentária habitual. A lâmina ainda não era manchada de sangue, mas ele adorava brandi-la na frente dos escravos. Quando acompanhava Jonas no ofício de feitor, implorava para que algum negro lhe desse motivo para estrear o corte.

Inácio, vestido em seu pijama claro de algodão, brincava sobre o tapete com um boneco grosseiro feito em madeira que mais parecia um cavalo desfigurado com rodas. Alheio ao que acontecia devido à sua pouca idade, o menino, que mal completara quatro anos de vida, assustava-se sempre que ouvia os gritos da mãe, mas logo devolvia sua atenção ao brinquedo.

Do lado de dentro do quarto, Maria de Lourdes sofria para dar à luz sua terceira criança. Ela tivera o primeiro filho ainda na adolescência, pouco tempo depois de Batista desposá-la, mas agora, com trinta e dois anos, sentia as limitações do corpo mais cansado.

Transpirando sobre o tálamo nupcial recoberto de panos, ela cerrava os olhos para suportar a dor das contrações, bem amparada pelos cuidados de Conceição.

— Isso, sinhá. De novo — pediu-lhe que fizesse força.

A mulher prendeu a respiração, abriu os joelhos dobrados próximos à barriga e obedeceu.

O pequeno Inácio tremeu ao ouvir o retumbar abafado do brado mais alto libertado pela mãe.

Percebendo o espanto do filho, Batista aproximou-se e colocou carinhosamente a mão sobre sua cabeça.

— Não se impressione com os gritos, não, filho. Sua mãe vai ficar bem.

Ofegante no quarto e encharcada do próprio suor, Maria de Lourdes aguardava a próxima contração sobre os panos alagados de fluido embrionário.

— Só mais uma vez, dona Malô — Conceição buscou acalmá-la, chamando-a pelo apelido meigo que lhe dera.

A sinhá esboçou um sorriso cansado, mas pressentiu o espasmo do útero que se aproximava para lhe impor o martírio doloroso do parto e se preparou.

Mais uma vez, travou o sopro e envolveu todo o alento que restara em mais uma tentativa. Rangeu os dentes e devotou-se ao empenho de impulsionar a criança para fora do ventre.

— Está vindo! Está vindo! — empolgou-se a criada, preparando-se para receber o recém-nascido.

Sem ceder às algias, a mulher tomou fôlego e fez um último esforço. Gritou ao sentir a pele rasgando-se para libertar sua nova cria, mas encarou a dor excruciante debruçada no propósito de colocar o bebê no mundo.

Após a cabeça romper a barreira externa que a prendia, o restante foi expulso sem dificuldades, encerrando o sofrimento de Maria de Lourdes.

Conceição amparou prontamente o recém-nascido em toalhas limpas para que não escorregasse e asseou com cuidado sua boca e seu nariz.

O rosto da parteira resplandeceu de alegria com aquela criança saudável em seu colo. Porém, logo atentou a um fato embaraçoso, e o brilho que residia em seus olhos de repente esvaeceu. A ventura de ter trazido uma vida ao mundo foi bruscamente arruinada pela predição da desgraça que abateria aquela casa.

— Conceição...? — a sinhá, debruçada no derradeiro esgotamento, estava curiosa de saber do seu bebê.

— É... é uma menina. — ela disfarçou o constrangimento com um sorriso falso, sem encanto.

— Deixe-me vê-la. — estendeu os braços.

A mucama amarrou dois pedaços de barbante no cordão umbilical e, com a tesoura, cortou entre os fios, permitindo que o ar invadisse os pulmões da recém-nascida para presenteá-la com o primeiro sopro.

Assim que seu choro sentido ressoou no aposento, uma lágrima de felicidade cortou a fisionomia da mãe.

Conceição estava receosa em lhe apresentar a criança. Não sabia como Malô reagiria ao vê-la, pois a menina era a prova de sua infidelidade, até então resguardada.

Apesar de as duas serem confidentes, aquele era um segredo que nunca fora compartilhado. A mucama desconfiava dos sumiços repentinos da sinhá e da expressão jubilosa que lhe tomava o rosto quando Batista precisava passar os dias no centro. Mas, apesar de identificar os sinais de uma paixão proibida, jamais ousara perguntar.

Algumas vezes, enquanto escovava seus cabelos cacheados, Conceição percebia, pelo reflexo do espelho em frente à penteadeira, os olhos da patroa perdidos no gozo da fantasia.

Em conversas humoradas, Malô chegara a elogiar a compleição robusta dos serviçais africanos, mas jamais confessara nenhum tipo de envolvimento. Talvez por sentir-se reprimida pelos conselhos contrários da criada, que sempre apregoara o respeito ao senhor da fazenda.

Mesmo que a sinhá não a tivesse escutado e suas falas fossem na verdade confissões indiretas para, de alguma forma, compartilhar a culpa por seu ato de aspecto moral inaceitável, Conceição jamais imaginara que ela pudesse ser descuidada a ponto de engravidar de um escravo.

Quando a parteira entregou o bebê à mãe, no aconchego do abrigo materno, seu choro cessou.

— Ela é linda! — Maria de Lourdes abriu um enorme sorriso e derramou-se em felicidade.

Naquele instante, admirada pelo afeto legítimo e irrestrito de Malô, Conceição teve certeza de que a menina não era fruto de uma aventura inconsequente, como previamente julgara, mas sim de um amor dos mais verdadeiros.

A alegria em ter a filha nos braços contagiou o ambiente como um bálsamo angelical inebriante que alastrava a fleuma da prosperidade. Contaminada pelo júbilo da ocasião, a criada relevou as sequelas flagelantes que poderiam advir do nascimento de uma criança mulata, e também conseguiu sorrir.

Mas o pranto de Maria de Lourdes foi deixando de lado sua ode ao amor materno para ser dominado aos poucos pelo calvário da lucidez.

Sem aviso, seu choro adotou o tom de uma súplica melancólica. Por alguns segundos, rogou em silêncio para que pudesse ficar ao lado da sua menina, mas tinha ciência do que fizera e do destino que a aguardava.

Sabendo que o tempo era escasso, aproveitou para beijá-la com extrema ternura, deixando os lábios descansarem por um momento em sua testa.

— Eu te amo, minha filha — disse baixinho ao pé de seu ouvido, e virou o pescoço à amiga de confiança. — Prometa que vai cuidar bem dela, Conceição.

— Sinhá...? — surpreendeu-se com o pedido inesperado.

A porta do quarto foi aberta de supetão, e Batista, vestido com sua larga soberba, adentrou pisando firme e alardeando sua fortuna de ser o pai de mais um Cunha Vasconcelos.

— Onde está a...? — Seus olhos caíram sobre a criança negra nos braços da esposa e ele se calou.

Atônito, demorou a ter reação. Mas era visível seu rosto enrubescendo pelo ódio, saltando-lhe as veias do pescoço com olhos abarrotados de rancor. Todo o orgulho por ser pai novamente, alimentado durante meses por uma mentira, foi chacinado pela repulsa de um marido traído.

Maria de Lourdes, vendo que o homem estava prestes a rebentar sua raiva, adiantou-se em entregar a filha à Conceição.

— Tire-a daqui!

— Pra onde é que eu...

— Vai! — suplicou que se apressasse.

A criada acobertou a criança entre os panos e cruzou rapidamente o quarto. O senhor da fazenda não desviara o olhar furioso da mulher na cama nem por um segundo.

Estranhando a pressa de Conceição à escadaria, Antônio desconfiou que algo não estava certo e invadiu o cômodo sem pedir permissão.

Ao entrar, deparou-se com o pai estacado no chão. Calado e distante da esposa visivelmente intimidada.

— Pai...?

— Me traz aquela criança! — exigiu com tamanha sanha que os olhos quase lhe saíram das órbitas até aparecerem as costuras das veias.

Prostrado na obediência de um filho mais velho, que sempre toma o partido das zangas paternas, Antônio acatou de imediato a ordem, sem questionar, apesar do apelo contrário.

— Não! Antônio... — Maria de Lourdes tentou erguer-se para impedi-lo, mas a dor foi restritiva.

Inácio viu o irmão mais velho passar por ele no mesmo trajeto de Conceição. Sozinho no corredor escuro e silencioso, largou o brinquedo de madeira e levantou-se para ir em direção à porta aberta de onde ouvira a voz da mãe.

As sobrancelhas de Batista arquearam-se de maneira impiedosa e ele abandonou a inércia. Seu primeiro passo em direção à esposa foi árduo como arrancar da terra a raiz de uma sequoia ancestral. No seio de sua indignação, encontrou uma maneira de responder ao adultério.

— Não faça nada com ela. Por favor — implorava ela à medida que o marido se aproximava do leito. — Por favor... A culpa é minha, não deixe que o Antônio faça...

As palmas ásperas do homem atraiçoado sufocaram sua voz ao apertarem seu pescoço delgado. A musculatura demarcada no antebraço de Batista era prova do vigor desmesurado que empregava na garganta sitiada entre os dedos.

Sob olhos encarnados que destilavam repulsa, a mulher tentou afastar as mãos carrascas que lhe arrancavam o ar, mas o agressor estava acometido pela força de um touro enraivecido. Por mais que resistisse, ela não conseguia se soltar.

A lágrima que escorreu de seu rosto no derradeiro sopro não foi por medo da morte, mas pela tristeza de nunca mais ver o rosto da filha recém-nascida. Incapaz de libertar-se da amarra estranguladora, seus olhos se reviraram e o corpo amoleceu, sucumbindo ao abraço do perecimento.

No ímpeto descontrolado da revolta, Batista não largou a esposa assassinada. Impregnado do mesmo alento, como se pudesse matar também o seu espírito, deixou escapar dos cantos da boca uma baba que aterrou ainda quente nas bochechas da mulher infiel.

Quando voltou a si, afrouxou as mãos infamadas e abandonou a garganta de Maria de Lourdes. No pescoço da defunta, a enorme mancha arroxeada contrastava com o restante de sua pele alva.

O carrasco buscou recuperar o fôlego enquanto olhava, livre de remorso, o cadáver inerte sobre a cama. Mas ao virar-se para sair do aposento, confrontou-se com o dolo de sua ação.

O pequeno Inácio estava ali, ao seu lado, hirto e silente, testemunhando a ação funesta que o privara do carinho materno.

Jamais o pai quisera que o filho presenciasse a morte da mãe, mas não couberam palavras em sua boca para se desculpar de algo do qual não se arrependia.

Sem dar explicações, muito menos afundar-se em pedidos insinceros por perdão, apenas arrostou o caçula, com a notória presunção de um Cunha Vasconcelos colada na face, e o deixou só para amargar o luto como bem quisesse.

Nenhuma lágrima cortou o rosto da criança. Em sua realidade infantil, a imagem da mãe sobre o leito, olhos fechados e corpo inerte, não diferia em nada da de um sono profundo.

Amparado pela lógica da inocência, Inácio buscou acolho no seio materno sem se incomodar com as mantas ensopadas e, como em noites chuvosas e relampejantes, escalou a cama à procura de seu refúgio aconchegante.

Ao lado da mãe, o pequeno acomodou-se sobre um de seus braços e adormeceu na eterna espera de que ela o envolvesse num abraço amoroso, como sempre fazia.

Trancada no quarto de criadas, Conceição, desesperada, não sabia o que improvisar para cumprir o juramento que fizera a Malô.

Do lado de fora, Antônio investia vigorosamente contra a porta e, a cada encontro violento de seus ombros com a madeira, as dobradiças cediam e a ripa estreita do batente se despedaçava.

— Shhh... Calma, menina. Calma. — ela tentava tranquilizar a bebê, na esperança de que aquelas palavras também lhe servissem.

Um pontapé alentado com a botina escancarou o umbral do frágil abrigo e a mucama afastou-se sem dar as costas à entrada. Mas a parede logo impôs o curto limite do seu recuo.

O jovem entrou, e só então entendeu as razões da cólera do pai. Ele viu, resguardada nos braços gordos da escrava, sua meia-irmã mulata.

— Dá a criança! — levantou a mão, confiando que sua ordem seria prontamente obedecida, mas ouviu a recusa da criada.

— A sinhá pediu pra eu cuidar dela. — Conceição abraçou a pequena, escondendo seus olhos dos horrores que espreitavam.

Afrontado pela insolência, Antônio avançou para arrancá-la à força.

— Solte, Conceição!

— Não! Eu prometi pra sua mãe...

Ignorando o risco de ser castigada, a mulher resistiu bravamente, e não cedeu aos esforços agressivos do jovem senhor em arrebatar-lhe a menina.

Sem fazer nenhum esforço para evitar a atitude truculenta que tanto aguardava, Antônio alegou impaciência para não se enroscar em uma queda de braço com a criada.

— Já que não está querendo tirar sua mão da menina... — Desembainhou a peixeira nova e a balançou em sua frente. — ...acho que o jeito é levar ela junto!

Os olhos de Conceição se arregalaram com a ameaça e um arrepio correu por todo o seu corpo. Uma intimidação feita por Antônio não era algo a ser desconsiderado, tamanho seu apreço pela sevícia.

A lâmina afiada triscou-lhe as costas do pulso; no entanto, mesmo arrebatada pelo pavor de ser amputada, a escrava permaneceu fiel à sua promessa e encarcerou as vistas para não enxergar a manifestação de prazer escrachada na face do carnífice.

Um sorriso desumano pintou-se no rosto sádico do adolescente impetuoso e ele apertou a mão no cabo.

Prestes a ter o braço serrado, a criada foi salva pela presença de Batista, que acabara de cruzar a soleira da porta.

— Antônio! — ele o chamou com a voz empostada, fazendo com que interrompesse a tortura desnecessária.

Chateado por não poder pintar seu terçado virgem de carne, o rapaz guardou novamente a peixeira e cedeu o espaço para o pai se aproximar da mulher.

Coberto de rancor, o senhor da fazenda parou de frente a Conceição e a encarou no fundo dos olhos:

— Você sabia? — inquiriu com a pronúncia odiosa.

— Juro que não, meu senhor.

Batista não aceitou de imediato a resposta como verdadeira e fez questão de ratificar sua descrença com um silêncio inquisidor, escoltado por um olhar penetrante que buscava algum sinal de dissimulação nos trejeitos.

Mas Conceição era convicta em sua afirmação. Só o que lhe estava evidente era o medo de ter a criança arrancada dos braços e sua gana em protegê-la a qualquer custo.

Crendo na sinceridade da criada, não havia motivos para castigá-la. Contudo, ainda restava ao grão-senhor decidir o que fazer com o fruto da traição de sua esposa.

Pela primeira vez desde que invadira o aposento, o homem ousou ter a recém-nascida direto nas vistas. Forçando-se a deixar o emocional soterrado pela sobriedade da razão, ponderou qual seria a melhor atitude a tomar com a filha adulterina de Maria de Lourdes.

Desfigurado pelas olheiras imensas que enegreciam a polpa volumosa em torno dos olhos lamuriosos, doeu-lhe pronunciar a sentença:

— Você vai cuidar dessa menina, Conceição.

Ao receber a decisão inusitada, o sorriso mal-intencionado de Antônio foi-lhe ceifado dos lábios risonhos.

— O que é isso, pai?! — protestou de imediato, crente de que destinaria a criança à morte.

O fim do julgamento não surpreendera somente o rapaz, como também a escrava, que quase derramou-se em lágrimas de alívio.

— Obrigada, senhor Batista. Eu não vou...

O homem ergueu grosseiramente a mão, ordenando que a mulher calasse sua gratidão. Apesar de brando o veredicto, não o determinara por bondade.

— Só não vou matar essa criança, Conceição, pra ela poder limpar o chão quando eu entrar em casa com o solado da minha bota cheio de esterco! — disse com um sotaque marcado pela raiva, determinado a dar àquele rebento bastardo a pior das vidas.

— Não, pai! — o filho interrompeu, ainda indignado. — O senhor tem que matar essa crioulinha!

— Não sou um monstro, Antônio! E por mais deplorável que seja a atitude da sua mãe, não vou desperdiçar mão de obra de criada aqui na casa!

— Essa menina é uma vergonha pro nome da família! Eu não vou deixar que o senhor...

Um tapa abrutalhado com a palma da mão bem aberta no rosto do adolescente atrevido o fez se calar.

Batista deformou o arco das sobrancelhas e nos cantos de sua boca quase brotou a espuma branca de um cão raivoso.

— Essa menina NÃO é minha família! — esbravejou a menos de quinze centímetros do rosto de Antônio, cuspindo a saliva grossa em sua mesma bochecha estapeada. — Se ela vai ficar viva é porque será uma escrava da Fazenda Capela! Só por isso! E ninguém... NINGUÉM!... vai saber dessa desgraça que aconteceu aqui. Nunca!

O patriarca rodou o pescoço em direção à parede e crivou as mãos com força no cabelo de fios grisalhos. Cotovelos abertos como ponteiros de um relógio parado no tempo, corpo para a frente e para trás numa dança impaciente, analisou a desgraça e determinou a mentira que seria repetida:

— A minha filha morreu durante o parto... junto com a mãe.

Os ouvintes ficaram estarrecidos com a revelação inesperada do óbito de Maria de Lourdes.

Antônio foi pego de surpresa. Sua fisionomia deu-se o incômodo de ficar atônita, mas sem nenhuma manifestação de pesar. Tendo o pai como espelho de conduta, não faria diferença. A frieza dos Cunha Vasconcelos sempre fora sua herança mais acentuada.

O luto pelo falecimento era amargado unicamente pela criada, prestes a chorar.

— A sinhá...

— Não aguentou, Conceição! — interrompeu-lhe a lamúria. — Foi um parto complicado e ela faleceu dando à luz um natimorto. Vai ser enterrada amanhã com toda honraria que uma boa esposa merece.

Não precisava ser letrada para entender o traçado perverso que o grão-senhor havia escrito. A honra desdourada de um marido traído fora purificada com o sangue da esposa adúltera.

Em silêncio, a mucama abraçou a menina com mais força, como se a consolasse pela perda da mãe, e encobriu a lágrima que deixara escapar.

Tendo decretado uma variante dolosa para acobertar os fatos, restava a Batista apenas se assegurar do consenso entre seus cúmplices:

— Entendeu o que aconteceu, filho? — perguntou-lhe de maneira incisiva, conseguindo seu aceno de cabeça. — Tem algum problema com isso?

— Nenhum, pai.

Sobre o nascimento de um natimorto o adolescente sádico não escondia sua predileção por corrigirem a realidade, mas a punição trágica dada à sua mãe pela infidelidade já satisfazera seu apetite cruento.

Grato pela conivência do filho, Batista apoiou as mãos carinhosamente em seu pescoço e encenou um olhar pesaroso para ajudá-lo na representação do luto.

— Vá até a cidade e fale pro padre Silva da nossa tristeza.

Sem precisar de uma segunda ordem, Antônio abandonou prontamente o quarto das criadas para montar no primeiro cavalo que visse selado na cocheira e galopou as léguas sob a penumbra da madrugada mais escura, levantando terra na estrada sinuosa rumo ao centro.

Na companhia da escrava e da criança bastarda, a quem a mulher acolhia cuidadosamente como se fosse cria sua, Batista ponderava sobre sua decisão, receoso de que a verdade pudesse escapar das paredes daquele quarto.

— Conceição — ele a chamou e recebeu de volta suas vistas afogadas em água. Sem apreço por sua tristeza, aproximou-se para adverti-la de sua cumplicidade: — Hoje eu parei a peixeira do Antônio. Mas se um dia você resolver abrir essa boca, seja pra quem for... eu não vou impedi-la de te rasgar.

A ameaça foi mais do que compreendida e a mulher inclinou o pescoço acatando as palavras sem contrapontos.

— E faz logo essa peste dormir! — irritou-se com o choro incessante da criança. — Depois vai preparar o corpo da Maria de Lourdes.

Determinado o encaminhamento da noite, Batista deu as costas para a criada, sedento por embriagar-se de sua cana artesanal. Porém, antes de cruzar a porta arrebentada do aposento, ressaltou:

— E não esquece de cobrir bem por volta do pescoço.

Apesar de não entender a peculiaridade do pedido, Conceição atenderia qualquer comando do grão-senhor nos mínimos detalhes.

Embarcada na amargura de ter que limpar o defunto da única amiga que tivera durante quase duas décadas, faria a função com o esmero que Malô merecia.

O afastamento dos Cunha Vasconcelos do recinto veio como bênção à menina, que parecia não se acalmar. Na ausência dos senhores, de imediato ela serenou o seu choro doído e os soluços foram enfraquecendo até que o cansaço lhe permitisse adormecer.

Na placidez do primeiro sono, finalmente Conceição pôde observá-la com calma pela primeira vez. Era, de fato, uma bebê formosa. Sua pele mais clara, cor de jambo, contrastava com alguns traços africanos mais definidos. Linda em suas particularidades, sua fisionomia não lembrava muito a mãe. Era uma miscigenação agradável de se olhar, favorável à menina.

Após separar um canto da cama para a criança e cercá-la por uma parede de panos amontoados para que não corresse o risco de rolar para o chão, a mucama preparou seu íntimo para ver o defunto da amiga.

Ao deter-se na entrada do funesto aposento, onde um mesmo leito partilhara a função de parto e óbito, lembrou das conversas que nunca mais teriam e amargou melancolicamente o fato de que aquela seria a última vez que pentearia seus cabelos lisos, mas cacheados nas pontas. Seu lamento silente era o único protesto ao qual tinha direito, e não revogaria sua manifestação.

Debruçada no luto, ela respirou fundo e obrigou-se a cumprir a função que lhe fora atribuída. Bastaram-lhe poucos passos no assoalho rangente da alcova para reparar no pescoço de Malô, negro de tão bruto o arroxeado, e compreender o motivo de precisar encobertá-lo.

Não bastasse vislumbrar a *causa mortis* da sinhá, ao beirar a cama viu Inácio deitado sobre os panos ensopados e malcheirosos ao lado do cadáver da mãe, repousando no sossego de sua inocência.

Pesarosa pelos traumas que o menino carregaria, Conceição ficou abismada perante aquele quadro pintado com a aquarela mais triste.

Sem muito o que fazer, acolheu o garoto nos braços com extremo cuidado para não o acordar e o carregou até seu quarto. Delicadamente, trocou seu pijama molhado, antes de ajeitá-lo na cama, e o cobriu.

Conceição tinha grande afeição por Inácio e estava preocupada com sua enorme dependência materna. Observando-o dormir, resguardado pela égide da ingenuidade, ela soube que, além de cuidar da recém-nascida, também precisaria suprir a falta que Maria de Lourdes lhe faria.

Foram muitas as vidas destruídas naquela noite.

As memórias enterradas do infortúnio romperam violentamente a mortalha do esquecimento para apresentarem-se de forma clara a Inácio após seus tantos anos de negação.

— Você teimava em não acreditar que sua mãe estava morta, mesmo depois de vê-la sendo enterrada! — Batista atribuiu, covardemente, culpa ao inconsciente do filho. — Ficava espernenado a noite toda, perguntando quando ela ia voltar. O que eu podia fazer, Inácio?! Você não aceitava!

A confissão do pai reacendeu as lembranças traumáticas do filho, mas a revolta não estimulou seus braços cansados a agredirem o pai. Pelo contrário. A recordação da terra escura sendo jogada sobre o caixão da mãe e as fisionomias de falso luto dos familiares, afogaram seus olhos em água e as palavras, inúteis, ficaram presas na garganta.

— Vi que o melhor era quebrar sua idolatria pela Maria de Lourdes — continuou o pai a despejar a incômoda verdade. — A história de ela ter abandonado a família foi a única que fez cortar o laço que você tinha com a maldita. Aos poucos você foi esquecendo dela e pôde voltar a ser uma criança normal. Foi pro seu bem, Inácio.

A justificativa pérfida exauriu o ânimo pela vida no Cunha Vasconcelos mais jovem. Sem reação, ele residiu duro como um morto de pé que somente aguardava para ser sepultado.

Pela porta da sala de jantar, voltou Jonas com a garrucha de Batista nas mãos:

— Carreguei pro senhor. — entregou-lhe a arma.

— Obrigado, Jonas. — ele a recebeu com o cano erguido para não deixar cair o chumbo.

Era impossível não notar a atmosfera desagradável do conflito que acabara de ser travado. No lugar da postura aguerrida de Inácio em querer salvar Damiana de ser oferenda para a assombração, uma estranha apatia corroía seu rosto em manchas negras que lhe cercavam os olhos.

Batista, ao ver a dúvida que pairava no semblante do seu empregado, não se atrasou em esclarecer o motivo da perturbação:

— Estava aqui contando pro Inácio sobre a mãe dele. Já passava da hora de termos essa conversa.

Instigado pelo grau de cumplicidade que destinavam ao homem de confiança da fazenda, o caçula quebrou o silêncio ao voltar o olhar surpreso para o pai:

— O Jonas sabe da verdade?

— Nossa mãe teve um funeral grande na cidade, Inácio — intrometeu-se Antônio, a fim de evitar que o irmão falasse demais. — Todo o mundo sabe que ela não aguentou parir a nossa irmã falecida.

Pasmo com a dimensão daquela fraude condenável, o rapaz girou o pescoço na direção do peão e o encarou, sem palavras, incrédulo de que seu pai e seu irmão tivessem conseguido esconder por tanto tempo aquele crime passional de tantas pessoas.

Arrostado pelo vulto pesaroso de Inácio, Jonas confundiu seu espanto com o luto tardio de um filho que acabara de receber a pior das notícias.

— Sei que é tarde, patrão Inácio, mas ofereço-lhe meus sentimentos pela perda. A senhora sua mãe era uma mulher de muito respeito.

A condolência atrasada do homem confirmou sua ignorância.

Um sorriso nervoso foi a reposta do jovem aos sentimentos prestados pelo empregado.

"Tudo nesta fazenda é uma mentira", pensou consigo mesmo.

Preocupado que seu filho estivesse prestes a ter uma manifestação tempestuosa e revelasse o segredo dos Cunha Vasconcelos, Batista buscou aproximação:

— Inácio...

O caçula abaixou a cabeça e deu um passo para trás, não permitindo que as mãos do pai o tocassem.

Sua aversão pela família o fez refletir rapidamente sobre os valores que gostaria de carregar ao túmulo e, sem muito o que discutir no íntimo de sua moral, determinou o próprio destino:

— Conseguiste o que querias, meu pai. — voltou a encará-lo com olhos marejados e dirigiu a palavra ao irmão: — Podes ficar com a chave, Antônio. Peço-te apenas que me faças um favor...

— Não te devo favor nenhum! — retrucou o mais velho de modo grosseiro.

— Mas deste sei que vais gostar. Quero que me tranques junto com Damiana.

O patriarca dos Cunha Vasconcelos foi pego de surpresa com o extremismo dramático.

— De jeito nenhum, Inácio! — protestou Batista.

— Não é escolha tua, meu pai. Quero ficar ao lado dela durante estas últimas horas.

— Por mim está justo — concordou o irmão arqueando os lábios, satisfeito com a proposta.

— Cale a sua boca, Antônio! — o pai sustou-lhe a opinião inadequada num brado irritado e amansou a voz para dirigir-se ao mais novo: — Inácio, pense no que está dizendo. Não vou permitir que morra ao lado da escrava.

— Não cabe ao senhor permitir.

Batista aguardava que algum tipo de crise recaísse sobre o caçula, mas jamais um surto psicótico que selasse uma sentença de suicídio.

— Não! — decretou sua palavra como lei. — Nem que o Jonas precise te segurar a madrugada inteira, não!

Devoto à sua vontade de estar com Damiana, sobrou a Inácio somente o ultimato de destruir o que seu pai mais prezava:

— Se não quiseres que teu orgulho seja manchado com o que sei, não impedirás o Antônio de me levar. — renunciou à deferência que sempre o restringira e foi certeiro no tom da advertência.

O grão-senhor arregalou os olhos, perplexo com o desrespeito do filho:

— Você... você tem coragem de me ameaçar depois de tudo que eu te dei, Inácio?! — praguejou. — Minha preocupação sempre foi deixar um legado do qual você e seu irmão se orgulhassem! Sempre coloquei esta família em primeiro lugar!

— Não, meu pai. O que sempre puseste em primeiro lugar foi o seu sobrenome.

O homem se calou. O contra-argumento, apesar de atrevido, não poderia ser desmentido se refletisse sobre ele com base em sua decisão por difamar a memória de Maria de Lourdes perante o filho.

Contrariado, Batista soltou o ar dos pulmões e se afastou, dando passagem para que Inácio tomasse o rumo que bem quisesse.

Sem hesitar, o jovem caminhou à porta sem se despedir e foi seguido por Antônio com a chave em mãos.

— Esperem! — o pai os chamou antes que abandonassem a sala de jantar. — Não vou deixar filho meu morrer de mão abanando.

Mesmo aborrecido, seu instinto paterno não lhe permitira observar de forma apática a marcha de Inácio pelo corredor da morte. Sabendo que, ao menos, poderia proporcionar a ele uma maneira de se proteger, caminhou até o caçula.

— Se o Saci não se contentar com a oferenda, mire direito e aperte este gatilho. — Ofereceu-lhe sua garrucha. — Vai que ele resolve se transformar em redemoinho de vento e ir embora.

Levemente comovido pela preocupação de seu pai, Inácio aceitou o presente e amansou a voz para lhe responder sem provocações:

— Farei o melhor uso que puder.

Com um sorriso desgostoso, Batista acenou positivamente com a cabeça apenas para compartilhar da suspensão momentânea de hostilidades. Não confiava nas aptidões belicosas do filho mais novo.

Queria implorar-lhe para que reconsiderasse a decisão, porém seu olhar suplicante foi ignorado. Contra a vontade, deixou que ele se fosse, mas não sem antes revelar um de seus maiores arrependimentos:

— Seu irmão estava certo, Inácio. — conseguiu a atenção do filho uma última vez. — Eu devia ter matado a crioula quando ela nasceu.

O olhar odioso empapado em seu remorso nefando não foi desviado quando arrostado pelo caçula pronto a digladiar.

Inácio só não retomou a discussão por ter sido empurrado por Antônio:

— Vai! Antes que se acovarde.

Após ter abdicado de seus direitos como um Cunha Vasconcelos, não havia motivos para continuar uma contenda infrutífera. No entanto, antes de abandonar de vez sua família, quis perturbar o pai com algo que estava entalado em sua garganta:

— Já que esta pode ser nossa última noite juntos, eu gostaria que soubesses de algo.

— O quê, meu filho?

— Teus alertas... saibas que de nada me serviram.

Inácio despejou a confissão proibida na mesa das verdades para mostrar ao pai que ele não era o único a segurar cartas com revelações tormentosas.

Um terrível espanto terminou de assolar o vulto arruinado de Batista. Ao assimilar que o filho havia cometido o incesto, perdeu-se no labirinto das suas mentiras, pelejando contra a anuência de que elas nada adiantaram para evitar um dos piores pecados.

Com a alma de seu pai empalada na lança do martírio, o jovem seguiu à sala da oferenda sem arrependimentos.

Sentada em agonia, na mesma poltrona onde o senhor da fazenda costumava descansar as pernas, em frente à lareira, Damiana estava desorientada, o tronco no compasso de um pêndulo, olhando, mas sem enxergar, as pequenas chamas terminarem de arder nos restos de madeira seca.

O barulho da chave rodando na tranca a tirou de seu estado de profunda abstração, dando-lhe uma faísca de esperança de que a estariam livrando do sacrifício. O que viu, no entanto, foi seu amante arremessado para dentro do recinto e trancado junto a ela.

— Inácio! — ela correu para confortar-se no abraço do rapaz e pegou o seu rosto, buscando-lhe avidamente a boca.

— Não... não, Damiana. — ele se afastou dos lábios carnudos que também queria beijar e tirou-lhe as mãos das bochechas, mas sem as largar.

— O que foi? — estranhou que Inácio fugisse de seus olhos.

— Damiana... é melhor não... não... fazermos mais isso.

— Isso o quê?

— Tocarmo-nos deste jeito.

Confusa, a garota repudiou as mãos que lhe acariciavam os dedos e se apartou:

— Por que não ficou lá se veio só pra me rejeitar de novo? — deu-lhe as costas para esconder o pranto.

— Damiana... — Inácio aproximou-se querendo tocá-la, mas deteve a cobiça de encostar em seus ombros. — De todos os lugares que eu poderia estar nesta casa, contigo é o único onde me sinto à vontade. Mas... não podemos.... não podemos...

— Por que não, Inácio?! — voltou-se a ele de maneira arredia, aumentando o tom da voz ao perquirir o motivo de sua recaída. — Me fale o que mudou? Me deixe entender!

— Por favor, Damiana. Algumas coisas são melhores quando não ditas. É melhor... é melhor que eu carregue esta cruz sozinho.

— Não faz isso de novo comigo, Inácio — implorou-lhe, voltando a derramar suas lágrimas. — Não agora. Por favor, não faz. Não faz...

Damiana quase se prostrou por não aguentar o peso da nova rejeição. Suas mãos cobriram os olhos alagados, no anseio de esconder-se, como se a renúncia das vistas pudesse fazê-la desaparecer.

Massacrava Inácio por dentro ver a mulher a quem amava deitar-se no leito do sofrimento. Não conseguia imaginar uma falsa história para contar-lhe que fizesse sentido para justificar o comportamento, mas acreditava estar correto em não repartir a dor do incesto com sua meia-irmã.

Amargurado com o estado de Damiana, ele não suportou a própria censura moral e a pegou nos braços com ternura, banindo para longe seu tormento.

Para confortá-la nas últimas horas que tinham de vida, o rapaz resolveu pecar uma última vez. Se ambos estavam destinados a morrer aquela noite, que ele fosse o único a remoer eternamente o arrependimento do relacionamento impuro.

Com o dedo carinhosamente sob o queixo da amada, ele levantou o rosto triste da garota e entregou-se ao beijo apaixonado mais longo de suas vidas.

Após os lábios se apartarem, os braços entrelaçaram-se na maior expressão de afeto verdadeiro, e os corpos se acolheram.

No completo silêncio, ficaram agasalhados um ao outro no abraço mais solitário, feito de um desespero manso, aproveitando o breve momento de paz, livre das preocupações. Inácio sabia que talvez nunca mais a visse:

— Desculpe-me, Damiana. Não queria magoar-te novamente.

Recomposta, a jovem criada ofereceu um leve sorriso passageiro e secou os olhos marejados para, finalmente, conversarem:

— Quando virão te buscar? — preocupou-se com o tempo que restava para se despedirem.

— Não virão, Damiana.

— Não virão? — repetiu as palavras de Inácio, incerta de tê-las entendido.

— Pedi que me trancassem cá também.

— Pediu? — expôs o semblante descrente. — Por quê?!

— Pois quero ficar contigo.

— Não, Inácio! — repudiou sua deliberação passional. — Você não ouviu o motivo de me prenderem nesta sala? Estão me jogando como oferenda!

— Sei bem disto, Damiana. Não poderia deixar-te sozinha para enfrentar a assombração.

— Não quero que você morra por minha causa, Inácio. Por favor, você precisa sair agora!

— Eu ficarei! — Foi categórico em sua sentença. — Minha decisão já está tomada. Se for para morrer, prefiro que seja ao teu lado.

Apesar de a atitude do rapaz em renunciar à própria vida para estar ao seu lado ser uma declaração intensa de amor, aceitá-la seria ir contra a reciprocidade do sentimento mais nobre.

Damiana estava prestes a recorrer do veredicto quando o assobio tenebroso que precedia a chegada do Saci inibiu seu apelo.

O sopro ainda estava distante, porém seu tom inconfundível horripilara os dois jovens, que se entreolharam amedrontados. Sabiam que aquele era o aviso de que em poucos minutos o cadáver vingativo invadiria a casa com sua fúria assassina.

Na sala de jantar, os homens também ouviram o sibilo maldito e se movimentaram.

Buscando completo resguardo entre as grossas paredes do recinto, Antônio Segundo correu para trancar a porta de saída ao corredor, enquanto Jonas fez o mesmo com o acesso à cozinha.

Pesaroso, Batista abancou-se de novo em sua cadeira na ponta da enorme mesa e rogou em voz baixa:

— Que Deus proteja meu filho.

Os três permaneceram receosos, em alerta, aguardando que o fantasma se contentasse com a oferenda e os deixasse viver.

Debaixo do manto negro da noite, próximo ao bambuzal, a floresta abrigava as carcaças dos defuntos que Jonas deixara sobre a mesma terra onde haviam perdido suas vidas.

Passara-se uma dia inteiro de suas mortes e os predicados funestos de um cadáver que repousara sob o sol inclemente já podiam ser notados. Rendidos à temperatura do ambiente que os rodeava, e completamente enrijecidos, emitiam um cheiro de carne podre, atraindo os abutres famintos que planavam em círculos como sentinelas no céu, aguardando o momento certo para pousar suas garras na carniça.

Nos homens de pele mais clara, a coloração verde-azulada predominava no pescoço e na cabeça, caiando os rostos quase irreconhecíveis.

Estranha àquele cerco sepulcral, também descansava entre os defuntos a mula com seu corpo inerte, rígido como mais uma carcaça sem vida. Ao chão, ela se deitara colada à própria cabeça, como se buscasse ser completa em sua morte.

O assobio de dois tons ecoara na vastidão da mata e um sopro tomou conta do cadáver do animal, que, prontamente, se desprendeu do membro apodrecido na terra e se ergueu.

A terra mole sobre a cova clandestina de Sabola também começara a se remexer. Ao retumbar outro sibilo agudo, a mão apodrentada do escravo rompeu o solo, acompanhada de seu tronco inchado repleto de bolhas, e arrastou-se para fora.

A mula sem cabeça aproximou-se do perneta encapuzado. Para conseguir ficar de pé, o homem agarrou-se ao pouco de crina que restara no pescoço degolado do animal e, amparado pela força dos braços, saltou sobre seu lombo. Como um cavaleiro do inferno ele cavalgou sua montaria trevosa em direção à fazenda.

Na casa-grande, aqueles que aguardavam um ataque estranhavam o silêncio repentino. Calaram-se os trilados duplos e não se ouvia mais nada além do coaxo das rãs e a sinfonia noturna dos grilos roçando suas asas.

A apreensão do que estaria por vir fez os sentidos entrarem em alerta. E na audição mais aguçada pôde-se notar um novo som que tentava se ocultar de ouvidos vigilantes. Era o ranger das dobradiças da porta de entrada abrindo-se vagarosamente.

Apavorados, Inácio e Damiana estremeceram ao ouvir o ruído de pegadas sobre as tábuas que revestiam o piso do corredor. Alguém caminhava entre as paredes da residência.

— Inácio... — ela começou a chorar, agarrando-se ao jovem que a resguardara junto ao peito.

As pisadas eram leves e sua lentidão denotava o anseio de não serem percebidas. Mas a trilha do invasor se dirigia à sala e o rangido dos passos soava cada vez mais próximo.

O tímido barulho da marcha cautelosa cessou ao encontrar o local onde estavam.

Ao reparar que a maçaneta começava a girar, Inácio nem sequer piscou. O aposento trancado inibia uma invasão, mas a densa fumaça esbranquiçada que estremecia a sanidade com imagens tenebrosas encontrou sua trilha pelo vão da fechadura.

Os olhos dos cativos apavorados enegreceram e as sombras sepulcrais empestearam a atmosfera corrompendo o cômodo com sua penumbra sobrenatural.

Na sala de jantar, as trevas ainda não haviam consumido as mentes dos homens enclausurados com o cadáver de Conceição, mas os passos escutados no corredor também os intrigavam.

O som do piso rangendo recomeçara e parecia aproximar-se lentamente de onde se abrigavam. Ao ver a maçaneta sendo movida, Antônio de pronto tomou a frente de seu pai e apontou a carabina para a porta, colocando-se como um escudo armado.

Mais afastado, posicionado lateralmente à entrada, Jonas também se preparou para enfrentar a ameaça. Colou a coronha no ombro e sustentou firme a espingarda com o olho direito vigilante na mira.

A chave que residia inerte na fechadura começou a tremer sob os olhares alarmados dos covardes entocados. Sem dificuldades, o objeto desprendeu-se da lingueta e tombou no chão da sala. O som do metal ao bater no piso soou como o toque fúnebre de um sino em tributo às suas mortes.

A massa pálida de vapor começou a invadir o cômodo da ceia, preenchendo os espaços vazios, e, aos poucos, as paredes começaram a descascar. Manchas emboloradas davam uma nova cor ao ambiente amaldiçoado e o chão parecia estalar sob os pés dos apavorados. A encorpada mesa central de carvalho apodrecera sob as vistas descrentes de Batista. Do teto gotejavam fluidos viscosos que exalavam o fedor de um cadáver pútrido. O pranto sofrido de uma alma torturada retinia próximo ao corpo sem vida da mucama. Um delírio quase inaudível, mas capaz de arrepiar o mais valente dos homens.

Novamente o assobio maldito foi ouvido por todos. Alto e próximo à sala, na beirada do umbral, como um grito de guerra que indicava o lugar a ser atacado.

De súbito, um trote correu veloz sobre as tábuas do corredor e a porta foi violentamente arrombada.

Os homens contemplaram a garbosa mula infernal, labaredas imponentes à vanguarda, empinada sobre as patas traseiras. Embaralhada à neblina que impregnava o cômodo entenebrecido, ela marretava com os cascos da frente o que restara da entrada.

Montado sobre o animal robusto, o Saci, em sua figura monstruosa cada vez mais decomposta, agarrava-se com uma das mãos ao restante da crina enquanto a outra brandia o facão no alto.

Quando os dois avançaram para dentro da sala, Antônio disparou no torso do escravo, que se desequilibrou da montaria e caiu no assoalho.

— Atira, Jonas! — ordenou-lhe enquanto recarregava a chumbeira.

O peão buscava o negro deformado entre a mira, mas o trovejo do disparo agitara a mula, que lançava ao ar seus golpes impetuosos como um corcel indomável, impedindo-o de encontrar uma pontaria certeira.

O animal assustado virou-se à única passagem aberta e acabou acertando um dos seus coices no rosto de Antônio, arremessando-o violentamente para trás.

Mesmo preocupado com o filho, Batista não conseguia sequer gritar o seu nome. Encarcerado pelo medo, acompanhou sentado, sem reação, Antônio chocar-se contra a parede e desmoronar de cabeça no chão sem dobrar os joelhos.

Inquieta, a mula correu para fora da mansão, esbarrando em tudo que estava à sua frente, até encontrar um caminho de volta à floresta. Sua fuga abriu espaço para que Jonas pudesse, finalmente, colocar o Saci na linha do disparo.

Com dificuldade, Sabola finalmente se reerguera sobre a única perna que lhe restava e viu, através das tramas do saco manchado em seu rosto, o dedo do peão pronto para apertar o gatilho.

A assombração ignorou a desvantagem física e saltou em sua direção com o sabre curto em punho, determinada a rasgá-lo.

Com pouca distância do alvo e um ângulo reto, Jonas fez o desfecho.

O chumbo alvejou o ombro esquerdo do escravo-cadáver e seu corpo rodou com o impacto. Aproveitando o movimento que quase o fez cair, rapidamente o Saci transformou-se em redemoinho de vento e continuou em direção ao peão. Quando próximo, retomou seu físico assustador com o facão no alto e, acompanhando o rodopio da rajada, decapitou Jonas com a lâmina amolada do terçado.

O corpo degolado permaneceu de pé alguns poucos segundos antes de desabar e derramar seus litros de sangue no assoalho ao lado da própria cabeça.

Sabola perseverou hirto, rosto baixo a admirar a nova coloração escarlate do piso.

Ainda sentado à mesa, Batista percebeu a criatura sobrenatural distraída em seu devaneio macabro e vislumbrou a fuga pela porta estraçalhada. Esboçou levantar-se, mas logo estremeceu ao ver Sabola virar o tronco em sua direção de maneira assustadora.

O senhor da fazenda não conseguia enxergar através do gorro avermelhado de sangue que encobria as expressões do monstro, porém sabia que seus olhos o cobiçavam.

Trêmulo, o homem ergueu-se da cadeira e se abrigou inutilmente por trás da mesa enquanto era mirado pela aparição maldita.

Um primeiro salto do Saci já lhe dificultou a fuga pelo vão escancarado. Intimidado pelo facão largo bloqueando a passagem, Batista buscou outra saída, longe da lâmina ensanguentada.

Sem movimentos bruscos, caminhou de costas em direção ao acesso à cozinha, próximo de onde Antônio tombara. Quase caiu ao esbarrar com o calcanhar no defunto de Conceição, mas conseguiu alcançar a passagem.

Com cautela redobrada, inclinou a maçaneta, só que a porta estava trancada. Desesperado, começou a suar frio enquanto suas mãos vacilantes tentavam rodar a chave em vão.

Sabola avançou rapidamente em saltos medonhos para finalizar seu intento fúnebre.

— A escrava... a escrava está na outra sala — apelou o fazendeiro. — Pegue a desgraçada e vá embora!

Mal completou seu rogo covarde e teve o fôlego arrancado dos pulmões com a chapa delgada perfurando-lhe o meio do peito.

Congelado numa expressão de pavor, tentou puxar o ar uma última vez, mas sufocou-se no abandono do sopro.

Ao ter a faca retirada bruscamente do torso, seu coração parou. A pele foi ficando sem cor, acinzentada, e os olhos, antes anegrejados, retomavam a cor natural sob as pálpebras arregaladas, que enrijeceram, deixando-os bem abertos.

A perda involuntária de força na musculatura afrouxou-lhe as pernas e o corpo sem vida do grão-senhor desmoronou de queixo no assoalho duro, bem ao lado do filho.

Na sala de estar, Damiana permanecia amparada nos braços de Inácio, rogando em silêncio por uma salvação. Dominada pelo pavor, não permitia que suas vistas contemplassem o ambiente tétrico que os cercara. A esperança de sobreviverem à madrugada maldita parecia esmorecer a cada novo suspiro. Principalmente após o pandemônio que escutaram no cômodo do outro lado do corredor.

O jovem, perquirindo uma explanação coerente nos cantos da razão, observava curioso o cenário empesteado pela morbidez. Ao insistir para si mesmo que tudo não passava de alucinação, tentou convencer Damiana de sua verdade para que pudessem fazer algo para tentar escapar.

— Damiana... — ele a desgarrou de seu peito e a segurou pelos ombros, buscando suas vistas. — Abra os olhos.

— Não — respondeu enclausurando-os ainda mais.

— Precisas! Isto que estamos a enxergar não é real. Abra. Por favor.

Suas pálpebras relutavam em outorgar à visão o fim de seu encarceramento, mas ela, receosamente, cedeu ao apelo e os abriu, entregando-se ao horror daquele retrato tenebroso.

Naquela manifestação fabricada de demência, a lareira abdicara de sua chama tímida para arder em flamas teatrais cianóticas, azulando o que parecia ser o interior de um monumento sepulcral.

Um líquido negro viscoso escorria sobre as paredes emboloradas e o assoalho rangia como se fosse se despedaçar a cada toque da neblina cerrada que dançava morbidamente entre os móveis avelhantados.

Inácio reparou na ausência do branco nos olhos de Damiana. Fundos em suas órbitas cavadas, eles estavam completamente vestidos de preto. E pelo espanto da garota ao encará-lo de volta, estava claro que a ela os seus também pareciam desfigurados.

— Fique atenta — alertou Inácio antes de apartar-se para ir em direção à porta.

— Inácio... — ela o segurou, temerosa em ficar longe de seus braços.

O rapaz tentou acalmá-la com uma aparente certeza de saber o que fazia e pôs o indicador sobre os lábios, pedindo-lhe para ficar em silêncio.

Sem largar a garrucha carregada, ele caminhou cauteloso em direção à entrada, empenhando-se para não emitir nenhum ruído com os pés enquanto se desviava dos horrores imaginários que preenchiam o aposento.

Ao chegar, colou o ouvido na folha de madeira para tentar descobrir se o invasor ainda estava na casa. Nenhum som, mesmo abafado ou indistinto, podia ser ouvido.

— Está tudo em silêncio — informou à Damiana, surpreso.

Sua mão girou a maçaneta, mas ela estava trancada, como presumia.

Acometido pelo impulso de um entusiasmo sem nenhuma serventia, bateu os ombros contra a porta, repetidas vezes, no ensaio desastroso de querer derrubá-la.

— Não, Inácio! — a garota rogou para que parasse, receosa de que a assombração fosse atraída.

O jovem desistiu de seu intento inútil. Não devido ao apelo temeroso, mas por perceber que por ali não conseguiriam escapar. Buscando alguma outra saída entre a névoa densa e os adornos sinistros que ocupavam o ambiente, suas vistas encontraram as tábuas pregadas à moldura da janela estilhaçada que separava a sala da varanda externa.

Na expectativa de que os escravos tivessem realizado um péssimo trabalho em obstruir o rombo após o primeiro ataque do Saci à casa-grande, Inácio acelerou o passo para analisar se as placas permaneciam firmes.

Para seu infortúnio, os pregos bem martelados estavam rentes à madeira e sem nenhuma sobra que pudesse agarrar. Entretanto, antes que perdesse por completo a esperança, notou que o batente da janela onde as hastes foram cravadas era de um lenho mais macio que poderia ceder se aplicada a devida força.

Sem embaraço, o rapaz começou a chutar com a sola de seu sapato as barreiras que lhes inibiam a liberdade. O empenho alentado nos golpes era como o de um herói destemido que encarnara o papel de salvar sua donzela.

A obstinação das pancadas lascou a moldura e afrouxou os pregos da tábua mais baixa, que começava a se desprender. Assim que identificou uma fenda onde pudesse pôr as mãos, agarrou-a sem se incomodar com as farpas e puxou com toda a força. A placa foi ao chão, mas o vão ainda era estreito para escaparem.

A altura elevada da chapa presa no centro da janela impedia que Inácio a atingisse com as pernas e não havia apoio adequado para arrancá-la com os braços.

Procurando algo pesado que pudesse usar como marreta, Inácio notou o candelabro maciço em prata sobre a estante mais próxima. Sem hesitar, largou a garrucha para agarrá-lo com ambas as mãos e começou a golpear a segunda peça de madeira.

As batidas com a base larga e firme do castiçal eram vigorosas. A cera quente das velas que ainda ardiam respingava em suas mãos, queimando-lhe a pele, mas ele não se deteve até que a folha estivesse partida.

Enfim despedaçada, o jovem contemplou a escuridão da noite à sua frente. Por pior que parecesse, aquela trilha sombria repleta de perigos escondidos sob o manto negro da madrugada era o caminho para a salvação.

— Venha, Damiana. — estendeu-lhe a mão, ao pé da janela.

A garota temia até mesmo se mover naquele antro fantasmagórico. Estava ancorada ao brejo mórbido dos seus medos mais profundos.

Apesar de ansioso, Inácio aguardava pacientemente Damiana superar seu pânico. Lançou-lhe um sorriso improvisado de falsa confiança para convencê-la de que tudo estava bem.

De súbito, a porta da sala foi destrancada. A escrava, de costas para a entrada, não percebeu, mas o rapaz, com os olhos apontados em sua direção, a viu abrir-se vagarosamente.

Sua expressão mascarada de fidúcia foi destronada pelo espanto. Suas pernas tremeram ao contemplar uma nova aparição assustadora que atravessara os umbrais como se pairasse pela neblina maldita. Era um espectro encapuzado tenebroso, coberto por uma veste negra, tal qual a própria Morte.

Do rosto velado pelo manto sombrio, o fantasma fumegava a bruma sinistra que amaldiçoava o ambiente. Seu contorno era menos grotesco que o do putrefato escravo-cadáver, porém a mitologia por trás daquela forma ancestral era ainda mais temível.

Embasbacado, Inácio não esboçava reação. Sua descrença em estar diante do inexplicável feriu-lhe a lucidez, castrando qualquer impulso de juízo e inibindo-lhe a capacidade de antever as intenções da criatura.

Um berro angustiado de sua amada o fez voltar a si. Agarrada de surpresa pelas costas, Damiana se debatia desesperadamente para tentar escapar do braço que a encobrira. Ela lutava como podia, mas não tinha forças para se ver livre do abraço que a arrastava em direção à porta.

Sem perda de tempo, o jovem largou seu candelabro para alcançar a garrucha sobre o móvel e a engatilhou, colocando a aparição na direção do cano.

Inácio não tinha prática de tiro e estava temeroso em alvejar Damiana na linha do disparo. Contudo, deixar que o espectro funesto a levasse era o pior dos cenários. Segurou a respiração e esperou. Quando a garota, num impulso mais valente, afastou-se alguns centímetros do espectro, ele fez o desfecho.

A bala acertou o ombro esquerdo da criatura, que emitiu um grito ensurdecedor. Junto ao seu brado dolente, um estranho objeto foi expulso de dentro do capuz e caiu ao chão, fazendo com que parasse de fumegar. No entanto, mesmo ferida, a assombração não largava a escrava. Estava determinada a levá-la consigo.

De repente, Damiana parou de espernear. Não por aceitar seu destino, mas por estranhar o que avistara aproximar-se na penumbra da varanda por trás de Inácio. Quando reconheceu o desenho do que estava escondido entre as sombras, percebeu que não era o Saci quem a puxava, pois ele estava ali, ameaçador, próximo à janela.

A fim de evitar que seu amado caísse na mesma armadilha na qual vira Fagundes perecer, ela gritou, a plenos pulmões, para tentar salvá-lo.

Em vão.

O caçula dos Cunha Vasconcelos mal rodara o tronco à moldura e a lateral do pescoço foi talhada pelo enorme facão ensanguentado do escravo-defunto.

Alagada na torrente dos prantos, a garota berrava descontrolada, aguardando alguma reação do esfaqueado para que pudesse contestar a sua morte.

Mas o rapaz estava inerte, olhos revirados na direção da luz divina. Quando a lâmina foi desenterrada de sua jugular, espirrando sangue pelas paredes, mesmo que quisesse resistir, foi impossível à alma não se render. Seu corpo amoleceu e tombou de lado com a cabeça frouxa, presa ao pouco de pele que ainda a prendia ao tronco.

Em choque, Damiana não aguentou ver o homem a quem amava desabar sem vida com um talho grotesco no pescoço. Seu berro derradeiro esvaeceu-se no meio do sopro e ela perdeu os sentidos, apagando nos braços da assombração obscura.

11.

A MADRUGADA FUNESTA CHEGARA AO FIM COM O TOM alaranjado do alvorecer, que aparecia sobre o canavial abandonado da Fazenda Capela, desbotando o anil-escuro do céu.

Os animais diurnos celebravam a manhã pulando entre os galhos dos arbustos, sem que lhes fizessem diferença os defuntos largados entre os vultosos muros da mansão, que só importavam aos insetos com suas larvas necrofágicas.

Estava selado o mausoléu faraônico que a casa-grande se tornara.

Entre os escombros da batalha, a luz encontrou uma passagem por entre as frestas da ruína para atingir o rosto de Antônio, ainda desacordado sobre o mesmo lugar onde caíra. Incomodado com a claridade, ele saiu de seu estado inconsciente e amargou as dores na face, fortemente marcada pelo casco firme da mula, antes de abrir os olhos.

Ainda mais penosa foi a razão de seu susto ao acordar. Deitado a menos de meio metro ao seu lado estava o cadáver de Batista, olhos bem abertos e perolizados começando a afundar para o interior do crânio, encarando-o como se velasse seu sono, à espera da companhia do filho no pós-morte.

Perturbado com a imagem do pai falecido à sua frente, pele abraçando a lividez cadavérica e lábios empalidecidos, Antônio levantou-se rapidamente do chão ensanguentado.

Com as mãos e as vestes coradas pela seiva ressecada, avaliou o resultado da tragédia. A sala de jantar estava livre da neblina funesta que a entenebrecera com o delírio. Os móveis não pareciam apodrecidos, muito menos as paredes emboloradas. Apesar dos defuntos, tudo aparentava ter voltado ao seu estado de origem.

Curioso por não ver Jonas entre os abatidos pela fúria vingativa do escravo, buscou o peão na falsa esperança de encontrá-lo vivo. Porém, quando as vistas perceberam a enorme mancha de sangue espirrada na parede do outro lado da mesa, a carcaça degolada no canto da sala se apresentou entre os mortos.

O plano de Antônio em oferecer Damiana para amansar o Saci fracassara e todos que conspiraram contra a vida do escravo quando vivo fraquejaram à gana cruenta de sua desforra póstuma. Se o filho mais velho de Batista não tivesse desabado após o coice violento que recebera na cabeça, com certeza também estaria entre os retalhados na sala.

Contudo, ainda de pé, interessava-lhe saber se a criada fora levada ou se também sucumbira à ira truculenta. O sobrevivente atravessou os cadáveres para chegar ao corredor e deteve-se ao pé da escadaria, de frente ao umbral principal da mansão.

Algo lhe parecia suspeito. A entrada estava completamente escancarada e as pegadas da mula marcavam no assoalho trincado sua direção aos destroços da sala de jantar. Mas do outro lado, no cômodo da lareira onde trancafiara Inácio e Damiana, a porta encontrava-se aberta, porém sem nenhum sinal de arrombamento.

De modo instintivo, Antônio levou as mãos aos bolsos da calça para averiguar se a chave lhe fora roubada enquanto esteve inconsciente. Ao encontrá-la no mesmo local onde a guardara, um ligeiro tremor correu-lhe os pelos do braço. Surpreso, retirou o utensílio de seu abrigo, na altura da cintura, e o encarou com uma enorme interrogação exposta no rosto.

Determinado a buscar uma resposta, deixou que o instrumento tombasse aos seus pés e entrou no recinto. Logo que cruzou a soleira, chegou a pensar que Inácio e Damiana haviam escapado à cólera do fantasma. A garota não era encontrada pelos cantos, tampouco o jovem parecia figurar como um cadáver.

O vazio e o silêncio imperavam no ambiente. Ao contrário da sala de jantar, banhada em sangue e deixada à ruína, aquela dependência mal parecia ter sido maculada. O único destroço aparente eram as tábuas rompidas que fortificavam a janela previamente estilhaçada.

Na procura de algo que comprovasse a fuga dos cativos, esbarrou com seu engano. Sobre uma enorme poça de sangue que jorrara da grotesca fenda na garganta, o corpo de Inácio podia ser visto desabado ao lado da moldura. Seu pescoço aberto mal segurava a própria cabeça sem o devido apoio do assoalho.

Antônio errara ao presumir que o irmão caçula pudesse ter escapado da sanha do Saci, mas não se abalara ao testemunhar o cadáver do parente assassinado brutalmente. Sua maior tristeza era ver a tapeçaria do chão encharcada pela seiva de mais um Cunha Vasconcelos e perceber que a casa-grande, além de residência da família enquanto viva, também se firmara como sua morada póstuma.

Porém, algo mais o incomodava. Damiana não estava ao lado de Inácio, nem seus pedaços espalhados pelos móveis. E se ela não figurava entre os mortos, parecia correto a Antônio julgar que sua ideia de entregá-la como oferenda funcionara, apesar dos danos colaterais desastrosos.

Se pudesse voltar os ponteiros do relógio, não cometeria novamente o erro de permanecer na casa, ostentando a soberba tola de um capitão derrotado que se nega a abandonar a própria embarcação debaixo d'água. No primeiro indício de que a maré do tormento avançava impiedosa sobre a margem, deveria ter sugerido que deixassem a criada a sós. O resultado do plano poderia ser avaliado ao retornarem na manhã seguinte, depois que o sol revogasse a permissão dada pela lua para o massacre noturno.

Antônio roçou a mão sobre a barba por fazer. Como único Cunha Vasconcelos de pé, não poderia fugir da responsabilidade que lhe fora jogada sobre os ombros. Com a morte de Batista, e sem o irmão para reivindicar parte da herança, o título de grão-senhor de Capela era seu e precisava pensar em como reerguer o engenho.

Perdido no labirinto da incerteza, seus passos desatinados rangiam no piso de madeira. Sem bússola, procurava uma trilha que lhe apontasse o norte quando, de repente, pisou em algo que chamou sua atenção.

Um artigo curioso, prontamente reconhecido, estava largado no chão. O homem arqueou as sobrancelhas, tentando se convencer de que seus olhos o tapeavam. Era impossível àquele objeto estar na sala de estar da casa-grande, camuflado entre as alfombras que cobriam o assoalho.

Intrigado, pegou-o nas mãos para analisar melhor o que encontrara.

Deitada sobre terra batida, Damiana começava a abrir os olhos. Sentia-se cansada e ainda confusa com a vaga recordação de como chegara ali.

Ao lampejar a lembrança do escravo putrificado cravando a lâmina em Inácio, seu corpo encontrou o ímpeto imediato para se erguer. Permaneceu sentada, mas buscando se proteger de uma ameaça que poderia estar rodeando-a na sombra.

A garota não reconhecia o ambiente úmido e pouco iluminado onde parecia ter sido aprisionada. Seus olhos correram pela penumbra e, ao reparar nas correntes enferrujadas usadas para prender os negros às paredes, logo deduziu estar entre os muros da senzala vazia:

— Como te chamam? — ecoou na solidão do recinto uma voz cansada que assustou Damiana.

Suas vistas caíram sobre o velho Akili, abandonado em seu lugar cativo, sentado sobre os trapos negros que também lhe cobriam os ombros como se o agasalhassem de um frio inesperado. O suor encharcando o manto era sinal de que ele talvez estivesse acometido por alguma enfermidade.

— Sempre soube que você ficava na casa — continuou —, mas nunca soube como te chamavam.

A dor que o homem exibia ao ajeitar vagarosamente as costas na parede indicava que ele não era capaz de apresentar qualquer perigo.

— Damiana — respondeu-lhe apreensiva, sem encarar seu rosto.

— Damiana... — repetiu com uma estranha alegria inoportuna, reservando alguns poucos segundos para acostumar-se àquele som. — Nunca tinha pensado nesse nome, mas podendo te olhar assim... tão de perto... é muito bonito. Combina com você. — ele sorriu.

Temerosa com as possíveis intenções do escravo, o elogio não lhe foi suficiente para conquistar a simpatia. Ela permaneceu de cabeça baixa, em silêncio, espiando o velho pelo canto das vistas.

Akili poderia recitar palavras gentis sobre a beleza da mulata, mas, ciente de que a assustaria ainda mais com louvores inapropriados, decidiu mudar a abordagem.

— Seus cabelos... são o que mais me lembra a sua mãe.

Surpresa, Damiana ergueu o rosto ao ouvir a comparação, tantas vezes repetida pela boca da finada Conceição.

— Minha mãe?

Agora sua atenção era completa. Os olhos arregalados, implorando por um verso que pudesse ajudá-la a entender seu poema materno incompleto, foram para Akili como duas chamas brilhantes que guiavam um caminho para fora do abismo sombrio onde havia caído tantos anos no passado.

Para aquela história de amor, havia muito enclausurada no peito do homem, não existia melhor ouvinte que a jovem para compartilhar sua saudade.

— Passamos pouco tempo juntos, mas conhecemos muito um sobre o outro. — alegrou-se com a nostalgia de suas boas memórias. — Como a vontade dela de ter uma menina... Isso era o que sua mãe mais queria. Se ela estivesse viva, você veria como o seu nascimento foi importante pra ela.

Mesmo coberta pela extrema amargura de ter perdido todos com quem mais se importava, os olhos de Damiana marejaram, tomados por um breve momento de felicidade. Aquelas palavras a fizeram imaginar-se criança, acolhida nos braços maternais amorosos que jamais conhecera.

Akili gostaria de deixá-la distraída em sua grata fantasia, mas ainda havia algo importante a ser dito, que o fez encará-la com expressão firme para uma última revelação:

— Pra mim também — ele concluiu.

A garota não entendeu de imediato o real sentido daquela declaração. Não enxergava motivos coerentes para que o desconhecido se incluísse em sua desventura familiar. Mas, ao resvalar em uma interpretação que lhe parecia absurda, ela virou-se imediatamente para o homem à sua frente, atônita, buscando em lembranças antigas algo que pudesse dar respaldo à história improvável que imaginara.

A breve troca de olhares que fizeram em silêncio foi suficiente para derrubar as barreiras da descrença. Os cabelos da escrava podiam ser cacheados como os de sua mãe, mas de resto parecia estar de frente a um espelho que refletia em traços masculinos seu próprio rosto marcado pelo tempo.

Uma lágrima riscou a face de Damiana, devastando a barragem que guardava seu choro acumulado pelos anos de abandono. Ela soluçou um pranto mudo, encharcado em mágoa, e mal conseguia falar com as narinas entupidas:

— Por que... por que a Conceição nunca me disse que você estava tão perto? — desabou, incrédula de que sua mãe de criação lhe tivesse escondido tamanho segredo. — Perguntei tantas vezes.

— Conceição... — lembrou-se Akili de um nome que havia tempos não escutava. — Sua mãe falava bem dessa criada. Mas não creio que tenha contado sobre mim. Era perigoso demais pra quem soubesse.

— E por que você nunca me procurou?

— Eu te procurei! — rechaçou de imediato a incriminação. — Apesar de sua mãe não ter resistido ao parto, nunca acreditei nos boatos de que a criança tinha nascido morta. Quando a charrete passou levando o corpo embora da fazenda eu não vi recém-nascido nenhum ao lado dela. Aquilo manteve a minha esperança de que você estivesse viva. Foi essa dúvida que me fez insistir.

Aquela fatídica noite de tortura, catorze anos antes, quando Akili escapara de suas correntes em direção ao telheiro da casa-grande, escondia motivações muito além de uma simples fuga por maus-tratos. Todo o seu cuidado ao aliviar o peso sobre os degraus de madeira da varanda para não ser ouvido tinha como intento a busca por uma verdade que lhe havia sido omitida.

Quando se aproximara da janela com vista para a sala da lareira, seus olhos receberam o que ele tanto desejava. Uma menina mulata limpando os estilhaços de uma xícara de porcelana quebrada no assoalho foi a resposta que por tanto tempo buscara.

— Foram cinco anos, filha — emocionou-se o velho, ainda venturoso com a lembrança da primeira vez que vira sua pequena. — Cinco anos para finalmente eu conseguir escapar das correntes que me prendiam nesta parede e ter certeza de que a criança que sua mãe carregou na barriga era minha. Que era você.

No passado, quando Akili, ainda com fios negros confundindo-se aos grisalhos, viu que sua menina estava viva, perdeu-se no devaneio de

tê-la um dia nos braços e arriscou contemplar por mais do que devia a rotina da mansão.

Reparou em um jovem garoto de apenas nove anos que, condoído pela mazela de Damiana em ter que recolher sozinha os cacos cortantes, ajoelhou-se na intenção de ajudá-la, mas foi logo repreendido pelo senhor da fazenda, que lhe agarrou o braço e o chamou de Inácio ao expulsá-lo da sala.

Próspero com tamanha formosura de sua filha, o escravo só pensava em encostar naquela pele acastanhada e acariciar-lhe os cabelos ondulados. Anestesiado pela fortuna de sua paternidade confirmada, seu espírito vagava cegamente na ilusão de um mundo onde ele abraçava com prazer e devoção todos os cuidados paternos que lhe competiam.

Quando percebeu que o jovem Antônio cruzara a porta para pitar seu cigarro de palha do lado de fora, já era tarde demais para escapar.

— Depois de te ver ainda menina lá na casa-grande, eu não conseguia mais pensar em outra coisa que não fosse ter você junto de mim. Essa vontade foi o que me deu força pra aguentar o meu sacrifício todo esse tempo. Pra não desistir, por mais difícil que fosse.

Apesar de emocionada, a Damiana faltavam peças para montar o quebra-cabeça das revelações. Uma criança que saísse do ventre de uma negra em terras de regime escravocrata era propriedade da fazenda e caberia ao grão-senhor vendê-la ou usá-la como bem apreciasse. Não haveria necessidade de deixá-la em segredo.

— Que diferença faria pra eles eu saber quem era meu pai? — indagou sob lágrimas mais brandas. — Por que essa preocupação de quererem esconder você de mim?

— Não era a mim que estavam querendo esconder, Damiana.

Intrigada com a insinuação, a mucama via-se incapaz de compreender o motivo de sua relevância. Os embaraços daquela trama nodosa ficavam cada vez mais difíceis de desatar.

— Aqui na fazenda ninguém desconfiava que a sua mãe estava esperando a filha de um escravo. Nem mesmo nós tínhamos certeza.

— Não tinham? — murchou-se em um olhar abatido de criança indesejada.

— Sua mãe não podia ficar negando as vontades do senhor toda vez que ele a procurava — justificou-se com uma realidade ainda mais cruel. — Por mais que ela não gostasse, suas funções como mulher precisavam ser desempenhadas.

— A mãe se deitava com o senhor Batista?! — indignou-se.

— Não poderia ser de outro jeito, minha filha. Como sinhá, era sua obrigação.

Os olhos de Damiana se estatelaram:

— S... sinhá?! — repetiu, incrédula, para ter certeza de que seus ouvidos não a enganavam.

A última peça daquele enigma doentio foi exposta e a figura montada sobre o tabuleiro das revelações não era a que a garota imaginara. Ela dobrou as vistas para o chão, sem saber o que pensar.

— Você... você não sabia que a Maria de Lourdes era sua mãe? — espantou-se Akili.

Esconder uma criança gerada no adultério para preservar a honra do sobrenome era algo esperado de uma família influente como a dos Cunha Vasconcelos. No entanto, a habilidade de conseguir ocultar a verdade da própria Damiana por todos esses anos era um empenho perverso, digno de aplausos.

Os esforços para abafar rumores de que a sinhá não só se deitara com um negro como também nutrira uma cria bastarda no ventre foram severos para não permitir que a reputação do senhor Batista desabasse.

Perplexa, a jovem buscou nos diálogos com Conceição algum caminho que a libertasse daquele labirinto. Foi quando um nome, exaustivamente citado nas conversas, veio-lhe à cabeça:

"Malô...", repetiu somente para si o apelido carinhoso, desvendando o grande segredo de sua origem na junção das iniciais.

O peso daquela descoberta já seria suficiente para desestabilizar sua estrutura emocional, porém, foi ao ligar todos os pontos que a abateu o verdadeiro desespero.

— Inácio! — deixou escapar em voz alta o nome do amado falecido, colocando a mão sobre a boca, assimilando seu pecado.

Mais uma vez Damiana se afogou no oceano do lamento. Agora sua agonia transcendia a revolta da perda. Seu corpo inteiro tremia ao lembrar das mãos firmes do rapaz sobre seus seios e do prazer que sentia ao receber seu meio-irmão entre as coxas.

Akili não compreendia o sofrimento da filha, mas, antes que pudesse averiguar o motivo de seu novo choro, um intruso que ouvira todas as confissões interrompeu a conversa:

— Então eu estava mesmo certo de achar que você era um preto safado, Fortunato. — Antônio revelou-se sob o vão da porta, admirando entre as mãos uma pequena foice enferrujada de cortar cana.

Seus passos lentos para dentro da senzala abafada foram acompanhados com receio pelos escravos.

— Queria que meu pai tivesse ouvido isso — provocou sem tirar os olhos do instrumento afiado enquanto se aproximava. — Se soubesse que foi você o negro que desgraçou esta família, ele ia ser o primeiro a me pedir pra cravar o facão no teu pescoço, em vez de ficar me atazanando pra não te matar por qualquer coisa!

O feitor estacou como uma muralha entre os únicos que ainda permaneciam nas terras de Capela:

— Uma pena ele mesmo não poder vir remendar essa miséria, mas pode deixar que eu vou honrar a memória de meu pai. — raspou o polegar na lâmina para avaliar o corte. — Agora que achei o motivo que ele tanto cobrava, sei que não ia me proibir de manchar esta foice com o teu sangue! — virou-se para Damiana ostentando seu típico desprezo: — Nem com o teu.

O sorriso acintoso desenhado nos lábios de Antônio reafirmava seu intento perverso. Um silêncio arrepiante tomou conta do alojamento, prenunciando uma carnificina escorada naquela falsa premissa da vingança.

Temendo o momento em que a foice rasgasse sua pele, a criada arquejou com o coração apressado martelando-lhe o peito. Porém, uma dúvida que ainda assombrava o único sobrevivente dos Cunha Vasconcelos adiou a agressão:

— Eu só queria entender uma coisa antes de dar fim nesse encontro familiar de vocês. — voltou-se novamente ao velho: — Como é que um negro aleijado, que nem consegue sair do lugar, aprontou toda essa baderna?

No rosto de Akili estampou-se a surpresa pela incriminação:

— Acha que eu sou burro, Fortunato? Já desconfiava que você tinha dedo na fuga daquele negrinho desaforado! Como fez pra dar sumiço no finado lá da cova eu não sei, mas na chacina desta madrugada nem adianta mentir pra mim, porque tenho certeza de que você está metido até o pescoço!

O olhar odioso do feitor não foi suficiente para rasgar a máscara impenitente que o escravo vestia com tanto apreço.

— E como eu poderia, com essas pernas que o senhor me deu? — apontou para os membros inertes sob o manto. — Não fosse o castigo da sua mão pesada na coronha, acredite que seria eu o primeiro a correr desta terra desgraçada pra dentro da mata!

Qualquer questionamento sobre seu possível envolvimento poderia ser facilmente derrubado em razão de sua condição. No entanto, o capataz interrompeu a falácia do negro com a exposição de um objeto retirado do bolso.

O velho emudeceu. A maneira repentina como o semblante se tornara mais sisudo lhe atestava uma culpa esmagadora. Nas mãos de Antônio estava o inseparável cachimbo de Akili.

— De algum jeito isto foi parar na sala onde eu tinha trancado a crioula! — Arremessou-lhe no peito a peça com sobras de fumo queimado no fornilho. — Achei que o tal do Saci tivesse matado todo o mundo e levado a bendita! Mas daí vejo o teu cachimbo largado lá no chão e ainda encontro a Damiana aqui se derramando toda porque acabou de descobrir quem é o pai? Esperar que eu acredite que tudo isso é coisa do acaso é pedir muito da minha boa-fé, Fortunato!

O escravo continuou com firmeza no olhar, observando o algoz encurtar a distância.

Ao quase esbarrar com o bico de ferro da botina nas pernas do homem, Antônio se pôs sobre os joelhos e o arrostou a quase um palmo de distância, apontando-lhe a foice perto dos olhos.

— Quero saber que diabo de reza você fez pra levantar o defunto do negrinho.

Akili permaneceu calado. Não aclarar as dúvidas que atormentavam seu opressor parecia lhe conferir uma pequena satisfação vitoriosa.

Entretanto, paciência não era uma virtude pela qual Antônio era afamado. Conhecido por não gostar de adiar ações mais truculentas para remediar um desaforo, apertou a lâmina curva em forma de gancho contra o peito desnudo do negro e, lentamente, sangrou sua pele com a ponta afiada, riscando-lhe o tórax.

— Também estou bastante curioso de saber como é que fez pra me deixar vendo as coisas *tudo medonha* daquele jeito.

A tortura não derrotou a teimosia do velho. Ele cerrou os olhos para suportar a dor e engoliu o grito que implorava para ser posto ao mundo.

— Falando ou não, o desfecho não vai deixar de ser o mesmo, Fortunato. — apertou a chapa com mais afinco. — Com você enterrado, não vai ter mais Saci pra assombrar minhas terras.

— Chega... — implorou Damiana, arquejando com as mãos trêmulas sobre a boca para segurar o pranto quase afônico.

Aquela súplica lastimosa da criada fez com que o sádico despertasse para uma outra maneira de perpetrar sua maldade. Ao vê-la recolhida no canto, tentando proteger-se na penumbra da senzala, solucionou o dilema de qual ação agradaria mais seu ódio cego.

— Já que não está facilitando, então vou me acertar primeiro com a tua crioulinha!

Tomado de susto pela nova ameaça, Akili encarou o facínora. A angústia de um pai que temia pela vida da filha agradou Antônio, que se pôs novamente de pé.

— Vou deixar você aí sentado só vendo minhas mãos calejadas apertarem o último sopro na garganta da tua negra. — sorriu com extremo sadismo, enquanto limpava a terra das calças na altura dos joelhos. — Que nem meu pai fez com a senhora minha mãe no dia em que ela pariu essa bastarda!

Dentre todas as revelações do passado obscuro de Capela, aquela veio legitimar a crueldade ferina que corria no sangue dos Cunha Vasconcelos.

O escravo se curvou ante o prazer doentio do carrasco ao não conseguir encobrir o semblante arruinado. A culpa pela morte da mulher que correspondera ao seu amor, e a quem devia suas únicas boas lembranças em tempos de escravidão, recaiu sobre ele como um fardo insuportável.

— O que foi, Fortunato? Achou que a tua manceba tinha morrido no parto? — provocou, vendo o ódio ardente que crescia nos olhos do homem. — Não! Foi meu pai quem deu o devido castigo pra bendita. E, se me perguntasse, acho que ainda fez é pouco! Tinha que ter matado a crioula junto.

Ressaltando sua perversidade, o feitor não deixou amargar uma última bravata antes de se enfronhar no dever carniceiro de sua pérfida desforra:

— Mas fique sossegado que eu vou me assegurar de corrigir esse erro agora mesmo!

Tomada por um ímpeto incontrolável, Damiana pulou sobre as costas de Antônio. A imagem da mãe, a quem tanto idolatrava sem nunca mesmo ter conhecido, pintava-se agora como um cadáver estrangulado por sua estirpe truculenta.

Uma vida inteira de opressão e mentiras parecia dar força aos braços mirrados da mucama enfurecida. O capataz tentava se soltar, mas os golpes ao vento, buscando a pele da criada com a ponta amolada da foice, fracassavam no intento de rasgá-la.

Antônio deslocou-se rapidamente de costas e bateu o corpo da agressora contra as pedras que sustentavam a senzala. Apesar da pancada, a escrava não o largou e continuou a colecionar a pele arranhada de seu dorso entre as unhas. Determinado, ele continuou marretando violentamente o corpo frágil da garota na parede encrespada até que ela não tivesse mais forças para continuar resistindo.

Enfraquecida, um último choque fez sua cabeça encontrar a ponta de uma pedra mais saliente e Damiana desabou ao chão, desacordada.

Liberto dos braços que lhe coibiam a sevícia, Antônio ajeitou o cabo da pequena foice nas mãos, decidido a dar um fim doloroso à vida de sua meia-irmã bastarda. Porém, antes de se virar para poder lacerar vagarosamente o pescoço da jovem desmaiada, foi surpreendido ao ver Akili segurando com firmeza uma carabina apontada para o seu peito.

Sentado em silêncio, o velho saboreou por alguns segundos o olhar assustado do feitor destronado de sua soberba. O homem que já o agredira até quase matá-lo, quebrara suas pernas e compactuara com o assassinato cruel da mãe de sua filha jazia impotente sob a mira de um cano de espingarda.

— Eu esperei. E esperei muito pra ter você assim, desse jeito, na minha frente — Akili o afrontou com extrema satisfação ao tomar-lhe o papel de algoz. — Se você tivesse ideia do que eu aguentei e do que tive que esconder pra trazer você até aqui.

— Se o disparo dessa chumbeira não me derrubar, Fortunato, é melhor você...

— Meu nome é Akili! — berrou, libertando-se do cárcere de sua alcunha forçada.

Pressentindo o perigo de provocar o escravo, que ofegava raivosamente, Antônio abraçou o silêncio, admitindo para si a situação desfavorável na qual se encontrava.

— Só o que eu precisava pra ter você na minha mão era de um escravo que ficasse mais e mais revoltado a cada nova chibatada ardida que levasse nas costas. Que não aceitasse ser amansado. Demorou. Demorou demais, mas finalmente apareceu.

Quando o velho usara suas habilidades curandeiras para cicatrizar as estrias abertas no dorso de Sabola logo em seu primeiro dia no canavial, não esperava que ele fosse um adepto da rebeldia. Homens marcados pela ponta do chicote normalmente tendiam a abaixar a cabeça e aceitar a servidão, temerosos de um novo estalo da chibata.

No entanto, ao notar a expressão aguda de ódio que o jovem lançara ao perpetrador de suas chagas, Akili percebera que nele poderia germinar a semente da revolta.

— Do jeito que o Sabola queria fugir desta fazenda — continuou —, eu sabia que ele ia prestar atenção a tudo que eu tinha pra falar. E que ia fazer as coisas do jeito que eu mandasse. Por mais arriscadas que elas fossem.

O nome do escravo morto não significava nada para Antônio, mas o sorriso provocante no rosto de Akili intrigou o capataz a interpretar o significado daquela confissão.

Nenhum negro de Capela conseguira escapar das correntes da senzala, a não ser o homem com o dedo no gatilho e, posteriormente, o morto-vivo que assombrava a fazenda. Que o rapaz havia sido instruído pelo velho a livrar-se do grilhão era uma suspeita que lhe pairava incômoda desde que o cativo escapara. Porém, a incoerência em tentar fugir cruzando o pasto de frente à casa-grande, em plena noite de um festejo repleto de convidados, só agora encontrava explicação.

— Você... você aprontou pro negrinho ser pego! — concluiu Antônio, pasmo com a frieza de sua premeditação.

— É o risco de todo escravo que tenta fugir. Ele morreu porque queria ser livre.

— Morreu porque você o mandou fugir pela porta da frente! — adiantou-se o capataz a expor uma verdade que pesava em Akili.

O velho sabia que Sabola jamais teria êxito se cruzasse o campo aberto, ainda mais curvado sobre uma mula de galope arrastado. Sua justificativa mentirosa falhou ao tentar encobrir a responsabilidade pela morte do jovem escravo:

— Se eu soubesse fazer de outro jeito, eu faria! — admitiu consternado, remoendo um pesar cruento. — A morte do Sabola é uma culpa que eu vou ter que aguentar. Mas eu dei pra ele a oportunidade de voltar pra vingar todos os outros escravos que morreram nesta fazenda.

— Negro querendo se fazer de santo! — desdenhou de sua falsa nobreza. — Não adianta mentir que não mandou o escravo pra ponta da minha faca só porque queria ter a sua crioula de volta. Pra conseguir o que pretendia. Tem bondade nenhuma nisso.

Sob o pretexto de ensinar boas maneiras através de uma sádica doutrina escravocrata, o pelourinho do pátio em frente à mansão fora palco de diversas apresentações de crueldade desmedida, mas nenhuma tão atroz como a amputação da perna de Sabola pelas mãos truculentas de Antônio.

O perecimento do jovem prisioneiro era uma sequela de guerra lastimosa, porém premeditada. Akili trabalhara a consciência para receber o dolo de sua ação miserável, mas não para a maneira como ele morrera em desespero, aos berros, com a perna decepada.

O velho não estava em paz. Se coubesse a ele julgar seu próprio pecado, prescreveria a si o pior dos castigos. Contudo, Damiana era uma fortuna a ser alcançada mediante qualquer sacrifício.

— Ter a minha filha comigo era a única coisa que me importava. — abrandou a voz, admirando a pobre jovem desacordada ao pé da parede.

— Então parabéns, Fortunato — Antônio o provocou, chamando-o pelo nome escravo enquanto juntava as mãos para reverenciá-lo com palmas jocosas. — Fique orgulhoso. Sua vingança deixou o corpo de um monte de negro espalhado pelo pátio e duas criadas mortas. E uma delas era de muito apreço da sua querida crioulinha.

— Nenhum desses defuntos foi feitio meu! — irritou-se. — Eu trouxe o Sabola de volta pra acabar só com a vida dos brancos desta maldita fazenda! — alegou, com o olhar corrompido pelo rancor e o dedo firme na intenção de apertar o gatilho.

— Se fez isso pra não ter que sujar a própria mão, então parece que o teu negrinho dos infernos não fez o trabalho direito.

Mesmo sob a mira de uma chumbeira, o Cunha Vasconcelos não rejeitava sua arrogância.

— Só me tira uma curiosidade antes de fazer a carabina berrar, Fortunato. Me dê essa última alegria. Como é que um negro imprestável, que não tira as costas da parede, conseguiu causar tanto estrago? Me conte.

Silêncio na senzala. Akili não estava disposto a obedecer a mais nenhuma ordem que saísse dos lábios de seu inimigo pérfido. Por outro lado, sanar-lhe aquela dúvida seria o ponto alto de sua desforra.

— Melhor se eu lhe mostrar.

O disparo seco da espingarda cravou o chumbo no peito de Antônio. Em sua camisa, uma mancha avermelhada tomou aos poucos os fios de algodão para encharcá-la com o sangue que espirrava de seu tronco perfurado. Sua mão alcançou o tórax e nos dedos ele pôde ver a seiva viscosa que sentia escorrer de seu corpo.

Atordoado, combateu a moleza das pernas para tentar investir contra o escravo. Ao erguer a foice sobre a cabeça, seus braços enfraquecidos tremularam e o instrumento foi ao chão. Após alguns poucos passos tortos, o homem desabou de joelhos.

Akili, venturoso em ver o capataz destituído de sua valentia, prostrado sobre a terra suja, buscando no bafo fedorento da senzala o alimento dos pulmões, tomou a base da coronha como apoio e lentamente colocou-se de pé sob o olhar incrédulo de Antônio.

O manto preto ainda lhe cobria os ombros, mas as enormes cicatrizes das fraturas que lhe haviam atassalhado a pele das canelas de dentro para fora estavam expostas, exibindo sua regeneração grotesca ao carrasco que as quebrara.

O feitor encarava aquelas pernas vergadas na altura do tecido fibroso recomposto e não conseguia acreditar que o negro estava de pé. Lembrava-se bem da noite em que estilhaçara seus ossos com a chumbeira e do olhar de reprovação de seu pai ao visitar o escravo na manhã seguinte para avaliar o ferimento.

A repreensão de Batista para a conduta exageradamente bruta de seu primogênito fora severa. O patriarca estimava a suposta obediência de Fortunato e seu alento no canavial. Perdê-lo na lavoura por causa da ferocidade truculenta do filho, que não sabia frear seu impulso sanguinário, rendera o pior dos sermões. Suficiente para que Antônio carregasse um ódio mortal e perpétuo do homem presumidamente aleijado.

Na tarde seguinte ao espancamento, Akili, assim que recobrara a consciência, optou por não abraçar o desespero ao amargar a dor nos ligamentos arrebentados dos joelhos. Com o rosto ainda desfigurado, colocou as mãos sobre o esqueleto despedaçado que lhe rasgara a carne e o forçou de volta para dentro. Sozinho no alojamento carcerário, permitiu-se um longo brado doloroso ao tentar endireitar a curvatura dos membros inferiores fragmentados. Rasgou em tiras a camisa que vestia e as amarrou com força para evitar que a tíbia saltasse novamente para fora.

Os dias foram passando, transformando-se em meses. Os cabelos se rebelavam e a barba crescia sem que o escravo se importasse em apará-los. Estava determinado a recuperar o movimento das pernas com a ajuda de ervas, sementes, caules e cascas de frutos cicatrizantes. Escolhido por Katendê, rogava ao Senhor das Folhas Sagradas que o guiasse no caminho certo da alquimia divina.

Mesmo após capturado em Angola e forçado ao trabalho braçal em uma colônia portuguesa do outro lado do oceano, ele mantivera seu costume de identificar as características da flora. E devido à frequência das punições rigorosas que Antônio infligia aos negros em Capela, seu estudo sobre as propriedades medicinais das plantas que cresciam na região pôde ser bastante detalhado.

Em uma estância repleta de castigados, coube-lhe o encargo de curar os enfermos. Admirado pelos homens que estavam confinados no galpão, ninguém tardava a lhe trazer as ervas que pedia ou a presenteá-lo com ramos desconhecidos de regiões distintas quando obrigados a acompanhar o senhor da fazenda em viagens mais distantes.

Foi em segredo, durante uma de suas tardes solitárias trancafiado na senzala, que Akili soube que seus membros remendados, por mais defeituosos que estivessem, não haviam sido privados totalmente de sua função motora. O tímido e dolorido movimento de um dos dedos bastou para lhe arrancar um sorriso orgulhoso.

— O tempo que me levou pra conseguir ficar de pé não foi metade do sacrifício que era o de te ver todo dia entrando por essa porta — resmungou o velho para seu inimigo alvejado, enquanto os joelhos rígidos estalaram ao se dobrarem para recolher o cachimbo do chão. — E como teu pai resolveu me fazer de exemplo pra você nunca mais se esquecer de aliviar o peso da mão num castigo, eu não ia ser bobo de mostrar que as minhas pernas tinham se arranjado. — conferiu a câmara do fornilho para avaliar a sobra de fumo queimado. — Aquela noite achei que eu ia ser mais um defunto na sua conta. Mas, como não morri, resolvi que ia dedicar minha vida pra ser tua ruína.

— Negro... negro desgraçado! — Antônio arriscou proclamar seu ódio a plenos pulmões, mas o ar já lhes faltava. Incapacitado, o moribundo podia nada mais que destilar seu preconceito em balbucios ofegantes.

Seguro de não estar em perigo, Akili deu as costas ao feitor enraivecido e caminhou, lentamente, de volta ao seu canto na parede. Apesar de ter recuperado a mobilidade das pernas, seu deslocamento não era privado de dor.

— Ficar catorze anos quieto nesta senzala abafada foi tempo mais do que de sobra pra planejar tudo que eu precisava fazer. — Agachou-se e afastou o palheiro que ocultava sua coleção curiosa de plantas.

Buscou sobras das raízes de jurema e as esmigalhou junto às cascas trituradas de diferentes tipos de fungo; um mais raro, de chapéu mais largo e avermelhado com pintas brancas, colhido entre as espécies de pinheiros da floresta; outro mais comum, curiosamente germinado na mistura de feno e esterco de gado nos pastos da própria fazenda.

— Depois que o Sabola apareceu, finalmente eu pude botar o meu plano pra andar. — encheu o fornilho do cachimbo até o topo com a mistura reforçada de alucinógenos e pacientemente a pressionou com o indicador. — Me preparei pra ensinar o rapaz a se fingir de manso, abaixar a cabeça e fazer o serviço direito pelo tempo que fosse necessário. Mas o danado era vivo das ideias e não queria esperar a confiança dos brancos pra poder perambular pela fazenda. Ele mesmo encontrou um jeito de se adiantar.

A grotesca máscara de metal que pesara no rosto do jovem escravo após sua encenação de suicídio fora uma artimanha traçada em segredo para conseguir circular nos diferentes espaços da estância em busca dos materiais que lhe desprenderiam os anéis de ferro do tornozelo. Todavia, ao vê-lo se deparar com o fracasso prematuro de sua trapaça, tendo sido comandado a continuar sua labuta ceifando cana, Akili não podia permitir que a desilusão de Sabola fosse o túmulo de sua desforra.

— Se ele tivesse dividido comigo o pensamento antes de jogar a boca na terra, quem sabe ia dar certo o que tinha tramado sem eu ter que sacrificar mais um pobre coitado.

Fazer com que os brancos sangrassem na lâmina do escravo fantasma o alegrava, mas, entre as tantas mortes desnecessárias de negros ocorridas em Capela para que tivesse Damiana ao seu lado, a culpa de ter tirado a vida de um inocente com as próprias mãos era a que mais o abalava.

Na noite em que Sabola libertou Asani de seu calvário, transferindo para si as arestas enferrujadas do instrumento de tortura, o velho observou o escravo desmascarado se rendendo ao sono.

Após a madrugada ter seduzido os cativos com sua promessa noturna de sonhos nos quais homens acorrentados podiam ser livres, Akili foi o único a rejeitar os ilusórios encantos da letargia. Certificou-se de ser o único desperto no alojamento antes de perpetrar o ato indigno em nome de sua vingança particular.

Afastou as palhas que acobertavam seu pequeno esconderijo na terra e tateou com cautela à procura de algumas sementes de mamona. Era preciso cuidado no manuseio, pois, caso algum grão se partisse, seu mero contato com a pele traria uma reação alérgica indesejada e severa.

Os dedos perceberam a textura buscada, mas era preciso ter certeza. Na escuridão da senzala, encontrou assistência para os olhos em uma tripa fina do luar que se esgueirava pelas frestas das telhas de barro. O mosaico com tons de cinza e preto em uma mistura predominantemente marrom com amarelo-pardo nos grãos ligeiramente achatados confirmava que ele havia localizado o que precisava.

A ingestão dessas sementes era letal. Apenas uma bastava para matar uma criança em poucos dias. Para um adulto de coração fraco, como Asani, três seriam mais do que suficientes para que ele desse seu último suspiro antes do amanhecer.

Akili levantou-se com a morosidade exigida do silêncio e seguiu imóvel por alguns instantes, atento à cadência das respirações ritmadas do sono profundo coletivo. Apesar de seu alvo não estar distante, caminhar entre os homens adormecidos era um risco de ter sua farsa descoberta caso alguém acordasse.

O primeiro passo foi o mais cauteloso. Além de não se permitir nenhum barulho, também precisava evitar o descuido de seus pés encontrarem algum dos escravos espalhados pelo chão. Contudo, o principal culpado por seu peito convulso não era o medo de ser visto sobre as pernas que lhe deveriam impor uma vida entrevada, mas sim a ação abominável que estava se propondo a cometer.

Asani repousava sentado, alheio ao perigo, com o pescoço curvado para trás em busca de um apoio para a cabeça. Sua boca aberta, aspirando o ar em um ruído quase áspero, convidou o velho a executar seu intento.

Prostrado em frente ao homem entorpecido pelo sono, Akili não podia sucumbir ao escrúpulo de um caráter virtuoso. Sem muito refletir sobre as implicações morais que o assombrariam, depositou-lhe as sementes sobre a língua e cobriu sua boca com a palma da mão.

Na manhã seguinte, após o defunto ser encontrado com os intestinos sangrentos esvaziados e as varejeiras tomando-lhe os orifícios, a dinâmica da fazenda foi alterada para que Sabola assumisse a função do falecido. Conforme o velho planejara.

— Quando escravo aparecia aqui com as costas rasgadas, era só me trazer casca de mamão-bravo ou folha de açoita-cavalo que eu ajudava a cuidar das feridas. — Aspirou a boquilha do cachimbo para conferir a passagem do ar. — Aí, eu também aproveitava pra pedir outras plantas que eles não sabiam pra que serviam.

— Preto covarde! — balbuciou Antônio, mal suportando a queimação no peito. — Os que eu matei... pelo menos morreram... sabendo de quem era a mão.

— Eu não queria a morte do Asani! — bradou, voltando o rosto para o homem que não parava de sangrar. — Mas o Sabola era inquieto. Se demorasse mais do que ele estava disposto a esperar, ia acabar fazendo tudo do jeito dele e prejudicando o que eu já tinha traçado muito antes de ele chegar a esta fazenda.

O negro respirou fundo para apaziguar seu ânimo alterado. Incomodar-se com as afrontas do Cunha Vasconcelos não lhe serviria para nada além de sucumbir a provocações desesperadas de um pedante à beira do perecimento.

— Não... — checou uma última vez seu cachimbo preparado. — Eu não podia correr o risco de o Sabola conseguir escapar. Ele precisava ser pego. E mais do que isso: todo o mundo na fazenda tinha que ver o coitado sendo morto.

Quando o terçado de Antônio zuniu uma última vez sobre a perna do jovem escravo, os espasmos do amputado foram apreciados pelas expressões sorridentes dos peões, que acompanhavam com crueldade o sangue jorrar de sua carne destroçada. Os funcionários de Capela não apenas cumpriam ordens — eles se divertiam com a agonia dos negros que caíam nas mãos severas do feitor.

Akili não presenciara a execução, mas dos brados penosos de Sabola, que o fizeram verter lágrimas de remorso, veio a indicação de que poderia iniciar a próxima etapa de seu plano.

No dia seguinte, braços frouxos e rostos apáticos ocupavam o canavial silencioso. Não bastasse a demonstração cruel no pelourinho, o membro decepado balançava pendurado no pórtico de entrada da estância, como lembrete nefasto da consequência àqueles que fantasiavam com a liberdade.

Ao cair da madrugada, o velho mais uma vez pôs em risco sua farsa. Com os escravos abraçando a dádiva do sono, ele buscou em seu esconderijo os instrumentos que recolhera da porta entreaberta quando Sabola escapara e encobriu-se em seus trapos remendados para, silenciosamente, destravar a fechadura que o retinha entre as paredes da senzala.

Agasalhado pelo manto negro, camuflou-se na escuridão como se fosse a própria noite. Sua passada torta era apressada e na trilha pelas trevas a cruz no alto da capela foi sua guia.

No papel de um atrevido violador de sepulturas, Akili invadiu o terreno sagrado à procura da cova onde Sabola estava enterrado. Identificou, entre as tantas cruzes de escravos assassinados, a terra menos assentada e cravou as mãos impacientes na tumba para revirá-la.

Quando seus olhos encontraram o defunto retalhado em estado miserável, uma culpa mais aguda amargou-lhe a consciência. Mas, ciente de que precisaria se desprender do sentimento doloroso de sua ação para que não prejudicasse o que já fora conquistado, encarou friamente o cadáver.

O rosto do morto, encoberto pelo saco encarnado de sangue, com certeza atribuiria um toque mais medonho ao plano tétrico que o velho arquitetara. No entanto, a perna que lhe faltava atrasaria sua locomoção.

Assimilado o imprevisto, o homem não podia se dar ao luxo de desprezar o tempo. Forçou os músculos para retirar o corpo pesado para fora e cobriu novamente o buraco para não levantar suspeitas da violação.

Com o defunto nos ombros, empacou sob o portal de madeira onde a perna exposta acolhia moscas no tecido morto e a encarou por um breve momento antes de tomar o rumo da floresta.

Abrigado entre as folhagens da mata fechada, Akili acompanhou a trilha longa de galhos quebrados por onde o escravo tentara escapar no trote afoito da mula. Ao deparar com a cabeça do animal tombada a poucos metros do próprio corpo decapitado, descansou as pernas e, imediatamente, outorgou às vistas o encargo de encontrar um terreno próximo que fosse adequado para uma cova clandestina.

Não muito distante, seus olhos encontraram um bambuzal no meio da floresta. Aquela vegetação emaranhada, de plantas labiadas com caules altos, serviria de morada à aberração profana que estava prestes a criar.

Apressou-se a juntar terra preta entre as unhas para criar uma tumba rasa. Rolou o cadáver para dentro, certificando-se de que seus olhos apontassem para as estrelas, e o sepultou na mata.

Após recolher alguns brotos grossos de bambu, o velho se esforçou para lembrar do alfabeto que Maria de Lourdes insistira em lhe ensinar e os ajuntou ao pé da campa mortuária para desenharem em relevo o nome *Sabola Citiwala*.

Com os olhos fechados e a respiração cadenciada, seus pés plantados ao solo buscaram um ritmo tribal enquanto a consciência rogava ajuda às divindades animistas e a boca assoprava melodias ritualísticas.

A alma da natureza se fez presente através das manifestações da simbologia africana. A imagem serpentiforme de Hongolo arrastou seu ventre amarelado pelas folhagens, exibindo o dorso pardo-avermelhado com manchas negras, para auxiliar a comunicação do mortal com os eternos.

Em seu cântico alucinado, Akili atreveu-se a invocar o incriado e implorou à sua força suprema que lhe permitisse a vingança. A resposta de Nzambi veio pela voz de um trovão e o estrondo nos céus despertou o Senhor da Morte, Kaviungo, que, sentado sobre a cova do defunto, levantou-se estalando a roupa de palha que lhe velava as chagas do rosto torvo e abdicou de seu direito sobre o morto.

Uma ave de topete manchado pousara sobre o bambuzal. E, com os olhos cautos cravados no ritual de ressurreição, exibiu-se no sibilo duplo de seu canto. Era um martim-pererê, que abandonara o refúgio dos arbustos para pipilar seu assobio agudo de duas notas incessantemente, como se sua alma por elas derramasse.

A soberba do pássaro em não cessar a voz estridente era para seduzir o velho, que, por fim, não desmereceu sua persistência e o encarou, curioso do canto penetrante.

Na tentativa de se comunicar com o intruso de penas, o homem encostou a língua nos dentes inferiores da frente e, com a boca entreaberta, imitou o som que lhe invadia os ouvidos — repetidas vezes e cada vez mais alto — até reproduzir com fidelidade o sibilo de dois tons da ave pardo-amarelada de nevado busto, empoleirada sobre um caule de bambu.

De súbito, um ruído fez o coração de Akili acometer-se de arritmia. O rito se encerrara e o assobio não mais ecoava no negror da floresta silente e imota. Apreensivo, procurou algum perigo no tremular de arbustos mais distantes; no entanto, o que o retirou do dueto com o pássaro estava a poucos passos de onde celebrara o culto.

Era o cadáver da mula, que obscuramente renegava sua rigidez. A carniça exposta ao sol e ao relento desfez o seu convite à esfomeada fauna de necrófagos e os tímidos espasmos se transformaram em violentas convulsões que reavivaram os músculos inertes. O animal sem cabeça apoiou os cascos na terra e, lentamente, se colocou de pé, sob o olhar vitorioso de Akili.

Mas foi no primeiro rebolar da terra sobre a cova de Sabola que o rosto do velho se mostrou orgulhoso. Era o impossível tornando-se real através da força de sua merecida vingança.

Camuflado na escuridão, ele resolveu pôr à prova a eficácia de sua criação perversa naquela mesma noite. Desamparou-se do seu abrigo entre os galhos e as folhagens da floresta e marchou sobre a grama rasteira próxima ao casebre onde os peões se entretinham no carteado.

De lábios umedecidos, o indicador e o polegar alcançaram a ponta da língua e o assobio alto de dois tons ecoou junto à trova dos grilos, atraindo as aparições. Era no canto plagiado de um martim-pererê que se instauraria o horror na Fazenda Capela.

— Que branco que não ia ter medo de ver o defunto do negro de pé? Ainda mais depois de uma morte cruel como aquela? — Akili indagou retoricamente, enquanto montava um pequeno ninho com cascas de árvore emaranhadas em grama seca.

Empalidecido, Antônio buscava no ar um alimento que não mais o satisfazia. Seu silêncio poderia ser confundido com a sua afamada arrogância, mas o sopro ofegoso de um pulmão perfurado expunha uma batalha feroz contra o perecimento.

Na mira das vistas raivosas do feitor, o velho buscou uma pequena base gasta de madeira, perfurada no centro, e a colocou sobre o amontoado vegetal. Com um graveto fino encaixado no entalhe, ele o girou nos dois sentidos, buscando uma faísca.

— Só que não era de mão abanando que o Sabola ia conseguir fazer o que eu precisava — prosseguiu o relato de sua odisseia. — Minha sorte foi ter encontrado o teu peão perdido lá na mata.

No final de tarde seguinte ao primeiro ataque do escravo morto-vivo, não havia palavras que demovessem o acovardado Irineu do seu intento de abandonar a fazenda. Com os pertences ajuntados na sacola de pano, estava determinado a ir embora daquela terra amaldiçoada antes que o espírito vingativo retornasse.

Negando o pedido de Antônio para que permanecesse apenas por mais uma noite, o peão apoiou a alça de sua chumbeira nos ombros, atravessou o facão largo no cinto e tomou o rumo da floresta antes que a claridade daquela tarde fosse completamente devorada.

No avançar do manto negro que instaurava o anoitecer, Akili se contorcia na senzala após sua garganta ter sido quase atassalhada pelo terçado de Antônio algumas horas antes, naquele mesmo dia. No corpo arrebentado pelo espancamento, as estrias de sangue no lombo esfolado não lhe permitiam sequer apoiar as costas para repousar. As chagas abertas imploravam cuidado, mas em seu pequeno esconderijo faltavam folhas para abrandar a ardência.

Ainda não era madrugada e as ideias que surgiam para acudi-lo em sua dor contrariavam sua primazia cautelosa. A decorrência de um erro àquela altura seria incabível, porém era importante ponderar se o dorso maltratado não o limitaria na concretização de seu plano. Decidido, certificou-se de que todos os escravos estivessem no colo do letargo antes de se encobrir em seus trapos e levantar-se.

Na densidão da mata, entre arbustos de sálvia e galhos de ivitinga, o velho colhia os ramos que lhe cicatrizariam as feridas quando um ruído inesperado de folhas secas sendo arrastadas ecoou em outro atalho da floresta.

Era das pernas cansadas de Irineu, que, como um andarilho perdido, marchava havia horas no labirinto das árvores. Ele estava assustado, com a chumbeira na mão, atento aos bichos que pudessem atacá-lo sem aviso.

Desprovido de qualquer conhecimento astronômico, as estrelas que apontavam o norte nada lhe diziam. E, sem um instrumento para guiá-lo, para onde quer que apontasse os olhos só o que parecia enxergar eram incontáveis mastros de embarcações que afundaram ao tentar cruzar um oceano revolto. Indeciso sobre qual direção tomar, resolvera seguir a terra mais pisada de uma trilha com gravetos retorcidos. A mesma que conduzia ao bambuzal.

Sorrateiramente, o escravo disfarçou-se entre a escuridão e as ramagens para acompanhá-lo mais de perto. Os passos de Irineu estavam cada vez mais próximos da cova clandestina, mas Akili não ousaria assoviar o chamado maldito por receio de que o peão pudesse disparar a carabina. No reflexo de um homem desesperado com uma arma carregada no braço não se pode confiar. Dificilmente o dedo de um covarde não pressiona o gatilho quando ameaçado pelo mínimo sinal de perigo.

Próximo aos lenhosos caules ocos do bambu, a demasiada atenção que o empregado desertor despendia para se proteger da fauna noturna escondida o fez tropeçar em algo que os olhos falharam em enxergar.

Ao mirar o objeto esbarrado pela bota, suas vistas, já afeiçoadas ao breu, fizeram seu coração estremecer. Era a cabeça decepada da mula, em um estágio acelerado de primeira decadência, que lhe assombrou a alma temerosa.

O homem curvou-se totalmente ao seu medo do sobrenatural, perdido em pensamentos agonizantes que lhe travavam os movimentos.

Akili, atento à reação do peão estarrecido, viu seus ombros caírem e os braços moles abaixarem a carabina. Percebendo a boca da espingarda apontada para baixo, o escravo abandonou seu refúgio entre as folhagens e avançou com truculência sobre Irineu.

No impacto violento com o chão, as mãos do derrubado se arrastaram pela terra revirada que encobria o cadáver de Sabola e seus dedos esparramaram os pedaços cortados de bambu que formavam o nome do defunto enterrado na cova. Das lascas espalhadas apenas as duas sílabas iniciais permaneceram legíveis: SA... CI...

O peão lutava para alcançar a chumbeira, mas Akili pesava em suas costas. A idade mais avançada do negro e as chagas ainda sangrando em seu dorso rasgado negavam-lhe a força necessária para conter o agarrado, que quase lhe escapava dos braços.

Rangendo os dentes, o escravo buscava o alento que restava nos músculos fadigados quando viu balançar a enorme peixeira de Irineu carregada no cinto. Prontamente, alcançou o seu cabo e a ergueu bem no alto para descê-la com violência no joelho direito do homem.

Os berros dolentes ecoando na floresta a cada nova marretada que lhe rompia os ligamentos só encontraram seu silêncio após o retalhado sangrar até a morte pela ferida da perna completamente amputada.

Nas mãos de Akili, o membro decepado encontraria uma valia inesperada. Uma tira fina, porém longa, foi rasgada de seus trapos gastos e amarrada à ponta do arame mais fino que usara para destrancar a fechadura da senzala.

Como era a mesma perna que faltava a Sabola, o velho tirou a terra que cobria o corpo inerte e se propôs a tornar inteiro o escravo-cadáver incompleto. Enfatuado pela própria demência, determinara que o membro intruso serviria como apoio para que seu instrumento de vingança não marchasse aos tropeços.

A pele de Irineu foi sendo perfurada pela ferramenta improvisada e costurada grosseiramente ao que restara do joelho do defunto. A criação tenebrosa de Akili ganhou sua forma mais grotesca com a perna branca precariamente suturada ao seu vulto negro.

O corpo despedaçado do peão foi arrastado para longe do terreno revirado e abandonado em outra trilha para que os animais da floresta festejassem o banquete distante do bambuzal. Mas, antes de recobrir a cova de Sabola, Akili deixou a faca de chapa larga sobre o peito do cadáver para que ele perpetrasse com sangue o seu propósito. Já a espingarda, esta o velho tomou para si.

A carabina fumegando no chão da senzala ficara devidamente ocultada sob os farrapos do escravo até o momento em que ele a fizera berrar. Estava dada a resposta para a indagação de Antônio ao seu vizinho de terras quando o mesmo lhe trouxera o corpo mastigado do empregado, desprovido das armas com as quais ele abandonara a fazenda. A bala fincada em seu tronco ensanguentado era da chumbeira até então perdida de Irineu.

— Sem perna e desarmado, o Sabola só ia matar os outros era de susto. — Akili virou-se com deboche para o feitor, usando o fogo que finalmente ardia na grama seca para queimar seu fumo. — Mas com um facão daquele tamanho todo na mão, a situação ficava diferente.

A aparição macabra de um morto-vivo deformado em busca de desforra, na calada da noite, seria capaz de fazer com que o mais destemido dos homens buscasse proteção no colo materno. Mas era no corte de um terçado bem amolado que sua ameaça encontraria um sentido mais brutal.

Os homens da fazenda, um a um, foram tombando perante a gana truculenta do escravo que retornara dos mortos em posse da impiedosa lâmina delgada. Batista, Fagundes e Alvarenga conheceram o talho fino no tronco atravessado pela peixeira, enquanto Inácio e Jonas deram o sopro derradeiro ao sentirem o fio cortante na pele do pescoço.

De cachimbo aceso, Akili se aproximou de Antônio dando pequenas puxadas no ar pelos lábios da boquilha.

— Mesmo assim, o Sabola... ou "Saci", como vocês resolveram chamá-lo... não ia dar conta de fazer tudo sozinho.

Em noites de derramamento de sangue, não era somente pela mula sem cabeça que a monstruosidade nascida no bambuzal vinha escoltada.

Na primeira ofensiva à casa-grande, debaixo da perna amputada do escravo pendurada no pórtico, o velho encarava a residência dos Cunha Vasconcelos com os dedos abandonando a boca após o assobio.

Um redemoinho de vento que incomodava a vegetação da mata cruzou o gramado do pasto em frente à mansão e transformou-se no cadáver vivo ao cruzar as costas de Akili. Com o membro costurado de Irineu na base do joelho destroçado e o facão zunindo acima da cabeça encoberta pelo saco encarnado, aquela figura tétrica mancava ligeiramente para o ataque.

Enquanto o corpo de Alvarenga sangrava sobre o sepulcro maldito na floresta e Antônio se perdia por entre as árvores atrás do animal descabeçado, os que restavam na fazenda se abrigaram na sala da lareira, confiantes na ilusão de que suas paredes eram como as muralhas de um forte.

Pitando o inseparável cachimbo, o velho ponderava sua ação ao caminhar em direção a casa. Com cautela, subiu os mesmos degraus da varanda onde tantos anos no passado vira sua filha pela primeira vez e, abrigado das vistas alheias pelo manto que o camuflava na noite, ousou espiar a janela.

Do lado de dentro, todos estavam de costas para a vidraça, inclusive Damiana, dominados pelo medo, receosos de que a qualquer momento a assombração pudesse romper a porta de entrada da sala.

Akili se aproveitou da angústia que assolava o aposento saturado em nervosismo e puxou com força o fumo do cachimbo para a boca, sem tragá-lo. Com os olhares alheios distantes da janela, ele assoprou a fumaça pela fresta.

As narinas atinadas pelo odor aspiraram o veneno e o barbante tremulante da leve massa alucinógena se tornou a densa névoa sombria que lhes pretejava os olhos e corrompia a razão com visões tenebrosas do inferno.

Na badalada do relógio que retumbou a meia-noite, o velho aproveitou a sanidade arruinada dos confinados à lareira para adentrar a mansão pela porta da frente. Teve cuidado nos passos pelo corredor para não alardear sua presença. Mas um som cavernoso e áspero, distante do local que seria atacado, chamou sua atenção.

Era um sonoro ronco que o guiava a atravessar a sala de jantar e cruzar a cozinha até encontrar a porta fechada de um aposento nos fundos. Pela ausência do mesmo requinte que vira na decoração de outros ambientes, logo presumiu ser o cômodo destinado às escravas domésticas.

Quem quer que fosse a mucama repousando no quarto, tornar-se uma possível vítima da fúria vingativa do Saci não deveria ser um risco que precisaria correr. Se ela viesse a acordar com os prováveis berros apavorados que logo ecoariam pelos corredores, dificilmente estaria protegida.

Akili buscou um móvel próximo à cozinha e o arrastou até encostar na porta. Sua meia altura impediria a maçaneta de descer ao ser forçada para baixo, resguardando a criada do perigo.

De volta ao corredor da entrada, o velho estacou próximo ao umbral da sala, onde o horror desvairava a razão dos afetados com delírios pavorosos.

Ao soar a décima segunda badalada noturna, o sibilo infausto de dois tons saiu novamente dos lábios do escravo, atraindo a criatura enfurecida, que arrebentou a vidraça e cravou seu terçado nas costas de Fagundes.

O grito desesperado de Damiana, seguido pelo disparo da carabina de Jonas, acordaram Conceição, que, assustada, correu para a saída, mas se viu trancada no aposento.

Na sala da lareira, o medo esmagava qualquer reação. O silêncio imperava entre as paredes daquela masmorra sombria.

Com o facão ainda pingando o sangue quente de Fagundes, Sabola coxeou sua passada grotesca nas tábuas da mansão e parou em frente à porta onde era aguardado por Akili, que o deixou para perpetrar a função pela qual fora trazido dos mortos.

O velho precisava retornar logo à senzala. Se o som da espingarda já não tivesse acordado algum escravo de sono mais leve, a algazarra que estava prestes a se tornar a casa-grande com certeza o faria.

Contudo, antes de abandonar a varanda, ele não combateu o anseio por ver mais uma vez sua filha e tornou a espiar a janela. Foi quando percebeu Jonas se aproximando da vidraça estilhaçada com a chumbeira armada apoiada no ombro.

Seus olhos percorreram o terraço em busca de algo que pudesse usar para derrubá-lo, caso chegasse muito perto. A cadeira mais modesta que ficava ao lado do enorme banco de madeira, apesar de ter um peso que lhe permitia ser carregada, era de armação firme. Ela serviria.

O cano da espingarda cruzou a fenestra estilhaçada. Rente à parede, Akili se agachou e permaneceu imóvel sob o manto negro que o transformava na própria penumbra que o rodeava.

Jonas, no iminente risco de ter a garganta rasgada, desafiou as trevas com uma olhadela tímida ao colocar sua cabeça para fora, mas arrostou nada mais que a imensa escuridão.

Assim que o peão deu as costas à janela, o escravo se ergueu impetuosamente com a cadeira nos braços e a arrebentou na cabeça do homem, que caiu inconsciente.

Não se atrevendo a ficar mais tempo sob o telheiro da mansão, apressou o passo rumo à senzala, sem notar que Antônio cruzava as terras de Capela para frustrar o ataque do Saci.

As revelações vitoriosas do velho amargaram ainda mais o ânimo arrasado do único Cunha Vasconcelos que ainda respirava. Seu sangue, antes restrito ao pano da camisa, escorria dos lábios ao tossir.

De cachimbo aceso nas mãos, Akili ficou de pé e caminhou para perto do feitor. Um sorriso farto, de dever cumprido, permeou-lhe a expressão ao ver que para seu inimigo mais odiado quase não restava mais nenhum sopro.

— De todas as mortes, a que eu queria que fosse a mais sofrida era mesmo a sua.

Antônio, com a pouca força que ainda tinha, ergueu o pescoço para enfrentá-lo com toda a cólera que seus olhos lacrimejados de veias estouradas permitiam. Por mais que fingisse sua soberba, na fisionomia corrompida pela agonia derradeira era impossível não demonstrar sua ruína ao carrasco que arquitetara com tamanha maestria a mais terrível vingança.

— Faça o que quiser, negro! — balbuciou com o sangue entupindo-lhe a garganta. — Não vou te dar o gosto de me ouvir... de me ouvir implorar.

— Isso nem lhe serviria — rebateu, alcançando no chão a foice que o homem trouxera. — Mas ouvir você gritar... isso, sim, vai ser bem do meu agrado.

Com o instrumento de lavoura nas mãos, conferiu o corte com o dedo, empregando a mesma tortura psicológica sádica que o capataz aplicava aos escravos.

— Pode me rasgar... — Antônio não ousou se prostrar a uma súplica covarde. — Coisa que não tenho medo... é de morrer furado pela mão de um preto!

Um sorriso jocoso do velho ratificou seu escárnio àquela afirmação mentirosa, desdenhando da pompa falida do feitor.

— Vamos ver até onde vai essa sua bravura encarando a morte bem dentro do olho.

Akili incandesceu o pito com uma aspirada forte e ajoelhou-se com a boca próxima ao nariz do moribundo. Seus lábios lentamente se apartaram, apenas o suficiente para libertar no ar a massa do fumo queimado que seria sorvida pelas narinas de Antônio.

A fumaça, que deslizava em seus contornos abstratos, era da mesma mistura que induzira todos ao delírio. Sempre que o Saci brandira seu terçado sedento, o velho agira na surdina para acerbar o horror de sua presença profana.

Na madrugada da primeira aparição, as fuligens das raízes de jurema com chapéu de fungo, sopradas sorrateiramente pela fechadura no casebre dos peões, motivaram as alucinações terrificantes das labaredas que rompiam do pescoço degolado da mula sem cabeça e transformaram a figura do mirrado Sabola em uma monstruosidade nefanda com a altura de quase dois homens.

O mesmo aconteceu durante o ataque à casa-grande na noite em que Antônio e Alvarenga se aventuraram na mata à procura do culpado pela morte de Irineu. Batista e Inácio, incrédulos sobre a narrativa de terror que os peões juravam de pés juntos ser verídica, compartilharam da mesma loucura, na sala da lareira, ao testemunharem a criatura de dentes amarelados e pontiagudos que parecia vinda dos abismos do inferno.

Mas foi na madrugada do massacre, quando a mansão se consagrou como o mausoléu da família Cunha Vasconcelos, que todos sentiram na pele a real seiva da desforra.

Coberto por seu manto negro e acompanhado do inseparável cachimbo, Akili, ao adentrar mais uma vez os portais da casa-grande em segredo, percebeu o ambiente taciturno. Na esquiva da provável vigília de ouvidos mais atentos, o velho amenizou o peso de seus passos sobre as tábuas na larga galeria da entrada e as rangeu o mínimo que pôde em direção à sala de estar.

Sob o umbral do cômodo que abrigava Inácio e Damiana, os olhos do velho buscaram, através do buraco livre da fechadura, a figura dos enclausurados no calor da lareira. Mas os jovens, distantes dos limites de suas vistas, não puderam ser enxergados.

Suas mãos enrugadas tocaram a maçaneta para girá-la com cautela. Estava trancada. A fim de violentar a sanidade dos lá acolhidos, ele aspirou o fumo incandescente de sua piteira e, com o veneno vaporoso entre os dentes, abaixou-se e o lançou pelo vão livre da chave.

Nos dedos, manuseou o prego desgastado e o arame que usava para se livrar da senzala. Foi quando um discreto agito, próximo aos degraus de acesso ao pavimento superior, o impediu de destrancar o aposento. Parecia que um diferente grupo de pessoas procurara seu resguardo na sala de jantar do outro lado do corredor.

Munido de seu instinto precavido, Akili ousou atravessar a galeria a fim de evitar ser pego por alguma emboscada. Em passos extremamente lentos, evitando alardear sua intrusão, alcançou a porta e se pôs de joelhos para espiar a fechadura.

A chave que descansava na tranca frustrou-lhe a visão. Ao arriscar mover o remate, uma agitação repentina de passos assustados confirmou-lhe a presença de alguém armado do lado de dentro.

Com o prego ainda em mãos, ele forçou a chave para fora da lingueta, fazendo-a ressoar um som metálico ao desmoronar no assoalho, e despejou a fumaça maldita de seu cachimbo para empestear o local da ceia. Como um brado de batalha, o trilo alto de seu chamado agudo indicou ao Saci o alvo de sua gana truculenta.

Na senzala, um Antônio moribundo, sem forças para sequer prender o fôlego, não conseguiu impedir suas narinas de receberem uma quantidade excessiva daquele mesmo fumo que devastava a razão com percepções pavorosas.

Sob seu olhar terrificado, as sombras invadiram o alojamento dos escravos, pervertendo-o com a penumbra macabra. As pupilas dilatadas do afetado romperam os limites de suas íris e, dos olhos totalmente anegrejados, o sangue vazou das veias explodidas.

O suor descomedido banhava-se no vermelho da camisa, enquanto o coração, convulso em uma arritmia excruciante, parecia-lhe querer perfurar o tronco de dentro para fora.

As paredes descascadas sangravam e das correntes abandonadas que prendiam cruelmente os negros ecoava o lamento de almas sofredoras aprisionadas no Tártaro.

A máscara da bravura que o feitor vestia no rosto foi estilhaçada e em seu semblante confuso o pavor começava a reinar.

Embaralhado às sombras do cárcere, Akili encarou Antônio no fundo dos olhos e cobriu a cabeça com seu manto preto.

De rosto velado pelo capuz improvisado, sua aparência então se deformou na figura mais aterradora que o homem alucinado já avistara. Sob suas vistas enfermas, os contornos de escravo se avolumaram. Os trapos desgastados se tornaram um espantoso véu, sombrio e flutuante, e a pequena foice de cortar cana em suas mãos se exibia como uma enorme gadanha. Ele se transformara na própria Morte.

Na certeza de que o ancestral vulto tenebroso abandonara as profundezas do Umbral para lhe ceifar a alma pecadora e arremessá-la nas entranhas do inferno, Antônio não conseguiu mais conter o desespero.

Ao contemplar o Ceifador balançar seu letal instrumento no ar, o moribundo achou forças para berrar aterrorizado uma última vez, antes de ser perpetuamente silenciado pela lâmina cravada violentamente em seu pescoço.

Akili impeliu a foice enferrujada na garganta de seu inimigo mais odiado com vontade, derramando sua seiva quente e oprimindo-lhe o sopro. Os dedos firmes do escravo apertavam o cabo como se buscassem sufocar também o espírito do herdeiro de Capela. E, quando finalmente não pôde mais sentir a vida que outrora animava aquele corpo agora amortecido, o velho largou a arma e permitiu que o defunto desabasse com as costas arqueadas sobre as próprias pernas no chão da senzala.

Estava terminado. Sua vingança, enfim, alcançara o propósito com a extinção de toda a linhagem perversa dos Cunha Vasconcelos.

Sem mais perigos, apagou completamente o cachimbo para deixá-lo de lado e se apressou em direção à filha, ainda desacordada:

— Damiana — chamou-a com carinho, tirando-lhe o cabelo embaraçado da frente do rosto.

Como se um peso lhe forçasse os olhos a permanecerem cortinados, a jovem buscou naquela entoação afetuosa a força para derrotar sua fraqueza. As pálpebras tremulantes se abriram devagar e ela viu o pai tendo-a no colo, acariciando seus cachos.

— Sente-se, minha filha.

O corpo da garota estava mole, mas com ajuda conseguiu levantar as costas e apoiar-se à parede. A palma de sua mão tateou por detrás da cabeça, encontrando a elevação dolorida originada pela pancada que a atordoara. Foi quando se lembrou de Antônio ameaçando matá-la. De susto, ergueu a cabeça à procura do algoz, mas encontrou o defunto vergado com os braços abertos e a foice cravada no pescoço.

— Esse daí não vai mais nos incomodar — disse Akili, conseguindo a desejada atenção da filha.

A jovem voltou o olhar para ele e ficou surpresa ao vê-lo, mesmo que agachado, apoiando o peso sobre as pernas.

— O senhor... está de pé — estranhou.

Um meio sorriso, que encurvara levemente os lábios de Akili sem mostrar os dentes, denunciava que seu alívio pelo final da longa e atribulada trajetória não viera totalmente livre de remorso. Havia muita culpa da qual ele ainda precisaria se perdoar, mas caberia a outro momento quebrar essas novas correntes.

— Tempo não vai nos faltar pra eu explicar tudo o que você quiser saber, minha filha. — Sua voz ganhou um tom embargado, embebida pelo sentimento desconhecido da alegria. — Você não tem ideia de como foi difícil ficar preso aqui sabendo que você estava tão perto de mim. Viver uma mentira por tanto tempo... — eram os olhos que agora se rendiam ao aperto, semeando lágrimas que suas mãos prontamente interromperam. — Mas eu aguentaria mais catorze anos! — recompôs-se. — Mais catorze anos sem que o sol tocasse minha pele se fosse isso o necessário pra conseguir de você uma coisa que quero desde o primeiro dia em que te vi.

A comoção que Damiana via nos olhos molhados do velho, encarando-a com ternura, era testemunho de um sentimento genuíno que não sabia como retribuir.

— Eu não... não consigo pensar em nada que eu tenha que o senhor possa querer.

— Um abraço seu. — Akili abriu os braços, acompanhado de um sorriso radiante. — É o que mais quero neste mundo.

Pacientemente ele esperou, com as mãos erguidas no ar, convidando-a para o conforto de seu colo paterno.

Ainda assustada com tudo que acontecera, ela relutava em aceitar o amparo. Parecia-lhe cedo para celebrar o encontro com uma demonstração fabricada de afeto. Apesar de compartilharem o mesmo sangue correndo nas veias e possuírem traços semelhantes na expressão, o homem a sua frente era um estranho.

No entanto, Damiana não estava disposta a ferir o semblante jubiloso do velho que a libertara dos castigos de Capela. Também carente por um porto seguro onde pudesse atracar os sentimentos após navegar em mar revolto, resolveu ceder ao apelo emocionado.

Sem esconder a apreensão, ela foi se aproximando, tímida, até apoiar, de leve, sua cabeça no peito de Akili, que a encobriu num caloroso abraço.

Os olhos da garota se fecharam, enclausurando-a na masmorra da ilusão, onde poderia romantizar uma infância próspera ao lado de seu pai. As brincadeiras pueris ganharam um rosto para ser colocado em suas memórias inventadas, e quanto mais embarcasse no delírio de sua imaginação, mais fácil seria abrir os olhos e reconhecer o semblante paterno.

— Temos tanta coisa pra conversarmos, pra contarmos um pro outro. — Akili fantasiou uma vida perfeita ao lado da família. — Vamos poder falar sobre sua mãe; de como ela era, do que gostava de fazer, como sorria... Ah, minha filha, como vai ser bom ficar procurando os traços dela escondidos em você — emocionou-se. — Reconhecer os trejeitos que ela tinha em um ou outro gesto seu.

Ao ouvir tais palavras, um contorno abstrato feminino de cabelos cacheados se juntou às lembranças construídas de Damiana e um sorriso singelo iluminou o seu rosto. Os traumas de sua carência emocional pareciam encontrar uma cura à medida que mergulhava em seus devaneios.

Baralhada em seus anseios afetivos, a garota amoleceu o pescoço e apoiou o peso da cabeça por completo, aconchegando-se no peito suado do pai.

O velho, também imerso nos próprios idealismos, a abraçou com mais força.

— A Maria de Lourdes vivia falando de como queria ter uma menina. Ela pode não ter tido a chance de te dizer isso, mas você realizou o maior sonho da sua mãe. E agora eu vou cuidar de você do jeito que ela queria que fosse. Nada, nada vai separar nós dois. — os lábios secos de Akili encontraram os cabelos de Damiana em um repentino beijo amoroso.

A jovem, pega de surpresa, foi acometida por uma tranquilidade jamais vivenciada. Sentia-se segura. Como se pudesse deixar-se largar em um abismo porque logo abaixo haveria braços carinhosos para salvá-la.

Sob o êxtase de um encanto paternal, a garota começou a erguer levemente suas mãos pelas costas do homem para retribuir o abraço, mas, quando esbarrou-lhe nos ombros, ele se afastou em dor, assustando-a.

— Perdão. Eu não queria...

— Não se preocupe, Damiana — interrompeu-lhe as desculpas enquanto protegia com a mão o ferimento escondido por debaixo do manto. — Perto do que meu corpo já aguentou, isso daqui não é nada.

Claramente aquelas eram palavras de alguém preocupado em não transparecer sua fraqueza diante da cria. Porém, nos dolorosos murmúrios e padecente expressão que lhe corrompia a face, seu intento tolo de bravura se arruinava.

O velho carecia de cuidados e Damiana, mesmo retraída, não ignoraria a oportunidade de uma aproximação com o pai.

— Posso... posso ver? — perguntou-lhe, ainda tímida, mas ansiando fervorosamente por qualquer tipo de interação.

Não havia pedido que sua filha pudesse fazer que o deixasse mais comovido. Seus lábios se distenderam num largo sorriso para manifestar a fortuna de um novo começo.

— Lógico, minha filha.

Ela correspondeu ao sentimento com uma discreta alegria no olhar e, com extremo cuidado para não encostar na ferida, retirou os farrapos que lhe escondiam os ombros.

Ao descobrir a lesão que rasgara a pele do pai, mais uma vez sua alma se quebrou entre os braços do pesadelo. Era um buraco fundo de bala, onde ainda residia enterrado na carne o chumbo disparado.

Na madrugada truculenta da desforra, Akili prestigiava a carnificina de seu marionete infernal na sala de jantar da casa-grande quando ouviu as últimas palavras de Batista, barganhando inutilmente por sua vida em troca da informação de onde estava Damiana. Após ver o patriarca dos Cunha Vasconcelos desmoronar de queixo no assoalho duro, com o fôlego arrancado dos pulmões pela chapa afiada enterrada no torso, o escravo cruzou novamente a galeria.

Sob o umbral da porta que selava o ambiente aquecido pelo fogo da lareira, ele permaneceu hirto, plagiando o silêncio de um cadáver. Seus ouvidos atentos então receberam o choro de sua filha amedrontada e o ruído dos golpes alentados de um covarde em busca de uma outra saída.

De imediato, Sabola foi ordenado a dar seus pulos embaraçados em direção à janela reforçada enquanto o velho travava o cachimbo nos dentes e buscava os instrumentos para destrancar a passagem.

Do lado de dentro, Damiana não o viu invadir sorrateiramente a névoa na forma aterradora de um dos Cavaleiros do Apocalipse. Mas Inácio, ao vislumbrar a Morte pairando tenebrosa no ar, com sua amada desesperada nos braços, apertou o gatilho da garrucha, alvejando o espectro no ombro.

A lembrança da última imagem que teve do homem a quem amava — de olhos revirados e a cabeça frouxa sobre o pescoço retalhado — voltou a assombrar Damiana.

Assustada, ela se afastou de Akili e pôs a mão no rosto, incrédula.

— Damiana? — ele estranhou sua ação repentina. — O que foi?

Prostrada em sua agonia no chão da senzala, a jovem não conseguia sequer expressar sua revolta. Inconsolável, ela caiu mais uma vez no soluço das lamúrias que lhe atravancavam o fôlego.

Preocupado com a força daquele pranto aflito, o homem cobriu novamente sua chaga com o manto e tentou se aproximar, encostando-lhe os dedos nos ombros para tentar acalmá-la.

— Filha...

— Não! — ela rugiu, enfurecida, não querendo ser tocada.

Damiana estava desolada por tomar conhecimento de que seu pai fora o culpado por cessar o galope do sangue que corria nas artérias de Inácio. Ser açoitada por essa constatação, após receber a dádiva de um acalanto paterno que jamais pensara conhecer, era como adormecer com a certeza de uma nova vida afortunada, mas ser amortalhada durante o sono.

— O senhor... o senhor matou o Inácio? — articulou em voz baixa, sem interromper o choro, implorando em silêncio para que a resposta fosse diferente da que esperava.

— Garanto que nenhum homem dessa família vai te maltratar de novo, Damiana — confirmou Akili, certo de que a apreensão da filha era o medo de ser atormentada de novo por algum Cunha Vasconcelos que por ventura tivesse escapado.

A jovem amargurada não se negaria a chorar sobre sua desgraça. Mesmo livre dos tormentos de uma vida escrava, ela parecia eternamente incapaz de fazer com que o peito da tragédia parasse de bater.

— Ele não era como os outros — lamentou para si mesma, em defesa do morto. — Não era...

— Como não, minha filha? — indagou, tomado pelo espanto. — O rapaz mantinha você como um escudo naquela sala. Tinha inclusive uma arma!

— Era pra me proteger! — berrou a plenos pulmões. — O Inácio quis ficar do meu lado pra me proteger!

Por alguma razão que o velho desconhecia, Damiana parecia se importar com o filho mais novo de Batista. E, se o protesto fervoroso em seu resguardo tivesse fundamento, era um sentimento mútuo.

Akili, mais do que qualquer outro negro a vestir correntes em Capela, tinha por experiência que, apesar de improvável, não era impossível haver uma amizade verdadeira entre um branco e um escravo da fazenda. No entanto, cego por sua vingança, esquecera de incluir esse peso na balança das consequências.

— Filha... eu não... eu não tinha como saber que você se importaria com a vida de um dos filhos do senhor da fazenda. — buscou o perdão em seu olhar rancoroso. — Mas você precisa entender que tudo isso que eu fiz, todo o meu sacrifício, não ia servir de nada se um dos Cunha Vasconcelos tivesse ficado de pé. No dia seguinte ele estaria aqui com um monte de pistoleiro pra recuperar as terras. Matar qualquer um que tivesse sobrado...

— É só por causa dele que o senhor ainda está vivo! — interrompeu-lhe as suposições para afrontá-lo com um fato que desconhecia. — Foi o Inácio quem não deixou o Antônio cortar o seu pescoço no pátio.

O velho perdeu a fala. Não sabia como argumentar contra aquela revelação. Ele havia sido jurado de morte pelo feitor enraivecido naquela tarde e, com a consciência perdida após o espancamento, fora uma surpresa ter acordado na senzala com o corpo arrebentado. O único que conseguiria impedir Antônio de sepultá-lo com a garganta aberta no terreno atrás da capela era o seu pai. Ou alguém com quem Batista se importasse muito.

— O Inácio discordava de que negro nasceu pra ser escravo — continuou Damiana, arrasada. — Ele não queria nada disso daqui. Se tivesse sobrevivido, ele ia embora e... ia me levar junto.

Da melancolia de suas memórias ao lado do amado brotou um triste sorriso. Os lábios que outrora beijara com tanta paixão, agora pálidos, estavam na face de uma futura caveira. E os olhos onde enxergara o amor refletido, agora opacos, logo se tornariam duas cavernas vazias.

A relação entre os dois, desde o início, fora como insistir na escrita de um poema em dias de febre. Teria beleza em seus versos, mas seria curta e de rima ingênua.

— Eu ia conhecer outros lugares. — Damiana suspirou. — "Além dos mares", ele disse. Não sei se ia me acostumar, só que... do lado dele não fazia diferença. — cintilou o olhar entristecido ao embarcar na fantasia.

Preocupado, o velho começava a desconfiar que o sofrimento demasiado de Damiana não era fruto de uma simples amizade, mas sequela de um sentimento muito mais forte.

— Eu ia deixar de ser criada... — ela se envolvia cada vez mais no devaneio.

— Damiana... — arrepiou-lhe a pele a indagação que faria, com medo da resposta. — Esse rapaz... ele por acaso sabia que vocês compartilhavam do mesmo sangue?

De súbito o olhar da garota perdeu o brilho tímido e o pescoço ereto dobrou-se para que os olhos encarassem novamente o chão imundo, arremessando-a de volta às trevas de sua realidade trágica.

O silêncio culposo de um pranto embotado confirmava a suspeita de Akili. Sua mão cobriu a fisionomia abatida e o nariz aspirou profundamente o ar, tentando afastar seu ânimo arruinado.

Apesar de que no matrimônio banto o tabu da endogamia também assombrava os descendentes de um mesmo antepassado, não era o incesto da filha que mais o consternava. Conseguir se apaixonar em meio a tanto rancor impregnado naquele antro de desgraças já era viver mais do que qualquer outro escravo. E foi ele, com sua sanha vingativa míope, quem a privou de beber no cálice do sentimento mais nobre.

— Eu preferia não saber que a sinhá era minha mãe — ela voltou a choramingar, regando-se em lágrimas pela ideia mórbida de Inácio com o rosto macilento.

— Não fale isso, Damiana — implorou-lhe quase aos prantos, arrasado, novamente alcançando seus ombros. — Toda essa dor que você está sentindo agora... e o sofrimento de uma vida inteira... talvez nem existissem se ela não tivesse sido mais uma vítima da violência e crueldade dos Cunha Vasconcelos, que comandavam esta terra! — esquivou-se da culpa, atribuindo tão só aos senhores da fazenda toda a desgraça que recaíra sobre ela.

Ainda que Damiana não rejeitasse a mão de seu pai sobre as costas, estava insensível ao afago, cansada de ter a tragédia como sombra, acompanhando-a aonde fosse.

— Sua mãe era uma pessoa maravilhosa — ele continuou, recorrendo ao lado sentimental. — O respeito e o carinho que ela tinha pela vida só eram superados pela sua brandura em tratar a todos como iguais. Tiraram a vida da Maria de Lourdes porque não cabia tamanha bondade nesta fazenda.

Enaltecer as qualidades da sinhá foi um apelo desesperado de Akili para tentar impedir que a importância daquele dia desmoronasse em uma ruína de mágoas.

Em resposta a seu rogo por reconciliação, ele recebeu o olhar rancoroso de Damiana, enxugando uma última lágrima.

— E o senhor fez o mesmo com o que ainda restava de mais parecido com ela.

As imensas olheiras cavadas que empoçaram no rosto desfigurado do velho foram as primeiras a se regarem pela maior expressão de sua dor. Esperar que a garota ignorasse o modo truculento como ele a apartara do meio-irmão seria como volver e revolver um desenho abstrato à procura de beleza nas suas linhas sem nunca conseguir enxergar outra coisa além de contornos disformes.

Estava exposto nos olhos lamuriosos da filha, em sua raiva gritando em silêncio, que ela não cairia no lodo da hipocrisia, mentindo a si mesma e dando-lhe sorrisos. E, no longo caminho que Akili teria em busca do seu perdão, restava-lhe apenas repisar suas eternas e mais sinceras desculpas na esperança de que um dia, ao menos uma única vez, ela pudesse chamá-lo de pai.

12.

A TARDE CAÍA SOBRE AS VÁRZEAS RELVOSAS DE CAPELA. O ermo canavial, silenciado do estrídulo bramido de foices a triscar as hastes das gramíneas, sacudia suas folhas ao tépido sopro de uma brisa vespertina.

Antes que os vapores azulados do horizonte trouxessem uma noite brumosa, Akili recolhera do pórtico da estância a perna apodrentada de Sabola.

No coração da floresta imensa, hirto em frente à cova clandestina aberta, o membro carcomido reencontrara o corpo que perdera. Unidos novamente como um só, o espírito do escravo poderia repousar, pois, como se abatido nas garras de uma coruja, o martim-pererê se calaria.

Ao lado da filha acabrunhada, Akili buscou em seu olhar apático a centelha perdida do brilho. Damiana tinha as vistas secas cravadas no cadáver, mas sua alma, aprisionada à sombra da repulsa, se inundava em um pranto escondido. As mãos verminosas que arrancaram de Inácio o sopro da vida descansavam inertes na tumba. Delas jamais poderia se vingar. No entanto, para a mente por trás do crime, seu pai, a desforra viria na forma de um silêncio perpétuo.

Ansiando ver sua angústia finda, Akili umedeceu os lábios para uma nova súplica, mas Damiana não cedeu tempo à palavra, dando-lhe as costas para tomar o rumo de volta à fazenda.

De súbito, um ruído fez-se ouvir e das folhagens fechadas se aproximava um estranho agito. De confusa procedência, porém certo de seu curso, o bambuzal era o destino.

O velho desarmado olhou, ressabiado, a vegetação que tremulava cada vez mais perto. Seu passo amedrontado juntou-se ao da filha e ambos aguardaram temerosos a revelação do que surgiria dos arbustos.

Eram os inúmeros escravos que haviam escapado de Capela. Seus corpos cansados vagavam pela floresta à procura de um local para se assentar. Os caules altos e lenhosos dos bambus, tal qual uma parede intransponível, chamaram atenção à distância. Aquele chão, no coração da mata, se devidamente ajeitado, poderia em breve ser chamado de morada aos fugitivos cansados em busca de um lugar.

Mas Akili tinha algo melhor a oferecer.

Os dias morriam, dando vida às semanas. Por entre os arvoredos que rodeavam os alqueires da fazenda, entre as flores brancas, azuladas e vermelhas, uma comunidade, povoada por escravos que quebraram as correntes da servidão, se organizara.

O pelourinho central, símbolo da tortura senhoril, tombou pela mão coletiva dos negros em euforia. As divisas da estância eram constantemente reforçadas pelo trabalho determinado de homens dispostos a lutar por sua liberdade.

No resgate das culturas perdidas com a escravidão, canções africanas ganhavam o acompanhamento de atabaques. E nas animadas rodas de capoeira, a vara em arco amarrada à cabaça comandava o ritmo da dança.

Sob o augusto pórtico de madeira na entrada, a antiga prancha rústica onde estava talhado o nome da estância foi arrancada. Em seu lugar, uma nova placa lenhosa era erguida para dar à terra conquistada sua nova alcunha: Quilombo do Saci.

TAMBÉM DE MARCOS DEBRITO:

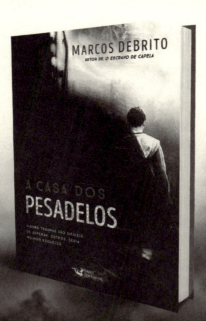

"UMA APARIÇÃO COM UM ROSTO INDEFINÍVEL, DESFIGURADO, COM CABELOS ESVOAÇADOS E QUE EXALAVA HORROR."

Dez anos depois de estar cara a cara com aquela assombração, Tiago finalmente concorda em voltar à mesma casa para visitar sua avó.

Agora adolescente, ele pretende provar para si mesmo, que a terrível imagem que o aterrorizara nas madrugadas por tanto tempo, não passava de uma criação tenebrosa da infância.

Mas, ao chegar no casarão, o jovem se depara com o misterioso quarto de seu falecido avô, agora mantido fechado, e tratado como espaço proibido. As restrições com relação ao aposento, as sensações e barulhos no meio da noite logo alimentam nele a suspeita de que algo terrível habita o local.

Tomado por uma estranha coragem e desejo de ver-se finalmente livre do medo, tudo que o rapaz deseja é descobrir o que há por trás daquela porta.

Então, o pesadelo toma novo impulso quando a figura sombria da infância mostra-se real novamente... mas, desta vez, ela quer atacar o seu irmão mais novo.

Determinado a impedir que o caçula passe por terror semelhante, Tiago, mesmo apavorado, decide enfrentar a criatura. E o que descobre expõe terríveis segredos do passado que ninguém poderia imaginar

CONHEÇA TAMBÉM:

A ESCURIDÃO SE APROXIMA E, COM ELA, SEUS PIORES MEDOS...

Em 2004, Benjamin Simons deixa o orfanato em que viveu desde a infância para ajudar alguns parentes num momento difícil: com sua tia debilitada e o tio trabalhando dia e noite, precisavam de alguém para tomar conta de sua prima Carla, de apenas cinco anos de idade.

No entanto, certa madrugada, a tranquilidade da colina de Darrington é interrompida por um estranho pesadelo, que vai tomando formas reais a cada minuto. Logo, Ben descobre-se preso numa casa que abriga mistérios, onde o inferno parece mais próximo e o mal possui uma força evidente.

Passaram-se mais de 10 anos. Isso tudo aconteceu quando Ben estava com dezessete anos, e foram experiências das quais ele preferia esquecer completamente...

Mas aquele passado o acompanha de perto. Ben sente que precisa voltar e sabe que, ou desvenda tudo ou sempre viverá com medo. Então, ele decide contar, e traz numa narrativa angustiante e rica em detalhes tudo o que viveu e todas as batalhas impensáveis que travou para tentar manter a si próprio e a jovem prima em segurança. E se descobre no centro de uma conspiração capaz de destruir até a sua própria sanidade.

Alternando passado e presente, com provas e bastidores do caso nos dias atuais, Horror na Colina de Darrington mantém o leitor aceso aos detalhes da investigação, que tornam a história complexa e absolutamente intrigante.

Onde termina o inferno e começa a realidade?

RODRIGO DE OLIVEIRA

AS CRÔNICAS DOS MORTOS

A saga mais original sobre zumbis desde *The Walking Dead*

Tudo começa em 2017... Cientistas descobrem um planeta vermelho em rota de colisão com a Terra. Depois de muito pânico nos quatro cantos do mundo, eles asseguram que o astro passaria a uma distância segura. E todos ficam tranquilos acreditando que nada iria acontecer...

Uma profecia esquecida do Apocalipse, reiterada por outros profetas modernos, ressurge..." E abriu-se o poço do abismo, de onde saíram seres como gafanhotos com poderes de escorpiões. E os homens buscarão a morte e a morte fugirá deles." APOCALIPSE 9:2-6.

Então 2/3 de todas as pessoas no planeta são acometidas por uma estranha doença...e um grupo luta por sobreviver num mundo dominado pelo mal.

Uma história com muita ação e suspense que vai deixar você eletrizado.

A coleção *As Crônicas dos Mortos*, de Rodrigo de Oliveira é composta de 5 livros (*A Era dos Mortos* a ser lançado) e **um spin off**.

ASSINE NOSSA NEWSLETTER E RECEBA
INFORMAÇÕES DE TODOS OS LANÇAMENTOS

www.faroeditorial.com.br

ESTA OBRA FOI IMPRESSA PELA KUNST
GRÁFICA EM DEZEMBRO DE 2018